Émile Zola

Au Bonheur des Dames (1883)

Texte abrégé

LE DOSSIER

Un roman réaliste de la série des *Rougon-Macquart*

L'ENQUÊTE

La naissance des grands magasins

Notes et dossier
Claire Gauthier
agrégée de lettres classiques

Collection dirigée par
Bertrand Louët

Hatier

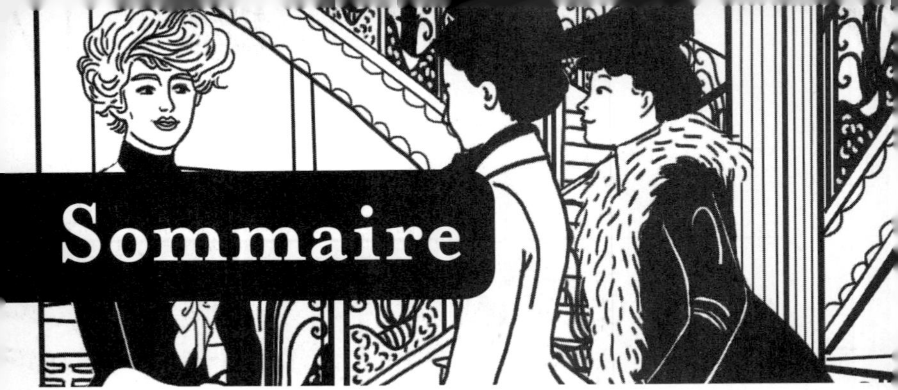

Sommaire

OUVERTURE

Qui sont les personnages ? 4
Quelle est l'histoire ? 6
Qui est l'auteur ? 8
Que se passe-t-il à l'époque ? 9

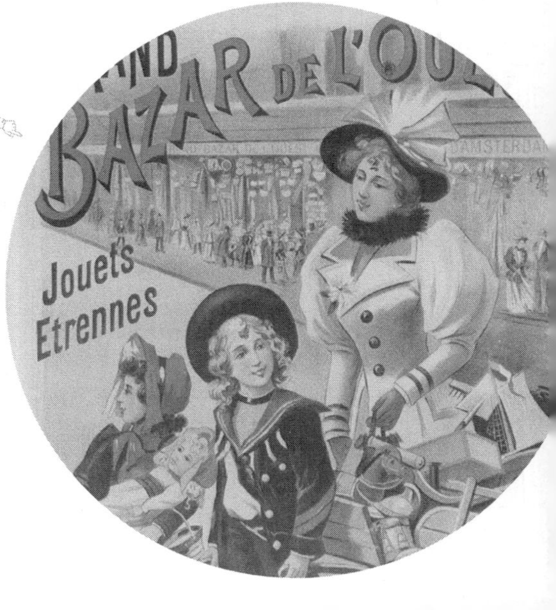

Édouard Elzingre (1880-1966), Grand Bazar de l'Ouest, *lithographie (1895).*

ISBN : 978-2-218-96660-6

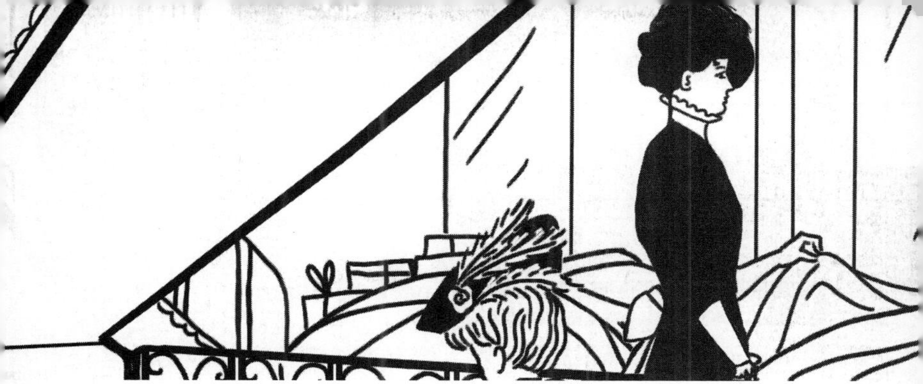

Au Bonheur des Dames 10

LE DOSSIER

Un roman réaliste
de la série des *Rougon-Macquart*

Repères 246
Parcours de l'œuvre 250
Textes et image 264

L'ENQUÊTE

La naissance des grands magasins 268

Petit lexique littéraire 281
À lire et à voir 283

* Tous les termes suivis d'un astérisque sont expliqués dans le lexique p. 281.

Qui sont les personnages ?

Les personnages principaux

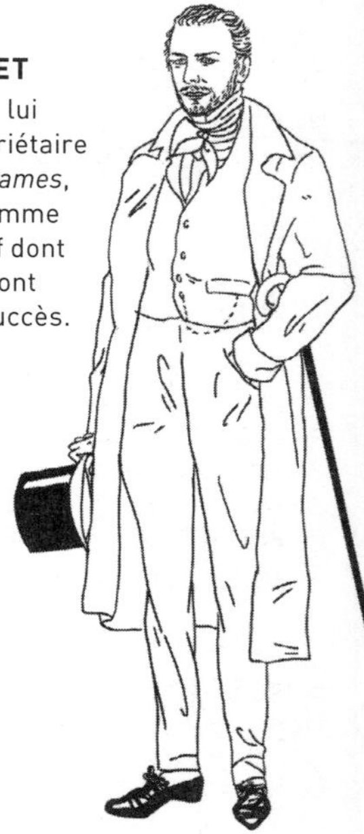

OCTAVE MOURET

Séducteur sûr de lui et pugnace, propriétaire du *Bonheur des Dames*, Mouret est un homme d'affaires inventif dont les entreprises sont couronnées de succès.

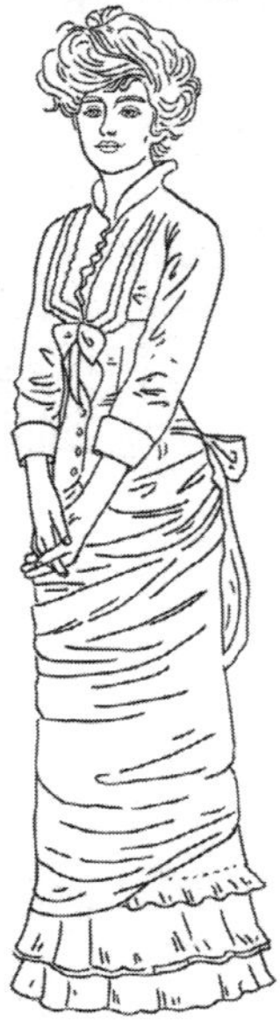

DENISE BAUDU

Jeune fille douce et réservée, aussi courageuse que généreuse, elle travaille d'arrache-pied pour subvenir aux besoins de ses deux frères, Jean et Pépé.

Les personnages secondaires

HENRI DELOCHE ET PAULINE CUGNOT

Le commis et la vendeuse sont les seuls amis de Denise.

HENRIETTE DESFORGES

Parisienne élégante et fortunée, maîtresse d'Octave Mouret, elle est l'une des clientes les plus choyées et les plus exigeantes du *Bonheur des Dames*.

L'équipe du *Bonheur des Dames*

BOURDONCLE : associé de Mouret, il admire son patron et surveille étroitement les employés.

HUTIN : vendeur élégant, hypocrite et ambitieux, il méprise les vendeuses et Denise en particulier.

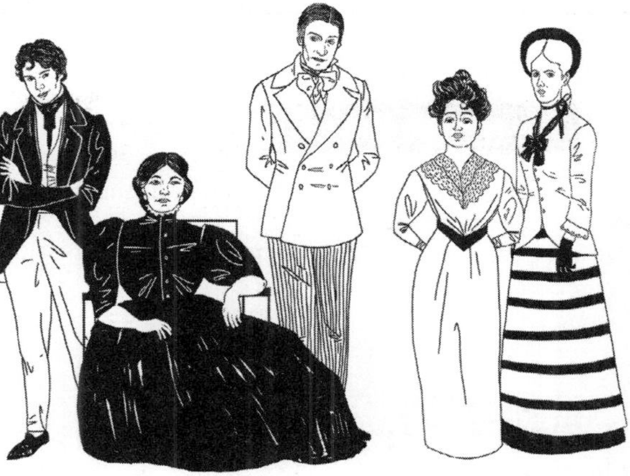

Sous la direction de la sévère **Mme AURÉLIE**, **CLARA PRUNAIRE** et **MARGUERITE VADON**, vendeuses au rayon confection, mènent la vie dure à Denise dont elles sont jalouses.

Les petits commerçants

LES BAUDU : l'oncle de Denise, sa femme et leur fille Geneviève tiennent un commerce de tissus auquel le grand magasin fait concurrence.

BOURRAS : un vieux bourru au cœur tendre, dont la fabrique de parapluies jouxte le *Bonheur des Dames*.

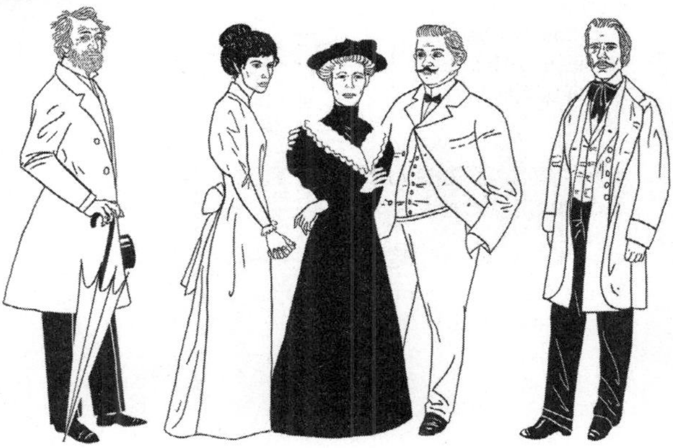

ROBINEAU : généreux et scrupuleux, il monte sa propre boutique après son renvoi du grand magasin.

Quelle est l'histoire ?

Les circonstances

Le roman se déroule à Paris, dans les années 1860. Les grands travaux du baron Haussmann métamorphosent la capitale, tandis que les premiers grands magasins révolutionnent le commerce et mettent en péril les petites boutiques.

L'action

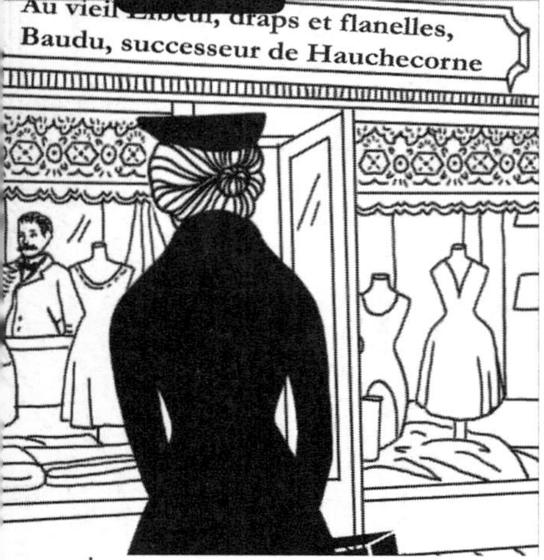

1. Denise Baudu monte à Paris pour trouver du travail. Accueillie par son oncle, un petit commerçant propriétaire du *Vieil Elbeuf*, elle rêve devant les magnifiques vitrines de son concurrent, le *Bonheur des Dames*. Par un concours de circonstances, elle y est engagée comme vendeuse.

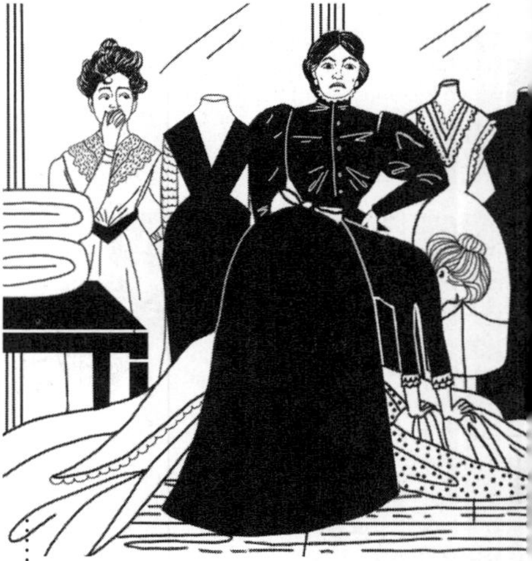

2. Les conditions de travail sont difficiles pour Denise, qui se heurte à l'hostilité de ses collègues et devient le souffre-douleur de son rayon. Bien que le magasin prospère, et que le patron, Octave Mouret, soit secrètement attiré par la jeune femme, elle est renvoyée à la suite d'une injustice.

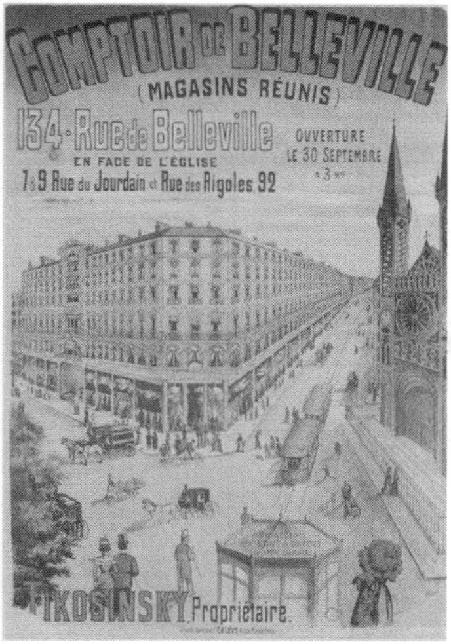

Comptoir de Belleville, *lithographie (vers 1895).*

Le but

À travers l'histoire de Denise, Zola nous livre un document sur la naissance des grands magasins, où il analyse les mécanismes du commerce moderne et l'exploitation de la femme sur laquelle il s'appuie, et dénonce les conditions de vie difficiles des employés.

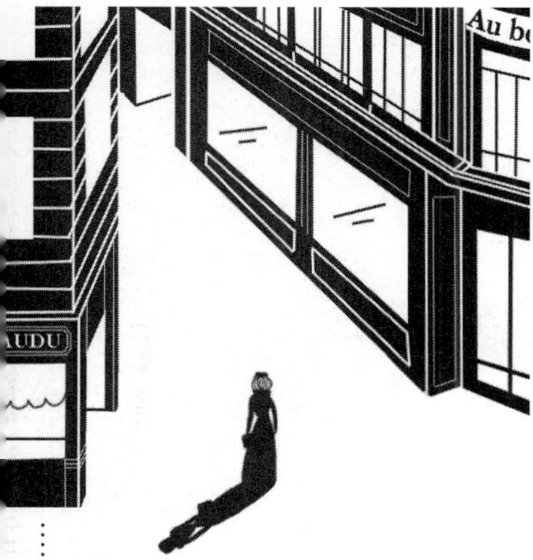

3. Denise retrouve du travail chez les petits commerçants, mais reste tiraillée entre sa tendresse pour eux et son admiration pour le commerce moderne. Mouret lui offre de reprendre son emploi au *Bonheur des Dames*, devenu un grand magasin au chiffre d'affaires colossal.

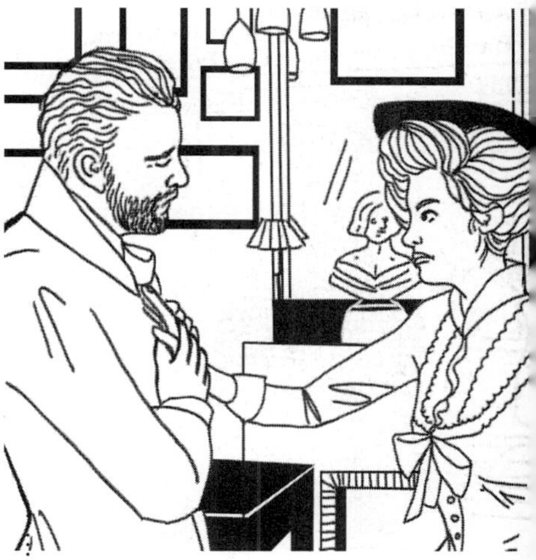

4. Courageuse et douce, Denise gagne la confiance de tous et sa carrière progresse rapidement. Octave Mouret, conquis par la jeune femme, lui avoue son amour, mais elle s'efforce de résister à ses avances.

Qui est l'auteur ?

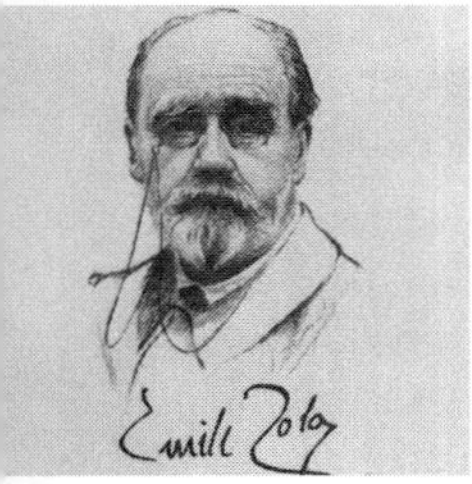

Émile Zola (1840-1902)

● LES DÉBUTS

Né à Paris en 1840, Zola passe son enfance à Aix-en-Provence avant de retrouver la capitale en 1858. Il échoue au baccalauréat et commence sa carrière chez un éditeur, au service de la publicité, puis devient journaliste.

● UN ROMANCIER NATURALISTE

Zola fait paraître dans la presse ses premiers romans. *Thérèse Raquin*, son premier grand succès, en fait le représentant principal d'un nouveau mouvement littéraire, le naturalisme*. Il publie une vaste fresque romanesque, les *Rougon-Macquart*, dont l'écriture occupe 25 ans de sa vie. Ses romans décrivent la société de son époque et en dénoncent les injustices.

● UN AUTEUR ENGAGÉ

L'écrivain prend également position dans les débats de son temps. Il prend parti pour le capitaine Dreyfus, un juif accusé de trahison en raison de sa religion. La tribune qu'il publie sous le nom de « J'accuse » lance l'« affaire Dreyfus », qui divise les Français mais aboutit à la réhabilitation du capitaine injustement condamné. En 1902, l'écrivain meurt asphyxié à son domicile, dans des circonstances mal éclaircies. Ses cendres seront transférées au Panthéon en 1908.

VIE DE ZOLA	**1840** Naissance à Paris	**1843-1856** En pension à Aix-en-Provence	**1859** Échec au bac. Première publication	**1866** Devient journaliste	**1867** *Thérèse Raquin*	**1871** Premier volume des *Rougon-Macquart*	**1877** *L'Assommoir*
HISTOIRE	**1848** IIe République	**1852** Second Empire	**1853-1870** Grands travaux d'Haussmann, préfet de la Seine, à Paris	**1863** Manet, *Le Déjeuner sur l'herbe* (scandale)	**1867** Exposition universelle à Paris	**1870** Chute de l'Empire et IIIe République	**1871** Répression la Commune

Que se passe-t-il à l'époque ?

Sur le plan politique

DU SECOND EMPIRE À LA IIIe RÉPUBLIQUE

En 1852, Louis-Napoléon Bonaparte impose le Second Empire. En 1870, la défaite de Sedan entraîne la chute de l'empereur et la proclamation de la IIIe République.

LA RÉVOLUTION INDUSTRIELLE

La France connaît un essor économique exceptionnel. Les progrès de l'industrie et de la technique permettent d'améliorer la fabrication des marchandises et leur transport grâce aux chemins de fer.

LA MÉTAMORPHOSE DE PARIS

Le préfet Haussmann dirige de grands travaux et crée de larges boulevards qui facilitent la circulation.

Dans le domaine des lettres

LE SUCCÈS DU VAUDEVILLE

Au théâtre, le vaudeville* connaît un grand succès. Ces comédies légèrement satiriques mettent en scène des histoires de couple et d'adultère.

LE TRIOMPHE DU NATURALISME

En peinture comme en littérature règne le naturalisme*, héritier du réalisme*, qui a pour ambition de peindre la réalité telle qu'elle est et de représenter le peuple.

LA FIGURE DE L'INTELLECTUEL

À l'image de Zola, et dans la lignée de Victor Hugo, plusieurs écrivains s'engagent dans les débats de leur époque. Leur succès en tant qu'artistes donne du poids à leurs opinions.

1883 *Au Bonheur des Dames*	**1885** *Germinal*	**1890** *La Bête humaine*	**1898** « J'accuse »	**1902** Zola meurt asphyxié	**1908** Zola au Panthéon
1879 Première ampoule à incandescence	**1885** Maupassant, *Bel Ami*	**1889** Tour Eiffel	**1894** Le capitaine Dreyfus accusé de trahison et condamné	**1900** Ouverture de la gare d'Orsay à Paris	**1908** Réhabilitation de Dreyfus

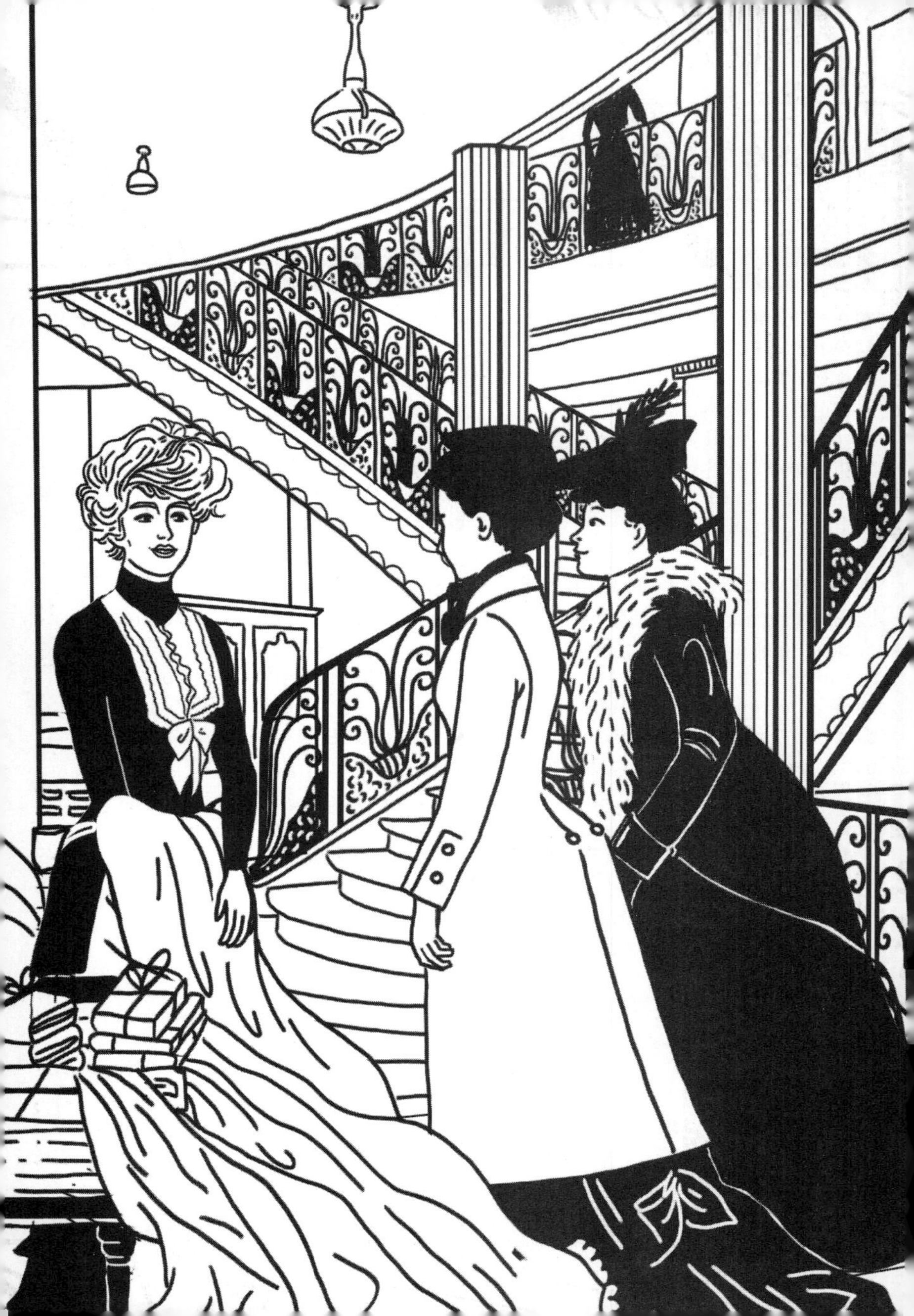

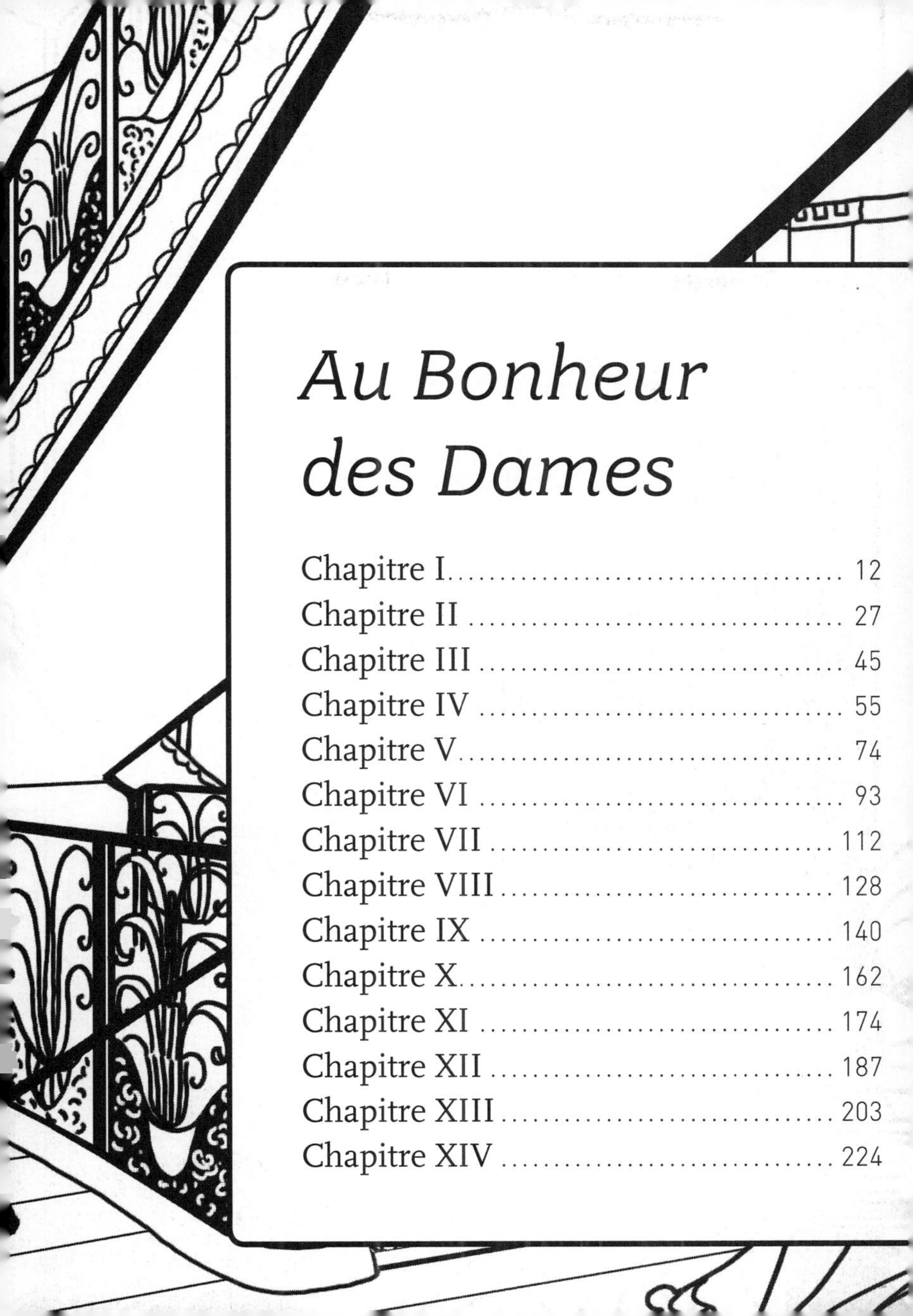

Au Bonheur des Dames

Chapitre I 12
Chapitre II 27
Chapitre III 45
Chapitre IV 55
Chapitre V 74
Chapitre VI 93
Chapitre VII 112
Chapitre VIII 128
Chapitre IX 140
Chapitre X 162
Chapitre XI 174
Chapitre XII 187
Chapitre XIII 203
Chapitre XIV 224

I

Denise était venue à pied de la gare Saint-Lazare, où un train de Cherbourg l'avait débarquée avec ses deux frères, après une nuit passée sur la dure banquette d'un wagon de troisième classe. Elle tenait par la main Pépé, et Jean la suivait, tous les trois brisés du voyage, effarés et perdus au milieu du vaste Paris, le nez levé sur les maisons, demandant à chaque carrefour la rue de la Michodière●, dans laquelle leur oncle Baudu demeurait. Mais, comme elle débouchait enfin sur la place Gaillon, la jeune fille s'arrêta net de surprise.

– Oh ! dit-elle, regarde un peu, Jean !

Et ils restèrent plantés, serrés les uns contre les autres, tout en noir, achevant les vieux vêtements du deuil de leur père. Elle, chétive pour ses vingt ans, l'air pauvre, portait un léger paquet ; tandis que, de l'autre côté, le petit frère, âgé de cinq ans, se pendait à son bras, et que, derrière son épaule, le grand frère, dont les seize ans superbes florissaient, était debout, les mains ballantes.

– Ah bien ! reprit-elle après un silence, en voilà un magasin !

C'était, à l'encoignure de la rue de la Michodière et de la rue Neuve-Saint-Augustin, un magasin de nouveautés[1] dont les étalages éclataient en notes vives, dans la douce et pâle journée d'octobre. Huit heures sonnaient, il n'y avait sur les trottoirs que le Paris matinal, les employés filant à leurs bureaux et les ménagères courant les boutiques. Devant la porte, deux commis[2],

1. **Magasin de nouveautés** : magasin qui vend des articles renouvelés chaque saison, principalement des vêtements et des tissus.
2. **Commis** : vendeurs.

● **Le quartier est situé dans le 2e arrondissement de Paris, près de l'Opéra.**

montés sur une échelle double, finissaient de pendre des lainages, tandis que, dans une vitrine de la rue Neuve-Saint-Augustin, un autre commis, agenouillé et le dos tourné, plissait délicatement une pièce de soie bleue. Le magasin, vide encore de clientes, et où le personnel arrivait à peine, bourdonnait à l'intérieur comme une ruche qui s'éveille.

– Fichtre ! dit Jean. Ça enfonce Valognes[1]... Le tien n'était pas si beau.

Denise hocha la tête. Elle avait passé deux ans là-bas, chez Cornaille, le premier marchand de nouveautés de la ville ; et ce magasin rencontré brusquement, cette maison énorme pour elle, lui gonflait le cœur, la retenait, émue, intéressée, oublieuse du reste. Dans le pan coupé donnant sur la place Gaillon, la haute porte, tout en glace, montait jusqu'à l'entresol[2], au milieu d'une complication d'ornements, chargés de dorures. Deux figures allégoriques[3], deux femmes riantes, la gorge nue et renversée, déroulaient l'enseigne : *Au Bonheur des Dames.* Puis, les vitrines s'enfonçaient, longeaient la rue de la Michodière et la rue Neuve-Saint-Augustin, où elles occupaient, outre la maison d'angle, quatre autres maisons, deux à gauche, deux à droite, achetées et aménagées récemment. C'était un développement qui lui semblait sans fin, dans la fuite de la perspective, avec les étalages du rez-de-chaussée et les glaces sans tain[4] de l'entresol, derrière lesquelles on voyait toute la vie intérieure des comptoirs. En haut, une demoiselle, habillée de soie, taillait un crayon, pendant que, près d'elle, deux autres dépliaient des manteaux de velours.

1. **Valognes** : petite ville de Basse-Normandie.
2. **Entresol** : partie d'un bâtiment situé entre le rez-de-chaussé et le premier étage.
3. **Figures allégoriques** : statues, symboles du magasin.
4. **Glaces sans tain** : vitres.

– *Au Bonheur des Dames,* lut Jean avec son rire tendre de bel adolescent, qui avait eu déjà une histoire de femme à Valognes. Hein ? c'est gentil, c'est ça qui doit faire courir le monde !

Mais Denise demeurait absorbée, devant l'étalage de la porte centrale. Il y avait là, au plein air de la rue, sur le trottoir même, un éboulement de marchandises à bon marché, la tentation de la porte, les occasions[1] qui arrêtaient les clientes au passage. C'était un déballage géant de foire, le magasin semblait crever et jeter son trop-plein à la rue.

L'oncle Baudu était oublié. Pépé lui-même, qui ne lâchait pas la main de sa sœur, ouvrait des yeux énormes. Une voiture les força tous trois à quitter le milieu de la place ; et, machinalement, ils prirent la rue Neuve-saint-Augustin, ils suivirent les vitrines, s'arrêtant de nouveau devant chaque étalage. D'abord, ils furent séduits par un arrangement compliqué : en haut, des parapluies, posés obliquement, semblaient mettre un toit de cabane rustique ; dessous, des bas de soie, pendus à des tringles, montraient des profils arrondis de mollets, les uns semés de bouquets de roses, les autres de toutes nuances, les noirs à jour[2], les rouges à coins brodés, les chairs dont le grain satiné avait la douceur d'une peau de blonde ; enfin, sur le drap de l'étagère, des gants étaient jetés symétriquement, avec leurs doigts allongés, leur paume étroite de vierge byzantine, cette grâce raidie et comme adolescente des chiffons de femme qui n'ont pas été portés. Mais la dernière vitrine surtout les retint. Une exposition de soies, de satins et de velours, y épanouissait, dans une gamme souple et vibrante, les tons les plus délicats

1. **Occasions** : promotions.
2. **À jour** : décorés de petits trous.

des fleurs : au sommet, les velours, d'un noir profond, d'un blanc de lait caillé ; plus bas, les satins, les roses, les bleus, aux cassures vives, se décolorant en pâleurs d'une tendresse infinie ; plus bas encore, les soies, toute l'écharpe de l'arc-en-ciel, des pièces retroussées en coques, plissées comme autour d'une taille qui se cambre, devenues vivantes sous les doigts savants des commis ; et, entre chaque motif, entre chaque phrase colorée de l'étalage, courait un accompagnement discret, un léger cordon bouillonné de foulard crème. C'était là, aux deux bouts, que se trouvaient, en piles colossales, les deux soies dont la maison avait la propriété exclusive, le Paris-Bonheur et le Cuir-d'Or, des articles exceptionnels, qui allaient révolutionner le commerce des nouveautés.

– Oh ! cette faille[1] à cinq francs soixante ! murmura Denise, étonnée devant le Paris-Bonheur.

Jean commençait à s'ennuyer. Il arrêta un passant.

– La rue de la Michodière, monsieur ?

Quand on la lui eut indiquée, la première à droite, tous trois revinrent sur leurs pas, en tournant autour du magasin.

Depuis un instant, un gros homme à cheveux blancs et à grande face jaune, debout sur le seuil d'une boutique, de l'autre côté de la rue, les regardait. Il était là, le sang aux yeux, la bouche contractée, mis hors de lui par les étalages du *Bonheur des Dames*, lorsque la vue de la jeune fille et de ses frères avait achevé de l'exaspérer. Que faisaient-ils, ces trois nigauds, à bâiller ainsi devant des parades de charlatan ?

– Et l'oncle ? fit remarquer brusquement Denise, comme éveillée en sursaut.

1. **Faille** : soie à gros grain.

– Nous sommes rue de la Michodière, dit Jean, il doit loger par ici.

Ils levèrent la tête, se retournèrent. Alors, juste devant eux, au-dessus du gros homme, ils aperçurent une enseigne verte, dont les lettres jaunes déteignaient sous la pluie : *Au Vieil Elbeuf, draps et flanelles, Baudu successeur de Hauchecorne.*

– C'est là, reprit Jean.

– Eh bien ! il faut entrer, déclara Denise. Allons, viens, Pépé.

Tous trois pourtant se troublaient, saisis de timidité. Lorsque leur père était mort, emporté par la même fièvre qui avait pris leur mère, un mois auparavant, l'oncle Baudu, dans l'émotion de ce double deuil, avait bien écrit à sa nièce qu'il y aurait toujours chez lui une place pour elle, le jour où elle voudrait tenter la fortune à Paris ; mais cette lettre remontait déjà à près d'une année, et la jeune fille se repentait maintenant d'avoir ainsi quitté Valognes, en un coup de tête, sans avertir son oncle.

– Monsieur Baudu ? demanda Denise, en se décidant enfin à s'adresser au gros homme, qui les regardait toujours, surpris de leurs allures.

– C'est moi, répondit-il.

Alors, Denise rougit fortement et balbutia :

– Ah ! tant mieux !... Je suis Denise, et voici Jean, et voici Pépé... Vous voyez, nous sommes venus, mon oncle.

Baudu parut frappé de stupéfaction.

– Comment ! comment ! vous voilà ! répéta-t-il à plusieurs reprises. Mais vous étiez à Valognes !... Pourquoi n'êtes-vous pas à Valognes ?

De sa voix douce, un peu tremblante, elle dut lui donner des explications. Après la mort de leur père, qui avait mangé jusqu'au dernier sou dans sa teinturerie, elle était restée la mère des deux enfants.

– Vous comprenez, mon oncle, Jean entrera dès demain en apprentissage, chez son nouveau patron. On ne me demande pas d'argent, il sera logé et nourri... Alors, j'ai pensé que Pépé et moi, nous nous tirerions toujours d'affaire. Nous ne pouvons pas être plus malheureux qu'à Valognes.

L'oncle Baudu ne pouvait se remettre.

– Allons, dit-il, entrez, puisque vous êtes venus... Entrez, ça vaudra mieux que de baguenauder[1] devant des bêtises.

Et, après avoir adressé aux étalages d'en face une dernière moue de colère, il livra passage aux enfants. Il pénétra le premier dans la boutique, en appelant sa femme et sa fille.

– Élisabeth, Geneviève, arrivez donc, voici du monde pour vous !

En quelques phrases brèves, il mettait au courant madame Baudu et sa fille.

– Entrez, dirent à leur tour les deux femmes. Vous êtes les bienvenus.

Et elles firent asseoir Denise derrière le comptoir. Aussitôt, Pépé monta sur les genoux de sa sœur, tandis que Jean se tenait près d'elle.

– Voyons, dit tout d'un coup Baudu, causons peu et causons bien... Je t'ai écrit, c'est vrai, mais il y a un an ; et, vois-tu, ma pauvre fille, les affaires n'ont guère marché, depuis un an... Oh ! c'est une crise qui passera, je suis bien tranquille... Seulement, j'ai diminué mon personnel, il n'y a plus ici que trois personnes, et le moment n'est guère venu d'en engager une quatrième. Enfin, je ne puis te prendre comme je te l'offrais, ma pauvre fille.

1. **Baguenauder :** traîner.

Denise l'écoutait, saisie, toute pâle. Il insista, en ajoutant :

– Ça ne vaudrait rien, ni pour toi, ni pour nous.

Elle laissa tomber deux grosses larmes.

– C'est bien, mon oncle, répéta-t-elle. Nous allons nous en aller.

– Je ne vous mets pas à la porte... Puisque vous êtes entrés maintenant, vous coucherez toujours en haut, ce soir. Nous verrons après.

Alors, madame Baudu et Geneviève comprirent, sur un regard, qu'elles pouvaient arranger les choses. Tout fut réglé. Il n'y avait point à s'occuper de Jean. Quant à Pépé, il serait à merveille chez madame Gras, une vieille dame qui prenait en pension complète des enfants jeunes, moyennant quarante francs par mois. Denise déclara qu'elle avait de quoi payer le premier mois. Il ne restait donc qu'à la placer[1] elle-même. On lui trouverait bien une place dans le quartier.

– Est-ce que Vinçard ne demandait pas une vendeuse ? dit Geneviève.

– Tiens ! c'est vrai ! cria Baudu. Nous irons le voir après déjeuner. À la soupe !

Et, comme tous étaient assis déjà dans l'étroite salle à manger, derrière la boutique, il appela le premier commis qui s'attardait.

– Colomban !

C'était un gros garçon de vingt-cinq ans. Sa face honnête, à la grande bouche molle, avait des yeux de ruse●.

1. **La placer** : lui trouver un emploi.

● **Dans les romans de Zola, la description physique des personnages donne toujours un indice sur leur caractère.**

– Voilà un gaillard qui a bon appétit, déclara Baudu en constatant que Jean avait achevé son veau. Mais toi, ma fille, tu ne manges pas ?... Et dis-moi, maintenant qu'on peut causer, pourquoi ne t'es-tu pas mariée, à Valognes ?

– Oh ! mon oncle, me marier ! vous n'y pensez pas !... Et les petits ?

– Tu as tort, répétait l'oncle, une femme a toujours besoin d'un homme. Si tu avais trouvé un brave garçon, vous ne seriez pas tombés sur le pavé de Paris, toi et tes frères, comme des bohémiens.

Puis, désignant de la cuiller Geneviève et Colomban :

– Tiens ! reprit-il, ces deux-là seront mariés au printemps, si la saison d'hiver est bonne.

Pendant qu'il parlait, Denise examinait Colomban et Geneviève. Ils étaient à table l'un près de l'autre ; mais ils y restaient bien tranquilles, sans une rougeur, sans un sourire. Depuis le jour de son entrée, le jeune homme comptait sur ce mariage. Il avait passé par les différentes étapes, petit commis, vendeur appointé, admis enfin aux confidences et aux plaisirs de la famille, le tout patiemment, menant une vie d'horloge, regardant Geneviève comme une affaire excellente et honnête. La certitude de l'avoir l'empêchait de la désirer. Et la jeune fille, elle aussi, s'était accoutumée à l'aimer, mais avec la gravité de sa nature contenue, et d'une passion profonde qu'elle ignorait elle-même, dans son existence plate et réglée de tous les jours.

– Oui, on finit toujours par là, déclara Colomban, qui n'avait pas encore lâché une parole, mâchant avec lenteur.

Geneviève, après avoir jeté sur lui un long regard, dit à son tour :

– Il faut s'entendre, ensuite, ça va tout seul.

– Assez causé ! conclut le drapier[1], en donnant le signal de se lever de table.

Denise, de nouveau, resta seule, assise près de la porte, en attendant que son oncle pût la conduire chez Vinçard. Et, pendant près d'une heure, elle s'intéressa aux choses qui se passaient autour d'elle. De loin en loin, entraient des clientes : une dame parut, puis deux autres. La boutique gardait son odeur de vieux, son demi-jour, où tout l'ancien commerce semblait pleurer d'abandon. Mais, de l'autre côté de la rue, ce qui la passionnait, c'était le *Bonheur des Dames*, dont elle apercevait les vitrines, par la porte ouverte ; le grand magasin s'animait, en pleine vente.

Alors, Denise eut la sensation d'une machine, fonctionnant à haute pression. Ce n'étaient plus les vitrines froides de la matinée ; maintenant, elles paraissaient comme chauffées et vibrantes de la trépidation[2] intérieure. Du monde les regardait, des femmes arrêtées s'écrasaient devant les glaces, toute une foule brutale de convoitise. Mais la chaleur d'usine dont la maison flambait, venait surtout de la vente, de la bousculade des comptoirs, qu'on sentait derrière les murs. Il y avait là le ronflement continu de la machine à l'œuvre, un enfournement de clientes, entassées devant les rayons, étourdies sous les marchandises, puis jetées à la caisse. Et cela réglé, organisé avec une rigueur mécanique, tout un peuple de femmes passant dans la force et la logique des engrenages.

Denise, depuis le matin, subissait la tentation. Ce magasin, si vaste pour elle, l'étourdissait et l'attirait, et ses yeux retournaient

1. **Drapier** : vendeur de drap – il s'agit de Baudu.
2. **Trépidation** : agitation.

toujours au *Bonheur des Dames*, comme si la vendeuse en elle avait eu le besoin de se réchauffer au flamboiement de cette grande vente.

– En voilà qui ont du monde, au moins ! laissa-t-elle échapper.

Mais elle regretta cette parole, en apercevant les Baudu près d'elle. Baudu, la bile au visage, se contenta de dire :

– Tout ce qui reluit n'est pas d'or. Patience !

La famille, évidemment, renfonçait le flot de rancune qui lui montait à la gorge. Enfin, le drapier fit un effort, se détourna pour s'arracher au spectacle de la vente d'en face.

– Eh bien ! reprit-il, voyons chez Vinçard. Les places sont courues, demain il ne serait plus temps peut-être. Nous en avons pour deux minutes. Vinçard a créé une spécialité de soie[1], où il fait encore des affaires. Oh ! il a de la peine comme tout le monde, mais c'est un finaud qui joint les deux bouts par une avarice de chien... Je crois pourtant qu'il veut se retirer à cause de ses rhumatismes.

Le magasin se trouvait rue Neuve-des-Petits-Champs, près du passage Choiseul[2]. Il était propre et clair, d'un luxe tout moderne, petit pourtant, et pauvre de marchandises. Baudu et Denise trouvèrent Vinçard en grande conférence avec deux messieurs.

– Ne vous dérangez pas, cria le drapier. Nous ne sommes pas pressés, nous attendrons.

Et, revenant par discrétion vers la porte, se penchant à l'oreille de la jeune fille, il ajouta :

1. **Spécialité de soie** : magasin spécialisé dans la vente de la soie, un tissu précieux.
2. La rue Neuve-des-Petits-Champs et le passage Choiseul se trouvent tout près de la rue de la Michodière.

– Le maigre est au *Bonheur* second à la soie[1] et le gros est un fabricant de Lyon.

Denise comprit que Vinçard poussait[2] son magasin à Robineau, le commis du *Bonheur des Dames*. Selon lui, sa maison était une affaire d'or. Mais Robineau, nerveux et tourmenté, l'interrompait avec impatience : il connaissait la crise que les nouveautés traversaient, il citait une spécialité de soie tuée déjà par le voisinage du *Bonheur*.

– Non, je ne suis pas décidé, finit-il par conclure. Laissez-moi le temps de réfléchir, nous en recauserons.

– Comme vous voudrez, dit Vinçard en cachant son désappointement[3]. Mon intérêt n'est pas de vendre.

Et, revenant au milieu du magasin :

– Qu'y a-t-il pour votre service, monsieur Baudu ?

Le drapier, qui écoutait d'une oreille, présenta Denise, conta ce qu'il voulut de son histoire, dit qu'elle avait travaillé deux ans en province.

– Et, comme vous cherchez une bonne vendeuse, m'a-t-on appris...

– Oh ! c'est jouer de guignon[4] ! Sans doute, j'ai cherché une vendeuse pendant huit jours. Mais je viens d'en arrêter[5] une, il n'y a pas deux heures.

Un silence régna. Denise semblait consternée. Alors, Robineau qui la regardait avec intérêt, apitoyé sans doute par sa mine pauvre, se permit un renseignement.

1. **Second (commis) à la soie** : vendeur au rayon soie.
2. **Poussait** : cherchait à vendre.
3. **Son désappointement** : sa déception.
4. **Guignon** : malchance.
5. **Arrêter** : engager.

« Le maigre » est Robineau. Retiens son nom : il va jouer un rôle important dans l'histoire.

– Je sais qu'on a besoin chez nous de quelqu'un, au rayon des confections[1].

Baudu ne put retenir ce cri de son cœur :

– Chez vous, ah ! non, par exemple !

– Pourquoi donc ? reprit Robineau surpris. Ce serait au contraire une chance pour mademoiselle... Je lui conseille de se présenter demain matin à madame Aurélie, la première. Le pis qui puisse lui arriver, c'est de n'être pas acceptée.

Le drapier, pour cacher sa révolte intérieure, se jeta dans des phrases vagues. Puis, revenant brusquement à Denise :

– D'ailleurs, c'est son affaire, ce n'est pas la mienne... Elle est bien libre.

Sur le trottoir, Baudu n'adressa pas la parole à sa nièce. Il marchait vite, il la forçait à courir, comme emporté par ses réflexions. Rue de la Michodière, il allait rentrer chez lui, lorsqu'un boutiquier voisin, debout sur la porte, l'appela d'un signe. Denise s'arrêta pour l'attendre.

– Quoi donc, père Bourras ? demanda le drapier.

Bourras était un grand vieillard à tête de prophète, chevelu et barbu, avec des yeux perçants sous de gros sourcils embroussaillés. Il tenait un commerce de cannes et de parapluies.

– Vous savez qu'il a écrit à mon propriétaire pour acheter la maison, dit Bourras en regardant fixement le drapier de ses yeux de flamme. Qu'il achète la maison, il la payera quatre fois sa valeur !... Mais je vous jure que, moi vivant, il n'en aura pas une pierre.

1. **Confections** : vêtements vendus en prêt-à-porter.

Dans la hiérarchie des vendeuses, la « première » dirige le rayon et embauche les vendeuses. Vient ensuite la « seconde », puis les simples vendeuses.

Le père Bourras, fabricant de parapluies, réapparaîtra dans plusieurs chapitres et tiendra un rôle important dans l'histoire.

C'était une déclaration de guerre. Bourras se tournait vers le *Bonheur des Dames*, que ni l'un ni l'autre n'avait nommé.

Un instant, Baudu hocha la tête en silence ; puis, il traversa la rue pour rentrer chez lui, les jambes cassées, en répétant seulement :

– Ah ! mon Dieu !... ah ! mon Dieu !...

Denise, qui avait écouté, suivit son oncle. Madame Baudu rentrait aussi avec Pépé ; et, tout de suite, elle dit que madame Gras prendrait l'enfant quand on voudrait.

– À propos, et chez Vinçard ? demanda madame Baudu.

Le drapier conta sa démarche inutile, puis ajouta qu'on avait indiqué une place à leur nièce ; et, le bras tendu vers le *Bonheur des Dames*, dans un geste de mépris, il lâcha ces mots :

– Tiens ! là-dedans !

Toute la famille en demeura blessée. Et, alors, le flot contenu depuis le matin creva, tous se soulagèrent, en tapant sur le monstre.

– C'est ton affaire, tu es bien libre, répéta d'abord Baudu. Nous ne voulons pas t'influencer... Seulement, si tu savais quelle maison !

Par phrases coupées, il conta l'histoire de cet Octave Mouret●. Toutes les chances ! Un garçon tombé du Midi à Paris, avec l'audace aimable d'un aventurier ; et, dès le lendemain, des histoires de femme, une continuelle exploitation de la femme, le scandale d'un flagrant délit, dont le quartier parlait encore ;

● « cet Octave Mouret » désigne, de façon méprisante, le propriétaire du magasin de nouveautés *Au Bonheur des Dames*, qui fait concurrence à la petite boutique de Baudu.

puis, la conquête brusque et inexplicable de madame Hédouin, qui lui avait apporté le *Bonheur des Dames*[●].

– Un homme à idées, un brouillon dangereux qui bouleversera le quartier, si on le laisse faire ! continua Baudu. Bref, il l'a décidée à acheter la maison de gauche, puis la maison de droite ; et lui-même, quand il a été seul, en a acheté deux autres ; de sorte que le magasin a grandi, toujours grandi, au point qu'il menace de nous manger tous, maintenant !

Il s'adressait à Denise, mais il parlait pour lui, remâchant, par un besoin fiévreux de se satisfaire, cette histoire qui le hantait.

– Et dire, murmura madame Baudu de sa voix fatiguée, que nous avons vu cette maison-là grande comme un mouchoir de poche ! On ne pouvait pas se retourner dans la boutique, tant c'était petit... À cette époque, le *Vieil Elbeuf*, qui existait depuis plus de soixante ans, était déjà tel que tu le vois aujourd'hui... Ah ! tout cela est changé, bien changé !

Le silence régna. Baudu battait la retraite du bout des doigts sur la toile cirée.

– Voyons, déclara-t-il brusquement... En voilà des paroles inutiles ! Et, pour finir, tu feras ce que tu voudras. Nous te disons les choses, voilà tout... Mais tes affaires sont tes affaires.

Il la pressait du regard, il attendait une réponse décisive. Denise, que ces histoires avaient passionnée davantage pour le *Bonheur des Dames*, au lieu de l'en détourner, se contenta de répondre :

– Nous verrons, mon oncle.

Et elle parla de monter se coucher de bonne heure avec les enfants, car ils étaient très fatigués tous les trois. Mais six

● Ces épisodes de la vie d'Octave Mouret sont racontés dans le roman *Pot-Bouille* (1882).

heures sonnaient à peine, elle voulut bien rester un moment encore dans la boutique. La nuit s'était faite, elle retrouva la rue noire, trempée d'une pluie fine et drue, qui tombait depuis le coucher du soleil. De l'autre côté de la chaussée, le *Bonheur des Dames* allumait les files profondes de ses becs de gaz[1]. Et elle se rapprocha, attirée de nouveau et comme réchauffée à ce foyer d'ardente lumière. Denise, cédant à la séduction, était venue jusqu'à la porte, sans se soucier du rejaillissement des gouttes, qui la trempait. À cette heure de nuit, avec son éclat de fournaise, le *Bonheur des Dames* achevait de la prendre tout entière. Dans la grande ville, noire et muette sous la pluie, dans ce Paris qu'elle ignorait, il flambait comme un phare, il semblait à lui seul la lumière et la vie de la cité. Elle y rêvait son avenir, beaucoup de travail pour élever les enfants, avec d'autres choses encore, elle ne savait quoi, des choses lointaines dont le désir et la crainte la faisaient trembler.

En se tournant, Denise vit qu'elle avait de nouveau les Baudu derrière elle. Malgré eux, ils revenaient toujours là, devant ce spectacle qui leur crevait le cœur. C'était une rage à souffrir.

– N'est-ce pas, tu t'y présenteras demain ? finit par demander le drapier, tourmenté d'incertitude, et sentant bien d'ailleurs que sa nièce était conquise comme les autres.

Elle hésita, puis avec douceur :

– Oui, mon oncle, à moins que cela ne vous fasse trop de peine.

1. **Becs de gaz** : lampadaires.

II

Le lendemain, à sept heures et demie, Denise était devant le *Bonheur des Dames.* Elle voulait s'y présenter, avant de conduire Jean chez son patron. Mais, avec ses habitudes matinales, elle s'était trop pressée de descendre : les commis arrivaient à peine ; et, craignant d'être ridicule, prise de timidité, elle resta à piétiner un instant sur la place Gaillon.

De toutes les rues, éclairées d'un petit jour pâle sous le ciel de cendre, les commis débouchaient vivement. La plupart filaient seuls et s'engouffraient au fond du magasin, sans adresser ni une parole ni même un regard à leurs collègues.

Denise s'aperçut que plusieurs de ces messieurs la dévisageaient en passant. Alors, pour échapper aux regards, elle fit lentement le tour de la place. Quand elle revint, elle trouva, planté devant le *Bonheur des Dames,* un grand garçon, blême et dégingandé, qui, depuis un quart d'heure, semblait attendre comme elle●.

– Mademoiselle, finit-il par lui demander d'une voix balbutiante[1], vous êtes peut-être vendeuse dans la maison ? C'est que, voyez-vous, j'ai l'idée de voir si l'on ne pourrait pas m'y prendre, et vous m'auriez donné un renseignement.

Il était aussi timide qu'elle ; il se risquait à l'aborder, parce qu'il la sentait tremblante comme lui.

1. **Balbutiante** : tremblante.

● **Dans ce chapitre, Denise va rencontrer tous les employés du *Bonheur des Dames* qui vont jouer un rôle dans sa vie. Le premier d'entre eux est Henri Deloche.**

– Ce serait avec plaisir, monsieur, répondit-elle enfin. Mais je ne suis pas plus avancée que vous, je suis là pour me présenter aussi.

– Ah ! très bien, dit-il tout à fait décontenancé.

Et ils rougirent fortement. Ils recommencèrent à attendre chacun de son côté, à quelques pas l'un de l'autre.

Les commis entraient toujours. Maintenant, Denise les entendait plaisanter, quand ils passaient près d'elle, en lui jetant un coup d'œil oblique. Son embarras grandissait d'être ainsi en spectacle ; elle se décidait à faire dans le quartier une promenade d'une demi-heure, lorsque la vue d'un jeune homme l'arrêta une minute encore. Évidemment, ce devait être un chef de rayon, car tous les commis le saluaient. Il était grand, la peau blanche, la barbe soignée ; et il avait des yeux couleur de vieil or, d'une douceur de velours, qu'il fixa un instant sur elle, au moment où il traversa la place.

C'était mieux qu'un chef de rayon, c'était Octave Mouret en personne. Il n'avait pas dormi, cette nuit-là, car au sortir d'une soirée chez un agent de change, il était allé souper avec un ami et deux femmes, ramassées dans les coulisses d'un petit théâtre. Vivement, il monta chez lui, se débarbouilla, se changea ; et, quand il vint s'asseoir devant son bureau, dans son cabinet de l'entresol, il était solide, l'œil vif, la peau fraîche, tout à la besogne[1], comme s'il eût passé dix heures au lit.

On frappa, et, sans attendre, un jeune homme entra, grand et maigre, aux lèvres minces, au nez pointu, très correct d'ailleurs avec ses cheveux lissés, où des mèches grises se montraient déjà. Mouret avait levé les yeux ; puis, continuant de signer :

1. **Tout à la besogne :** concentré sur son travail.

– Vous avez bien dormi, Bourdoncle ?

– Très bien, merci, répondit le jeune homme, qui marchait à petits pas, comme chez lui.

Bourdoncle, fils d'un fermier pauvre des environs de Limoges, avait débuté jadis au *Bonheur des Dames*, en même temps que Mouret. Très intelligent, très actif, il était devenu un des lieutenants du patron, le plus cher et le plus écouté, un des six intéressés[1] qui aidaient celui-ci à gouverner le *Bonheur des Dames*, quelque chose comme un conseil de ministres sous un roi absolu. Chacun d'eux veillait sur une province. Bourdoncle était chargé de la surveillance générale.

– Et vous, reprit-il familièrement, avez-vous bien dormi ?

Lorsque Mouret eut répondu qu'il ne s'était pas couché, il hocha la tête, en murmurant :

– Mauvaise hygiène.

– Pourquoi donc ? dit l'autre avec gaieté ! Je suis moins fatigué que vous, mon cher. Vous avez les yeux bouffis de sommeil, vous vous alourdissez, à être trop sage Amusez-vous donc, ça vous fouettera les idées !

C'était toujours leur dispute amicale. Bourdoncle faisait profession de haïr les femmes, ayant sans doute au dehors des rencontres dont il ne parlait pas, tant elles tenaient peu de place dans sa vie. Mouret, au contraire, restait devant les femmes ravi et câlin, emporté continuellement dans de nouveaux amours.

– J'ai vu madame Desforges, cette nuit, reprit-il. Elle était délicieuse à ce bal.

1. **Intéressés** : associés.

Bourdoncle est chargé de surveiller les clients, mais aussi les commis et les vendeuses. Il s'appuie pour cela sur les chefs de rayons et les inspecteurs.

Madame Desforges est la maîtresse de Mouret. C'est une femme riche, de la haute société parisienne, que Mouret trompe avec de jeunes danseuses.

– Ce n'est pas avec elle que vous avez soupé ensuite ? demanda l'associé.

– Oh ! par exemple ! elle est très honnête, mon cher Non, j'ai soupé avec Héloïse, la petite des Folies[1]. Bête comme une oie, mais si drôle.

Il prit un autre paquet de traites et continua de signer. Bourdoncle marchait toujours à petits pas.

– Vous savez qu'elles se vengeront... Il y en aura une qui vengera les autres, c'est fatal.

– Qui donc ? demanda Mouret, auquel la conversation échappait.

– Mais les femmes.

– As pas peur ! cria Mouret en exagérant son accent provençal. Celle-là n'est pas encore née, mon bon. Et, si elle vient, vous savez...

Un silence régna. On n'entendait que la plume de Mouret. Puis, sur des questions brèves posées par lui, Bourdoncle fournit des renseignements au sujet de la grande mise en vente des nouveautés d'hiver, qui devait avoir lieu le lundi suivant. C'était une très grosse affaire, la maison y jouait sa fortune : il s'agissait de vaincre ou de mourir. Lorsque Bourdoncle se permit de témoigner certaines craintes, à propos du développement exagéré donné à des rayons dont le chiffre d'affaires restait douteux, il eut un beau rire de confiance, en criant :

– Laissez donc, mon cher, la maison est trop petite !

L'autre parut abasourdi, pris d'une peur qu'il ne cherchait plus à cacher. La maison trop petite ! une maison de nouveautés où il y avait dix-neuf rayons, et qui comptait quatre cent trois employés !

– Mais sans doute, reprit Mouret, nous serons forcés de nous agrandir avant dix-huit mois... J'y songe sérieusement.

1. **La petite des Folies** : une danseuse de cabaret.

Cette nuit, madame Desforges m'a promis de me faire rencontrer demain chez elle avec une personne... Enfin, nous en causerons, quand l'idée sera mûre.

Et, ayant fini de signer les traites[1], il se leva, il vint donner des tapes amicales sur les épaules de l'intéressé, qui se remettait difficilement.

– Vous savez bien qu'on vous suivra jusqu'au bout, finit par dire Bourdoncle.

Alors, avant de descendre dans le magasin jeter leur coup d'œil habituel, tous deux réglèrent encore certains détails. Mouret intéressait désormais ses vendeurs à la vente de toutes les marchandises, il leur accordait un tant pour cent[2] sur le moindre bout d'étoffe, le moindre objet vendu par eux : mécanisme qui avait bouleversé les nouveautés, qui créait entre les commis une lutte pour l'existence, dont les patrons bénéficiaient.

– Eh bien ! descendons, reprit Mouret. Il faut s'occuper de cette mise en vente... La soie est arrivée d'hier, n'est-ce pas ? et Bouthemont doit être à la réception.

Bourdoncle le suivit●. Le service de la réception se trouvait dans le sous-sol, du côté de la rue Neuve-Saint-Augustin. Là, au ras du trottoir, s'ouvrait une cage vitrée, où les camions déchargeaient les marchandises. Elles étaient pesées, puis elles basculaient sur une glissoire rapide. Mouret regardait, sans prononcer une parole. Mais, dans ses yeux clairs, cette débâcle de marchandises qui tombait chez lui, ce flot qui lâchait des milliers de francs à la minute, mettait une courte flamme.

1. **Traites** : factures.
2. **Tant pour cent** : pourcentage.

● **La visite du magasin par Mouret et Bourdoncle permet à Zola de dresser une description complète de ses différents services.**

Jamais encore il n'avait eu une conscience si nette de la bataille engagée. C'était cette débâcle de marchandises qu'il s'agissait de lancer aux quatre coins de Paris. Il n'ouvrit pas la bouche, il continua son inspection.

– Vous avez tout, Bouthemont ? demanda Mouret, en s'approchant d'un jeune homme à fortes épaules, en train de vérifier le contenu d'une caisse.

– Oui, tout doit y être, répondit ce dernier. Mais j'en ai pour la matinée à compter.

Bouthemont, qui devenait célèbre sur la place, avait une face ronde de joyeux compère, avec une barbe d'un noir d'encre et de beaux yeux marron. Comme les autres chefs de comptoir, celui-ci touchait, outre ses trois mille francs d'appointements fixes[1], un tant pour cent sur la vente. Bouthemont avait, l'année précédente, empoché près de quinze mille francs[2] ; et ce n'était qu'un commencement.

Cependant, Bourdoncle avait pris une des pièces de soie, dont il examinait le grain[3] d'un air attentif d'homme compétent.

– Elle est vraiment très bonne, murmura l'intéressé.

– Et elle fait surtout plus d'effet qu'elle n'est bonne, dit Bouthemont. Alors, c'est décidé, nous la marquons cinq francs soixante... Vous savez que c'est à peine le prix d'achat.

– Oui, oui, cinq francs soixante, dit vivement Mouret, et si j'étais seul, je la donnerais à perte[4].

1. **Appoinements fixes** : salaire.
2. **15 000 francs** : environ 30 000 euros.
3. **Grain** : aspect, texture d'un tissu.
4. **À perte** : vendue moins cher que le prix auquel on l'a achetée.

Bouthemont est le chef du rayon (ou chef du comptoir) de la soie, chargé de l'achat des marchandises et du calcul du chiffre d'affaires de son rayon.

Le chef de rayon eut un bon rire.

– Oh ! moi, je ne demande pas mieux... Ça va tripler la vente, et comme mon seul intérêt est d'arriver à de grosses recettes[1]...

Mais Bourdoncle restait grave, les lèvres pincées. Lui, touchait son tant pour cent sur le bénéfice[2] total, et son affaire n'était pas de baisser les prix. Il osa montrer sa répugnance, en disant :

– Si nous la donnons à cinq francs soixante, c'est comme si nous la donnions à perte... On la vendrait partout à sept francs.

Du coup, Mouret se fâcha. Il tapa de sa main ouverte sur la soie, il cria nerveusement :

– Mais je le sais, et c'est pourquoi je désire en faire cadeau à nos clientes... En vérité, mon cher, vous n'aurez jamais le sens de la femme. Comprenez donc qu'elles vont se l'arracher, cette soie !

– Sans doute, interrompit l'intéressé, qui s'entêtait, et plus elles se l'arracheront, plus nous perdrons.

– Nous perdrons quelques centimes sur l'article, je le veux bien. Après ? le beau malheur, si nous attirons toutes les femmes et si nous les tenons à notre merci, séduites, affolées devant l'entassement de nos marchandises, vidant leur porte-monnaie sans compter !... Je veux que dans huit jours le Paris-Bonheur révolutionne la place. On ne parlera que de lui... Et vous entendrez la plainte furieuse de nos concurrents. Le petit commerce y laissera encore une aile. Enterrés, tous ces brocanteurs qui crèvent de rhumatismes, dans leurs caves !

Autour du patron, les commis qui vérifiaient les envois, écoutaient en souriant. Il aimait parler et avoir raison. Bourdoncle, de nouveau, céda.

1. **Recettes** : somme de toutes les ventes.
2. **Bénéfice** : somme qui reste quand on soustrait les dépenses des recettes.

– C'est la fabrication qui ne rit pas ! dit alors Bouthemont. À Lyon, ils sont furieux contre vous, ils prétendent que vos bons marchés les ruinent...

Mouret haussa les épaules.

– De quoi se plaignent-ils ? Nous les payons immédiatement, nous prenons tout ce qu'ils fabriquent, c'est bien le moins qu'ils travaillent à meilleur compte... Et, d'ailleurs, il suffit que le public en profite.

Un instant encore, Mouret regarda ce travail, toute cette activité autour de ces déballages qui montaient et menaçaient de noyer le sous-sol ; puis, sans ajouter un mot, de l'air d'un capitaine satisfait de ses troupes, il s'éloigna, suivi de Bourdoncle.

Lentement, tous deux traversèrent le sous-sol. C'était dans ces corridors que se trouvaient les réserves, où les divers rayons serraient le trop-plein de leurs articles.

Avant de faire un tour dans le magasin, il voulut monter au service des expéditions, qui occupait plusieurs pièces du deuxième étage. C'était là qu'arrivaient toutes les commandes de la province et de l'étranger ; et, chaque matin, il allait y voir la correspondance. Depuis deux ans, cette correspondance grandissait de jour en jour. Le service, qui avait d'abord occupé une dizaine d'employés, en nécessitait plus de trente déjà.

En haut, sous les combles, se trouvaient les chambres où couchaient les vendeuses. Mais Mouret redescendit, et il entra à la caisse centrale, installée près de son cabinet. C'était une pièce fermée par un vitrage à guichet de cuivre, dans laquelle on apercevait un énorme coffre-fort, scellé au mur. Deux caissiers

Au XIXe siècle, la ville de Lyon est célèbre pour ses ateliers de soie.

y centralisaient les recettes. La caisse communiquait avec une autre pièce, meublée de cartons verts, où dix employés vérifiaient les factures.

Dans le hall central, une cour intérieure qu'on avait vitrée, se trouvait la soie. Tous deux suivirent d'abord la galerie de la rue Neuve-Saint-Augustin, que le blanc[1] occupait d'un bout à l'autre. Rien d'anormal ne les frappa, ils passèrent lentement au milieu des commis respectueux.

Cependant, le magasin restait vide de clientes. Sous la lumière vive du hall central, au comptoir des soieries, deux jeunes gens causaient à voix basse. L'un, petit et charmant, les reins solides, la peau rose, cherchait à marier des couleurs de soie, pour un étalage intérieur. Il se nommait Hutin ●.

– Écoutez, Favier, je l'aurais giflé à votre place, parole d'honneur ! disait-il à l'autre, un grand garçon bilieux[2], sec et jaune.

– Ça n'avance guère, de gifler les gens, murmura-t-il avec flegme[3]. Il vaut mieux attendre.

Tous deux parlaient de Robineau, qui surveillait les commis, tandis que le chef du comptoir était au sous-sol. Hutin minait sourdement[4] le second, dont il voulait la place.

– Chut ! dix-sept ! dit-il vivement à son collègue, pour le prévenir par ce cri consacré de l'approche de Mouret et de Bourdoncle.

Ceux-ci, en effet, continuaient leur inspection en traversant le hall. Ils s'arrêtèrent, ils demandèrent à Robineau des explications, au sujet d'un stock de velours dont les cartons empilés

1. **Le blanc** : le linge de maison, traditionnellement de couleur blanche.
2. **Bilieux** : anxieux et colérique.
3. **Flegme** : calme.
4. **Minait sourdement** : critiquait en cachette, par jalousie.

● **Fais attention à la présentation de Hutin, un vendeur séduisant, dans ce chapitre : il va en effet tenir un rôle important dans la vie de Denise.**

encombraient une table. Et, comme celui-ci répondait que la place manquait :

– Je vous le disais, Bourdoncle, s'écria Mouret en souriant, le magasin est déjà trop petit !... Vous verrez l'écrasement, lundi prochain !

Et, à propos de cette mise en vente qu'on préparait dans tous les comptoirs, il interrogea de nouveau Robineau, il lui donna des ordres. Mais, depuis quelques minutes, sans cesser de parler, il suivait du regard le travail de Hutin, qui s'attardait à mettre des soies bleues à côté de soies grises et de soies jaunes, puis qui se reculait, pour juger de l'harmonie des tons. Brusquement, il intervint.

– Mais pourquoi cherchez-vous à ménager l'œil ? dit-il. N'ayez donc pas peur, aveuglez-le... Tenez ! du rouge ! du vert ! du jaune !

Il avait pris les pièces, il les jetait, les froissait, en tirait des gammes éclatantes.

– Voilà ! cria Mouret, quand il eut fini. Et laissez-le... Vous me direz s'il raccroche les femmes, lundi !

Justement, une femme arrivait, qui resta quelques secondes plantée et suffoquée devant l'étalage. C'était Denise. Elle se sentait perdue, toute petite dans le monstre, dans la machine encore au repos, tremblant d'être prise par le branle[1] dont les murs frémissaient déjà.

Elle avait comme buté tout d'un coup contre l'étalage de Mouret ; et, malgré son effarement, la femme se réveillant en elle, les joues subitement rouges, elle s'oubliait à regarder flamber l'incendie des soies.

1. **Branle** : mouvement.

– Tiens ? dit crûment Hutin à l'oreille de Favier, la grue[1] de la place Gaillon.

Mouret, tout en affectant d'écouter Bourdoncle et Robineau, était flatté au fond du saisissement de cette fille pauvre. Mais Denise avait levé les yeux, et elle se troubla davantage, quand elle reconnut le jeune homme qu'elle prenait pour un chef de rayon. Elle s'imagina qu'il la regardait avec sévérité. Alors, ne sachant plus comment s'éloigner, égarée tout à fait, elle s'adressa une fois encore au premier commis venu, à Favier qui se trouvait près d'elle.

– Madame Aurélie, s'il vous plaît ?

Favier, désagréable, se contenta de répondre de sa voix sèche :

– À l'entresol.

Et Denise, ayant hâte de n'être plus sous les regards de tous ces hommes, disait merci et tournait de nouveau le dos à l'escalier, lorsque Hutin céda naturellement à son instinct de galanterie. Il l'avait traitée de grue, et ce fut de son air aimable de beau vendeur qu'il l'arrêta.

– Non, par ici, mademoiselle... En haut, tournez à gauche... Les confections sont en face.

Cette politesse caressante remuait profondément Denise. Elle avait levé les yeux, elle contemplait Hutin, et tout en lui la touchait, le joli visage, le regard dont le sourire dissipait sa crainte, la voix qui lui semblait d'une douceur consolante. Son cœur se gonfla de gratitude, elle donna son amitié, dans les quelques paroles décousues que l'émotion lui permit de balbutier.

– Vous êtes trop bon... Ne vous dérangez pas... Merci mille fois, monsieur.

1. **Grue** : prostituée qui arpente le trottoir.

Déjà Hutin rejoignait Favier, auquel il disait tout bas, de sa voix crue :

– Hein ? quelle désossée[1] !

En haut, la jeune fille tomba droit dans le rayon des confections. C'était une vaste pièce, entourée de hautes armoires en chêne sculpté. Cinq ou six femmes, vêtues de robes de soie, très coquettes, s'y agitaient en causant.

– Madame Aurélie ? répéta Denise.

La vendeuse la regarda sans répondre, d'un air de dédain pour sa mise pauvre, puis s'adressant à une de ses camarades, petite, d'une mauvaise chair blanche, avec une mine innocente et dégoûtée, elle demanda :

– Mademoiselle Vadon, savez-vous où est la première ?

Celle-là ne prit même pas la peine de lever la tête.

– Non, mademoiselle Prunaire, je n'en sais rien, dit-elle du bout des lèvres●.

Alors, la seconde du rayon, une femme maigre et laide qu'elle n'avait pas vue, lui cria d'une armoire où elle vérifiait des étiquettes :

– Attendez, si c'est à madame Aurélie en personne que vous désirez parler.

Et, questionnant une autre vendeuse, elle ajouta :

– Est-ce qu'elle n'est pas à la réception ?

– Non, madame Frédéric, je ne crois pas, répondit celle-ci. Elle n'a rien dit, elle ne peut pas être loin.

1. **Désossée** : tas d'os, autrement dit femme trop maigre.

● **Clara Prunaire et Marguerite Vadon sont les deux vendeuses du rayon de la confection, placées sous les ordres de la première, Mme Aurélie, et de sa seconde, Mme Frédéric.**

Denise, ainsi renseignée, demeura debout. Il y avait bien quelques chaises pour les clientes ; mais, comme on ne lui disait pas de s'asseoir, elle n'osa en prendre une, malgré le trouble qui lui cassait les jambes. Évidemment, ces demoiselles avaient flairé la vendeuse qui venait se présenter, et elles la dévisageaient, elles la déshabillaient du coin de l'œil, sans bienveillance, avec la sourde hostilité des gens à table qui n'aiment pas se serrer pour faire place aux faims du dehors. Son embarras grandit, elle traversa la pièce à petits pas et alla regarder dans la rue, afin de se donner une contenance.

– Dites, chuchotait la grande Prunaire à la petite Vadon, avez-vous vu ses bottines ?

– Et la robe donc ! murmurait l'autre.

– Ah bien ! reprit à voix basse Clara, en voilà une qui ne pèsera pas lourd ici !

Mais elles se turent, une femme d'environ quarante-cinq ans entrait. C'était madame Aurélie, très forte, sanglée dans sa robe de soie noire, dont le corsage, tendu sur la rondeur massive des épaules et de la gorge, luisait comme une armure.

– Mademoiselle Vadon, dit-elle d'une voix irritée, vous n'avez donc pas remis hier à l'atelier le modèle du manteau à taille ?

– Il y avait une retouche à faire, madame, répondit la vendeuse, et c'est madame Frédéric qui l'a gardé.

Alors, la seconde tira le modèle d'une armoire, et l'explication continua. Tout pliait devant madame Aurélie, quand elle croyait avoir à défendre son autorité.

À l'époque, les vendeuses des grands magasins aident les clientes à choisir un tissu et un modèle, puis prennent leurs mesures. Le vêtement est ensuite réalisé pour elles dans les ateliers de confection du magasin.

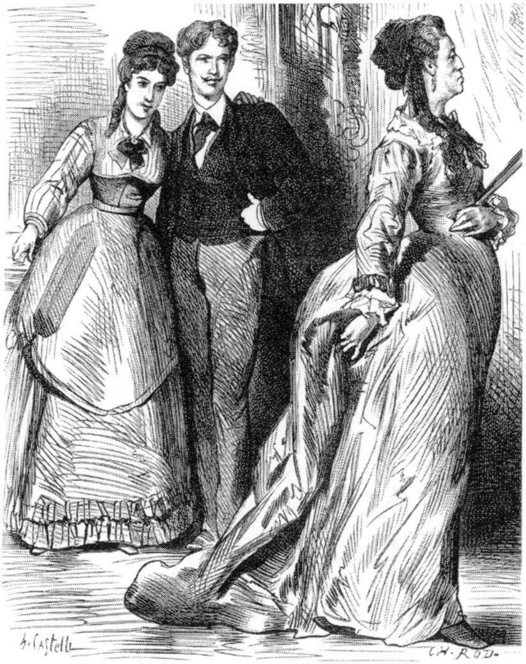

Illustration du roman Au Bonheur des Dames *d'Émile Zola.*
Éditions Fasquelle, 1906.

– Assez de paroles ! finit-elle par dire sèchement, vous n'êtes pas plus raisonnable que les autres, madame Frédéric... Qu'on fasse la retouche tout de suite.

Pendant cette explication, Denise avait cessé de regarder dans la rue. Elle se doutait bien que cette dame était madame Aurélie ; mais, inquiétée par les éclats de sa voix, elle restait debout, elle attendait toujours. Enfin, ce fut madame Aurélie elle-même qui l'aperçut et qui, s'étonnant de la voir immobile, lui demanda ce qu'elle désirait.

– Madame Aurélie, je vous prie ?

– C’est moi.

Denise avait la bouche sèche, les mains froides, reprise d’une de ses anciennes peurs d’enfant, lorsqu’elle tremblait d’être fouettée. Elle bégaya sa demande, dut la recommencer pour la rendre intelligible. Madame Aurélie la regardait de ses grands yeux fixes.

– Quel âge avez-vous donc ?

– Vingt ans, madame.

– Comment vingt ans ! mais vous n’en paraissez pas seize !

– Oh ! je suis très forte !

Madame Aurélie haussa ses larges épaules. Puis, elle déclara :

– Mon Dieu ! je veux bien vous inscrire. Nous inscrivons ce qui se présente… Mademoiselle Prunaire, donnez-moi le registre.

Comme la grande Clara allait le chercher, Mouret arriva, toujours suivi de Bourdoncle. Ils achevaient le tour des comptoirs de l’entresol, ils avaient traversé les dentelles, les châles, les fourrures, l’ameublement, la lingerie, et ils finissaient par les confections. Madame Aurélie s’écarta, causa un moment avec eux.

Cependant, Mouret, surpris de retrouver Denise, se pencha pour demander à madame Aurélie ce que cette jeune fille faisait là ; et, quand la première eut répondu qu’elle se présentait comme vendeuse, Bourdoncle, avec son dédain de la femme, fut suffoqué de cette prétention.

– Allons donc ! murmura-t-il, c’est une plaisanterie ! Elle est trop laide.

– Le fait est qu’elle n’a rien de beau, dit Mouret, n’osant la défendre, bien que touché encore de son extase en bas, devant l’étalage.

Mais on apportait le registre, et madame Aurélie revint vers Denise. Celle-ci ne faisait décidément pas une bonne impression. Sans exiger des filles belles, on les voulait agréables, pour la vente. Et, sous les regards de ces dames et de ces messieurs, qui l'étudiaient, qui la pesaient, comme une jument que des paysans marchandent à la foire, Denise achevait de perdre contenance.

– Votre nom ? demanda la première, la plume à la main, prête à écrire sur le bout d'un comptoir.

– Denise Baudu, madame.

– Votre âge ?

– Vingt ans et quatre mois.

– Dans quelle maison avez-vous été, à Paris ?

– Mais, madame, j'arrive de Valognes.

Ce fut un nouveau désastre. D'ordinaire, le *Bonheur des Dames* exigeait de ses vendeuses un stage d'un an dans une des petites maisons de Paris.

– Où étiez-vous, à Valognes ?

– Chez Cornaille.

– Je le connais, bonne maison, laissa échapper Mouret.

Avec son sens délicat de la femme, il sentait chez cette jeune fille un charme caché, une force de grâce et de tendresse, ignorée d'elle-même. Madame Aurélie continua d'une voix plus douce :

– Et pourquoi êtes-vous sortie de chez Cornaille ?

– Des raisons de famille, répondit Denise en rougissant. Nous avons perdu nos parents, j'ai dû suivre mes frères...

– Où demeurez-vous ?

– Chez mon oncle, murmura-t-elle, hésitant à le nommer, craignant qu'on ne voulût jamais de la nièce d'un concurrent. Chez mon oncle Baudu, là, en face.

Du coup, Mouret intervint une seconde fois.

– Comment, vous êtes la nièce de Baudu !... Est-ce que c'est Baudu qui vous envoie ?

– Oh ! non, monsieur !

Et elle ne put s'empêcher de rire, tant l'idée lui parut singulière. Ce fut une transfiguration. Elle restait rose, et le sourire, sur sa bouche un peu grande, était comme un épanouissement du visage entier.

– Mais elle est jolie ! dit tout bas Mouret à Bourdoncle.

L'intéressé refusa d'en convenir, d'un geste d'ennui.

– Votre oncle a eu tort de ne pas vous amener, sa recommandation suffisait... On prétend qu'il nous en veut. Nous sommes d'esprit plus large, et s'il ne peut occuper sa nièce dans sa maison, eh bien ! nous lui montrerons que sa nièce n'a eu qu'à frapper chez nous pour être accueillie... Répétez-lui que je l'aime toujours beaucoup, qu'il doit s'en prendre, non pas à moi, mais aux nouvelles conditions du commerce. Et dites-lui qu'il achèvera de se couler, s'il s'entête dans un tas de vieilleries ridicules.

Denise redevint toute blanche. C'était Mouret. Personne n'avait dit son nom, mais il se désignait lui-même, et elle le devinait maintenant.

Madame Aurélie, cependant, fermait le registre. Il lui fallait une seule vendeuse, et il y avait déjà dix demandes inscrites. Mais elle était trop désireuse d'être agréable au patron pour hésiter.

– C'est bien, mademoiselle, dit-elle majestueusement, pour réserver son autorité. On vous écrira.

L'embarras tint encore Denise immobile, pendant un instant. Enfin, elle remercia madame Aurélie ; et, lorsqu'elle dut passer devant Mouret et Bourdoncle, elle salua.

Elle descendit l'escalier avec le même trouble qu'elle l'avait monté, en proie à une singulière angoisse, se demandant si elle devait se désespérer ou se réjouir d'être venue. De toutes ses sensations, deux persistaient et effaçaient peu à peu les autres : le coup porté en elle par Mouret, profond jusqu'à la peur ; puis, l'amabilité de Hutin, la seule joie de sa matinée, un souvenir d'une douceur charmante, qui l'emplissait de gratitude. Quand elle traversa le magasin pour sortir, elle chercha le jeune homme, heureuse à l'idée de le remercier encore des yeux, et elle fut triste de ne pas le voir.

– Eh bien ! mademoiselle, avez-vous réussi ? lui demanda une voix émue, comme elle était enfin sur le trottoir.

Elle se retourna, elle reconnut le grand garçon blême et dégingandé, qui lui avait adressé la parole, le matin. Lui aussi, sortait du *Bonheur des Dames*, et il paraissait plus effrayé qu'elle, tout ahuri de l'interrogatoire qu'il venait de subir.

– Mon Dieu ! je n'en sais rien, monsieur, répondit-elle.

– C'est comme moi, alors. Ils ont une manière de vous regarder et de vous parler, là-dedans !...

Ne sachant de quelle façon se quitter, ils se mirent à rougir. Puis, le jeune homme, pour dire encore quelque chose dans l'excès de sa timidité, osa demander, de son air gauche et bon :

– Comment vous nommez-vous, mademoiselle ?

– Denise Baudu.

– Moi, je me nomme Henri Deloche.

Maintenant, ils souriaient. Ils cédèrent à la fraternité de leurs situations, ils se tendirent la main.

– Bonne chance !

– Oui, bonne chance !

III

Chaque samedi, de quatre à six, madame Desforges offrait une tasse de thé et des gâteaux aux personnes de son intimité, qui voulaient bien la venir voir. Justement, ce samedi-là, comme un domestique allait l'introduire dans le grand salon, Mouret aperçut de l'antichambre, par une porte restée ouverte, madame Desforges qui traversait le petit salon. Elle s'était arrêtée en le voyant, et il entra par là, il la salua d'un air de cérémonie. Puis, quand le domestique eut refermé la porte, il saisit vivement la main de la jeune femme, qu'il baisa avec tendresse.

– Prends garde, il y a du monde ! dit-elle tout bas, en désignant d'un signe la porte du grand salon. Je suis allée chercher cet éventail pour le leur montrer.

Et, du bout de l'éventail, elle lui donna gaiement un léger coup au visage. Elle était brune, un peu forte, avec de grands yeux jaloux. Mais il avait gardé sa main, il demanda :

– Viendra-t-il ?

– Sans doute, répondit-elle. J'ai sa promesse.

Tous deux parlaient du baron Hartmann, directeur du Crédit Immobilier.

– Est-il au courant ? reprit-il.

– Non, vous lui expliquerez vous-même l'affaire, répondit-elle, cessant de le tutoyer.

Mais il lui tenait toujours la main, il l'appelait sa bonne Henriette, et elle sentit son cœur se fondre. Silencieusement, elle tendit les lèvres, les appuya sur les siennes ; puis, à voix basse :

– Chut ! on m'attend... Entre derrière moi.

Des voix légères venaient du grand salon, assourdies par les tentures. Elle poussa la porte, dont elle laissa les deux battants ouverts, et elle remit l'éventail à une des quatre dames, qui étaient assises au milieu de la pièce.

– Tenez ! le voilà, dit-elle. Je ne savais plus, jamais ma femme de chambre ne l'aurait trouvé.

Et, se tournant, elle ajouta de son air gai :

– Entrez donc, monsieur Mouret, passez par le petit salon. Ce sera moins solennel.

Mouret salua ces dames, qu'il connaissait. Le salon, avec son meuble Louis XVI, ses bronzes dorés, ses grandes plantes vertes, avait une intimité tendre de femme, malgré la hauteur

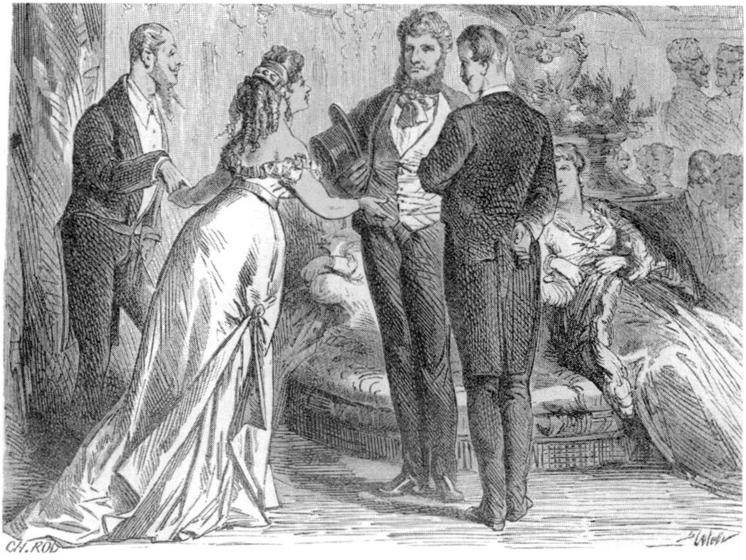

Illustration du roman Au Bonheur des Dames *d'Émile Zola. Éditions Fasquelle, 1906.*

du plafond ; et par les deux fenêtres, on apercevait les marronniers des Tuileries, dont le vent d'octobre balayait les feuilles.

– Mais il n'est pas vilain du tout, ce chantilly[1] ! s'écria madame Bourdelais, qui tenait l'éventail.

C'était une petite blonde de trente ans, le nez fin, les yeux vifs, une amie de pension d'Henriette, qui avait épousé un sous-chef du ministère des Finances.

Cependant, l'éventail faisait le tour de ces dames. Madame Guibal lui accorda à peine un coup d'œil. Elle était grande et mince, de cheveux roux, avec un visage noyé d'indifférence, où ses yeux gris mettaient par moments, sous son air détaché, les terribles faims de l'égoïsme.

– Oh ! murmura-t-elle en passant l'éventail à madame de Boves, je n'en ai pas acheté deux dans ma vie... On vous en donne toujours de trop.

La comtesse répondit d'une voix finement ironique :

– Vous êtes heureuse, ma chère, d'avoir un mari galant.

Et, se penchant vers sa fille, une grande personne de vingt ans et demi :

– Regarde donc, Blanche. Quel joli travail !...

Madame de Boves venait de dépasser la quarantaine. C'était une femme superbe, à encolure de déesse, avec une grande face régulière et de larges yeux dormants, que son mari, inspecteur général des haras, avait épousée pour sa beauté.

1. **Chantilly** : dentelle noire sur fond clair.

Le plafond haut, les meubles luxueux, et la situation de l'appartement traduisent la richesse de sa propriétaire.

Cette scène permet de présenter les amies de Mme Desforges, qui sont aussi les clientes du *Bonheur des Dames*.

Le domestique ouvrit la porte, en disant :

– Madame Marty.

Une femme maigre entra, laide, ravagée de petite vérole[1], mise avec une élégance compliquée. Elle était sans âge, ses trente-cinq ans en valaient quarante ou trente, selon la fièvre nerveuse qui l'animait. Un sac de cuir rouge, qu'elle n'avait pas lâché, pendait à sa main droite.

– Chère madame, dit-elle à Henriette, vous m'excusez, avec mon sac... Imaginez-vous, en venant vous voir, je suis entrée au *Bonheur*, et comme j'ai encore fait des folies, je n'ai pas voulu laisser ceci en bas, dans mon fiacre[2], de peur d'être volée.

On entendit le timbre de l'antichambre.

– Monsieur de Boves, monsieur de Vallagnosc, annonça le domestique.

Ce fut un étonnement, madame de Boves elle-même ne comptait pas sur son mari. Ce dernier s'effaça pour que l'autre visiteur, un grand garçon pâle, pût à son tour saluer la maîtresse de la maison. Mais, à peine la conversation reprenait-elle, que deux légers cris s'élevèrent :

– Comment ! c'est toi, Paul !

– Tiens ! Octave !

Mouret et Vallagnosc se serraient les mains. À son tour, madame Desforges témoignait sa surprise. Ils se connaissaient donc ? Certes, ils avaient grandi côte à côte, au collège de Plassans ; et le hasard était qu'ils ne se fussent pas encore rencontrés chez elle●.

1. **Petite vérole** : maladie qui provoque l'apparition de pustules sur la peau et laisse des cicatrices.
2. **Fiacre** : voiture à cheval, à quatre roues et à quatre places.

● **La jeunesse d'Octave Mouret et de Paul de Vallagnosc est racontée dans le roman *La Conquête de Plassans* (1874).**

– Ah ! ce vieux Paul ! répétait Mouret.

Il s'était assis près de Vallagnosc, sur un canapé.

– Voyons, demanda Mouret, que deviens-tu ?

– Mais je ne deviens rien.

Octave se mit à rire. Rien, ce n'était pas assez. Phrase à phrase, il finit par obtenir l'histoire de Paul, l'histoire commune des garçons pauvres, qui croient devoir à leur naissance de rester dans les professions libérales. Lui, avait fait son droit par tradition de famille ; puis, il était demeuré à la charge de sa mère veuve. Une honte enfin l'avait pris, et il était venu occuper une petite place au ministère de l'Intérieur, où il se tenait enfoui, comme une taupe dans son trou.

– Et qu'est-ce que tu gagnes ? reprit Mouret.

– Trois mille francs.

– Mais c'est une pitié ! Ah ! mon pauvre vieux, ça me fait de la peine pour toi... Comment ! un garçon si fort, qui nous roulait tous ! Et ils ne te donnent que trois mille francs, après t'avoir abruti pendant cinq ans déjà ! Non, ce n'est pas juste !... Tu sais ce que je suis devenu ?

– Oui, dit Vallagnosc. On m'a conté que tu étais dans le commerce. Tu as cette grande maison de la place Gaillon, n'est-ce pas ?

– C'est cela... Calicot[1], mon vieux ! Quand j'ai eu passé mon bachot[2], pour contenter ma famille, j'aurais parfaitement pu devenir un avocat ou un médecin comme les camarades ; mais ces métiers-là m'ont fait peur, tant on voit de gens y tirer la langue... Alors, mon Dieu ! j'ai jeté la peau d'âne[3] au vent, oh ! sans regret, et j'ai piqué une tête dans les affaires.

– Il est de fait que ton diplôme de bachelier ne doit pas te servir à grand'chose pour vendre de la toile.

1. **Calicot** : vendeur de tissu (en argot) .
2. **Bachot** : baccalauréat.
3. **La peau d'âne** : le diplôme.

– Ma foi ! tout ce que je demande, c'est qu'il ne me gêne pas... Et, tu sais, quand on a eu la bêtise de se mettre ça entre les jambes, il n'est pas commode de s'en dépêtrer. On s'en va à pas de tortue dans la vie, lorsque les autres, ceux qui ont les pieds nus, courent comme des dératés. Voyons, je ne veux pas te faire de la peine, mais avoue que tes diplômes n'ont satisfait aucun de tes besoins... Sais-tu que mon chef de rayon, à la soie, touchera plus de douze mille francs cette année ?... Les vendeurs ordinaires, chez moi, se font trois et quatre mille francs, plus que tu ne gagnes toi-même ; et ils n'ont pas coûté tes frais d'instruction, ils n'ont pas été lancés dans le monde, avec la promesse signée de le conquérir... Sans doute, gagner de l'argent n'est pas tout. Seulement, entre les pauvres diables frottés de science qui encombrent les professions libérales, sans y manger à leur faim, et les garçons pratiques, armés pour la vie, sachant à fond leur métier, ma foi ! je n'hésite pas, je suis pour ceux-ci contre ceux-là, je trouve que les gaillards comprennent joliment leur époque !

Vallagnosc se renversait mollement sur le canapé.

– Bah ! murmura-t-il, la vie ne vaut pas tant de peine. Rien n'est drôle. Autant rester les bras croisés. Voyons, est-ce que tu t'amuses, toi ?

– Comment ! si je m'amuse !... Ah ! çà, que chantes-tu ? Tu en es là, mon vieux !... Mais, sans doute, je m'amuse. Moi, je suis un passionné, je ne prends pas la vie tranquillement, c'est ce qui m'y intéresse peut-être. Oh ! il y a des femmes qui m'ont bien embêté, ça je le confesse. Mais, quand j'en tiens une, je la tiens, que diable ! et je ne donne ma part à personne, je t'assure... Puis, ce ne sont pas encore les femmes, dont je me moque après tout. Vois-tu, c'est de vouloir et d'agir, c'est de créer enfin... Tu as une idée, tu te bats pour elle, tu l'enfonces à coups de marteau dans la tête des gens, tu la vois grandir et triompher... Ah ! oui, mon vieux, je m'amuse !

Madame Desforges parut à la porte du petit salon, suivie d'un vieillard, âgé d'environ soixante ans, dont les deux amis n'avaient pas remarqué l'entrée.

– Par ici, mon cher baron, disait madame Desforges. Je vous présente monsieur Octave Mouret, qui a le plus vif désir de vous témoigner sa grande admiration.

Et, se tournant vers Octave, elle ajouta :

– Monsieur le baron Hartmann.

Un sourire pinçait finement les lèvres du vieillard. C'était un homme petit et vigoureux, dont la face épaisse s'éclairait d'une flamme d'intelligence, au moindre pli de la bouche, au plus léger clignement des paupières.

– Oh ! monsieur, disait Mouret avec son enthousiasme de Provençal, la dernière opération du Crédit Immobilier a été si étonnante ! Vous ne sauriez croire combien je suis heureux et fier de vous serrer la main.

– Trop aimable, monsieur, trop aimable, répétait le baron toujours souriant.

Lorsque Mouret eut repris sa place sur le canapé, près du baron Hartmann, il se répandit en nouveaux éloges à propos des opérations du Crédit Immobilier. Puis, il attaqua le sujet qui lui tenait au cœur, il parla de la nouvelle voie, du prolongement de la rue Réaumur, dont on allait ouvrir une section, sous le nom de rue du Dix-Décembre, entre la place de la Bourse et la place de l'Opéra●. Il y avait près de trois ans que Mouret attendait ces

● **Dans les années 1860, de nombreux grands travaux sont réalisés à Paris, où l'on remplace d'anciennes petites rues par de larges boulevards.**

travaux. Comme la rue du Dix-Décembre devait couper la rue de Choiseul et la rue de la Michodière, il voyait le *Bonheur des Dames* envahir tout le pâté entouré par ces rues et la rue Neuve-Saint-Augustin, il l'imaginait déjà avec une façade de palais sur la voie nouvelle, dominateur, maître de la ville conquise. Et de là était né son vif désir de connaître le baron Hartmann, lorsqu'il avait appris que le Crédit Immobilier, par un traité passé avec l'administration, prenait l'engagement de percer et d'établir la rue du Dix-Décembre, à la condition qu'on lui abandonnerait la propriété des terrains en bordure●.

Enfin, il arriva au point délicat.

– N'avez-vous pas acheté l'ancien hôtel Duvillard, cette vieille bâtisse qui me touche ? finit-il par demander brusquement. Tenez ! monsieur le baron, puisque j'ai l'honneur inespéré de vous rencontrer, il faut que je me confesse... D'ailleurs, j'ai besoin de vos conseils, il y a longtemps que je n'osais vous aller voir.

Il se confessa en effet, il raconta ses débuts, il ne cacha même pas la crise financière qu'il traversait, au milieu de son triomphe.

– Qu'allez-vous faire de vos terrains et de vos immeubles ? demandait-il avec insistance. Vous avez une idée, sans doute. Mais je suis bien certain que votre idée ne vaut pas la mienne... Songez à cela. Nous bâtissons sur les terrains une galerie de vente, nous démolissons ou nous aménageons les immeubles, et nous ouvrons les magasins les plus vastes de Paris, un bazar[1] qui fera des millions... Voyons, il faut nous entendre, ce serait un meurtre.

1. **Bazar** : magasin qui, au lieu d'être spécialisé, vend de tout.

● **Octave Mouret a besoin de s'associer au baron Hartmann pour agrandir son magasin.**

– Comme vous y allez, cher monsieur ! se contenta de répondre le baron Hartmann. Quelle imagination ! Sans doute, l'idée peut séduire, disait-il. Seulement, elle est d'un poète... Où prendriez-vous la clientèle pour emplir pareille cathédrale ?

Mouret le regarda un moment en silence, comme stupéfait de son refus. Était-ce possible ? un homme d'un tel flair, qui sentait l'argent à toutes les profondeurs ! Et, tout d'un coup, il eut un geste de grande éloquence, il montra ces dames dans le salon, en criant :

– La clientèle, mais la voilà !

Alors, avec sa verve provençale, en phrases chaudes qui évoquaient les images, il montra le nouveau commerce à l'œuvre. Ce fut d'abord la puissance décuplée de l'entassement, toutes les marchandises accumulées sur un point, se soutenant et se poussant ; jamais de chômage, toujours l'article de la saison était là ; et, de comptoir en comptoir, la cliente se trouvait prise, achetait ici l'étoffe, plus loin le fil, ailleurs le manteau, s'habillait, puis tombait dans des rencontres imprévues, cédait au besoin de l'inutile et du joli.

– J'ai la femme, je me fiche du reste ! dit-il dans un aveu brutal, que la passion lui arracha.

Et, en quelques phrases dites à l'oreille du baron Hartmann, il acheva d'expliquer le mécanisme du grand commerce moderne. Alors, plus haut que les faits déjà donnés, au sommet, apparut l'exploitation de la femme. Tout y aboutissait, le capital sans cesse renouvelé, le système de l'entassement des marchandises, le bon marché qui attire, la marque en chiffres connus[1] qui tranquillise. C'était la femme que les magasins se

1. **La marque en chiffres connus** : le prix fixe, indiqué sur le produit.

disputaient par la concurrence, la femme qu'ils prenaient au continuel piège de leurs occasions, après l'avoir étourdie devant leurs étalages. Ils avaient éveillé dans sa chair de nouveaux désirs, ils étaient une tentation immense, où elle succombait fatalement, cédant d'abord à des achats de bonne ménagère, puis gagnée par la coquetterie, puis dévorée. En décuplant la vente, en démocratisant le luxe, ils devenaient un terrible agent de dépense, ravageaient les ménages, travaillaient au coup de folie de la mode, toujours plus chère.

– Eh bien ! cher monsieur, demanda-t-il pour conclure, voulez-vous être avec moi ? L'affaire des terrains vous semble-t-elle possible ?

Le baron, à demi conquis, hésitait pourtant à s'engager de la sorte. Un doute restait au fond du charme qui opérait peu à peu sur lui.

– Eh bien ! j'examinerai l'affaire... Elle est conclue, si votre vente de lundi prend l'importance que vous dites.

Ils se serrèrent la main, et Mouret, l'air ravi, se retira, car il dînait mal, quand il n'allait pas, le soir, jeter un coup d'œil sur la recette du *Bonheur des Dames.*

IV

Ce lundi-là, le dix octobre, un clair soleil de victoire perça les nuées grises, qui depuis une semaine assombrissaient Paris. Aussi le *Bonheur des Dames*, dès huit heures, flambait-il aux rayons de ce clair soleil, dans la gloire de sa grande mise en vente des nouveautés d'hiver●.

Mais, à cette heure, il entrait peu de monde, quelques rares clientes affairées, des ménagères du voisinage, des femmes désireuses d'éviter l'écrasement de l'après-midi. Chaque fois qu'une cliente se présentait, il y avait un mouvement parmi les garçons de magasin, rangés sous la haute porte, habillés d'une livrée[1], l'habit et le pantalon vert clair, le gilet rayé jaune et rouge. Et l'inspecteur Jouve●, l'ancien capitaine retraité, était là, en redingote et en cravate blanche, avec sa décoration, comme une enseigne de vieille probité[2], accueillant les dames d'un air gravement poli, se penchant vers elles pour leur indiquer les rayons. Puis, elles disparaissaient dans le vestibule, changé en un salon oriental.

Dès la porte, c'était ainsi un émerveillement, une surprise qui, toutes, les ravissait. Mouret avait eu cette idée. Le premier, il venait d'acheter à des conditions excellentes une collection de tapis anciens et de tapis neufs, de ces tapis rares que, seuls,

1. **Livrée** : uniforme.
2. **Probité** : honnêteté.

● **Le chapitre se passe le 10 octobre 1864, journée de lancement des nouveautés d'hiver dont le clou est le « Paris-Bonheur », une soie de qualité vendue à un prix très bas. L'avenir du magasin dépend du succès de cette journée.**

● **Sous l'autorité de Bourdoncle, l'inspecteur Jouve assure la surveillance du magasin.**

les marchands de curiosités vendaient jusque-là, très cher ; et il allait en inonder le marché, il les cédait presque à prix coûtant[1], en tirait simplement un décor splendide, qui devait attirer chez lui la haute clientèle de l'art. Du milieu de la place Gaillon, on apercevait ce salon oriental, fait uniquement de tapis et de portières[2], que des garçons avaient accrochés sous ses ordres. D'abord, au plafond, étaient tendus des tapis de Smyrne, dont les dessins compliqués se détachaient sur des fonds rouges. Puis, des quatre côtés, pendaient des portières : les portières de Karamanie et de Syrie, zébrées de vert, de jaune et de vermillon[3] ; les portières de Diarbékir, plus communes, rudes à la main ; et encore des tapis pouvant servir de tentures, les longs tapis d'Hispahan, de Téhéran et de Kermancha, les tapis plus larges de Schoumaka et de Madras, floraison étrange de pivoines et de palmes, fantaisie lâchée dans le jardin du rêve. Cette tente de pacha somptueux était meublée de fauteuils et de divans, faits avec des sacs de chameau, les uns coupés de losanges bariolés, les autres plantés de roses naïves. La Turquie, l'Arabie, la Perse, les Indes étaient là●.

Le matin, à huit heures, lorsque Denise, qui allait justement débuter ce lundi-là, avait traversé le salon oriental, elle était restée saisie, ne reconnaissant plus l'entrée du magasin, achevant de se troubler dans ce décor de harem, planté à la porte. Un garçon l'ayant conduite sous les combles[4] et remise entre les

1. **À prix coûtant** : au prix auquel il les avait achetés, sans bénéfice.
2. **Portière** : tapisserie servant à recouvrir une porte.
3. **Vermillon** : rouge vif.
4. **Combles** : étage situé sous les toits, où sont situés les logements réservés aux vendeuses.

● **De cette description, on retient surtout le luxe et la surprise provoquée par des articles exotiques et rares. La précision des descriptions est typique de l'écriture de Zola : elle est célèbre pour cela.**

mains de madame Cabin, chargée du nettoyage et de la surveillance des chambres, celle-ci l'installa au numéro 7, où l'on avait déjà monté sa malle. Vingt chambres pareilles s'alignaient le long d'un corridor de couvent, peint en jaune ; et, sur les trente-cinq demoiselles de la maison, les vingt qui n'avaient pas de famille à Paris couchaient là. Tout de suite, Denise ôta sa mince robe de laine. Puis, elle passa l'uniforme de son rayon, une robe de soie noire, qu'on avait retouchée pour elle, et qui l'attendait sur le lit. Jamais elle n'avait porté de la soie.

En bas, comme elle entrait au rayon, une querelle éclatait. Elle entendit Clara dire d'une voix aiguë :

– Madame, je suis arrivée avant elle.

– Ce n'est pas vrai, répondait Marguerite. Elle m'a bousculée à la porte, mais j'avais déjà mis le pied dans le salon.

Il s'agissait de l'inscription au tableau de ligne, qui réglait les tours de vente. Les vendeuses s'inscrivaient sur une ardoise, dans leur ordre d'arrivée ; et, chaque fois qu'une d'elles avait eu une cliente, elle remettait son nom à la queue. La jeune fille alla gauchement s'inscrire au tableau de ligne, où elle se trouvait la dernière. Cependant, madame Aurélie l'examinait avec une moue inquiète. Elle ne put s'empêcher de dire :

– Ma chère, deux comme vous tiendraient dans votre robe. Il faudra la faire rétrécir… Et puis, vous ne savez pas vous habiller. Tirez donc la ceinture par-devant. Là, vous n'avez plus de bosse dans le dos, au moins… Et vos cheveux, est-il possible de les massacrer ainsi ! Ils seraient superbes, si vous vouliez. Allons, demain, vous vous arrangerez mieux… Et, maintenant, tâchez de prendre les habitudes de la maison, attendez votre tour de vente. La journée d'aujourd'hui sera dure, on va pouvoir juger ce dont vous êtes capable.

Cependant, le rayon restait désert, peu de clientes montaient aux confections, à cette heure matinale. Ces demoiselles se ménageaient, droites et lentes, pour se préparer aux fatigues de l'après-midi. Alors, Denise, intimidée par la pensée qu'elles guettaient son début, tailla son crayon, afin d'avoir une contenance ; puis, imitant les autres, elle se l'enfonça dans la poitrine, entre deux boutonnières. Elle s'exhortait au courage, il fallait qu'elle conquît sa place. La veille, on lui avait dit qu'elle entrait au pair, c'est-à-dire sans appointements fixes[1] ; elle aurait uniquement le tant pour cent et la guelte[2] sur les ventes qu'elle ferait. Mais elle espérait bien arriver ainsi à douze cents francs, car elle savait que les bonnes vendeuses allaient jusqu'à deux mille, quand elles prenaient de la peine.

Vers onze heures, quelques dames se présentèrent. Le tour de vente de Denise arrivait. Justement, une cliente fut signalée.

– La grosse de province, vous savez, murmura Marguerite.

C'était une femme de quarante-cinq ans, qui débarquait de loin en loin à Paris, du fond d'un département perdu. Là-bas, pendant des mois, elle mettait des sous de côté ; puis, à peine descendue de wagon, elle tombait au *Bonheur des Dames,* elle dépensait tout. Tout le magasin la connaissait, savait qu'elle se nommait madame Boutarel et qu'elle habitait Albi.

– Vous allez bien, madame ? demandait gracieusement madame Aurélie qui s'était avancée. Et que désirez-vous ? On est à vous tout de suite.

Puis, se tournant :

– Mesdemoiselles !

1. **Appointements fixes** : salaires réguliers.
2. **Tant pour cent** : pourcentage reversé au vendeur ; **guelte** : prime calculée sur le montant des ventes réalisées.

Denise s'approchait, mais Clara s'était précipitée.

– Pardon, c'est mon tour, dit Denise révoltée.

Madame Aurélie l'écarta d'un regard sévère, en murmurant :

– Il n'y a pas de tour, je suis la seule maîtresse ici... Attendez de savoir, pour servir les clientes connues.

La jeune fille recula ; et, comme des larmes lui montaient aux yeux, elle voulut cacher cet excès de sensibilité, elle tourna le dos, debout devant les glaces sans tain, feignant de regarder dans la rue. Allait-on l'empêcher de vendre ? Toutes s'entendraient-elles, pour lui enlever ainsi les ventes sérieuses ?

Derrière elle, pendant ce temps, bourdonnaient des voix :

– Celui-ci m'engonce[1], disait madame Boutarel.

– Madame a tort, répétait Clara. Les épaules vont à la perfection... À moins que madame ne préfère une pelisse[2] à un manteau.

Mais Denise tressaillit. Une main s'était posée sur son bras, madame Aurélie l'interpellait avec sévérité.

– Eh bien ! vous ne faites rien maintenant, vous regardez passer le monde ?... Oh ! ça ne peut pas marcher comme ça !

– Puisqu'on m'empêche de vendre, madame.

– Il y a d'autre ouvrage pour vous, mademoiselle. Commencez par le commencement... Faites le déplié●.

Afin de contenter quelques clientes qui étaient venues, on avait dû bouleverser déjà les armoires ; et, sur les deux longues tables, traînait un fouillis de manteaux, de pelisses, de rotondes[3], des vêtements de toutes les tailles et de toutes les

1. **M'engonce** : me serre.
2. **Pelisse** : cape doublée de fourrure.
3. **Rotondes** : larges manteaux.

● **« Faire le déplié » consiste à replier et à ranger les vêtements dépliés pour les clientes.**

étoffes[1]. Sans répondre, Denise se mit à les trier, à les plier avec soin et à les classer de nouveau dans les armoires. Et elle pliait toujours, lorsque Mouret parut. Ce fut pour elle une secousse ; elle rougit, elle se sentit reprise de son étrange peur, en croyant qu'il allait lui parler. Mais il ne la voyait seulement pas.

– Madame Aurélie ! appela-t-il d'une voix brève.

Il était légèrement pâle, les yeux clairs et résolus pourtant. En faisant le tour des rayons, il venait de les trouver vides, et la possibilité d'une défaite s'était brusquement dressée, dans sa foi entêtée à la fortune. Ça ne marcherait pas, il était perdu, et il n'aurait pu dire pourquoi : il croyait lire sa défaite sur les visages mêmes des dames qui passaient.

Justement, madame Bouratel, elle qui achetait toujours, s'en allait en disant :

– Non, vous n'avez rien qui me plaise… Je verrai, je me déciderai.

Mouret la regarda partir. Il continua son inspection, désespéré. Il se planta, seul et debout, au bord de la rampe du hall. De là, il dominait le magasin, ayant autour de lui les rayons de l'entresol, plongeant sur les rayons du rez-de-chaussée. En haut, le vide lui parut navrant. En bas, sous les galeries couvertes, dans les coups de lumière qui venaient de la rue, il remarqua que les clientes commençaient à être plus nombreuses. C'était un lent défilé, une promenade devant les comptoirs, espacée, pleine de trous ; à la mercerie, à la bonneterie, des femmes se pressaient ; seulement, il n'y avait presque personne au blanc ni aux lainages●. Et le cœur de Mouret était surtout serré par la paix morte du hall : le jour y tombait de haut, d'un vitrage aux

1. **Étoffes** : tissus.

● **À la mercerie on vend des articles de couture, à la bonneterie des bas, au blanc du linge de maison et aux lainages des articles en laine.**

verres dépolis, qui tamisait la clarté en une poussière blanche, diffuse et comme suspendue, sous laquelle le rayon des soieries semblait dormir, au milieu d'un silence frissonnant de chapelle. Pourtant, des voitures arrivaient : on entendait l'arrêt brusque des chevaux ; puis, des portières se refermaient violemment. Au dehors, montait un lointain brouhaha, des curieux qui se bousculaient en face des vitrines, des fiacres qui stationnaient sur la place Gaillon, toute l'approche d'une foule.

Depuis longtemps, Mouret n'était plus à l'entresol, debout près de la rampe du hall. Brusquement, il reparut en haut du grand escalier qui descendait au rez-de-chaussée ; et, de là, il domina encore la maison entière. Son visage se colorait, la foi renaissait et le grandissait, devant le flot de monde qui, peu à peu, emplissait le magasin. C'était enfin la poussée attendue, l'écrasement de l'après-midi, dont il avait un instant désespéré, dans sa fièvre ; tous les commis se trouvaient à leur poste ; la désastreuse matinée, due sans doute à une averse tombée vers neuf heures, pouvait encore être réparée, car le ciel bleu du matin avait repris sa gaieté de victoire. Maintenant, les rayons de l'entresol s'animaient, il dut se ranger pour laisser passer les dames qui, par petits groupes, montaient à la lingerie et aux confections ; tandis que, derrière lui, aux dentelles et aux châles, il entendait voler de gros chiffres. Mais la vue des galeries, au rez-de-chaussée, le rassurait surtout : on s'écrasait devant la mercerie, le blanc et les lainages eux-mêmes étaient envahis, le défilé des acheteuses se serrait, presque toutes en chapeau à présent, avec quelques bonnets de ménagères attardées●. Dans

● **Les femmes « en chapeau » appartiennent à une classe sociale plus élevée que celles qui portent de simples « bonnets », ou pire, sont « en cheveux », c'est-à-dire tête nue.**

le hall des soieries, sous la blonde lumière, des dames s'étaient dégantées, pour palper doucement des pièces de Paris-Bonheur, en causant à demi-voix. Et il ne se trompait plus aux bruits qui lui arrivaient du dehors, roulements de fiacres, claquement de portières, brouhaha grandissant de foule. Il sentait, à ses pieds, la machine se mettre en branle, s'échauffer et revivre, depuis les caisses où l'or sonnait, depuis les tables où les garçons de magasin se hâtaient d'empaqueter les marchandises, jusqu'aux profondeurs du sous-sol, au service du départ, qui s'emplissait de paquets descendus, et dont le grondement souterrain faisait vibrer la maison. Au milieu de la cohue, l'inspecteur Jouve se promenait gravement, guettant les voleuses.

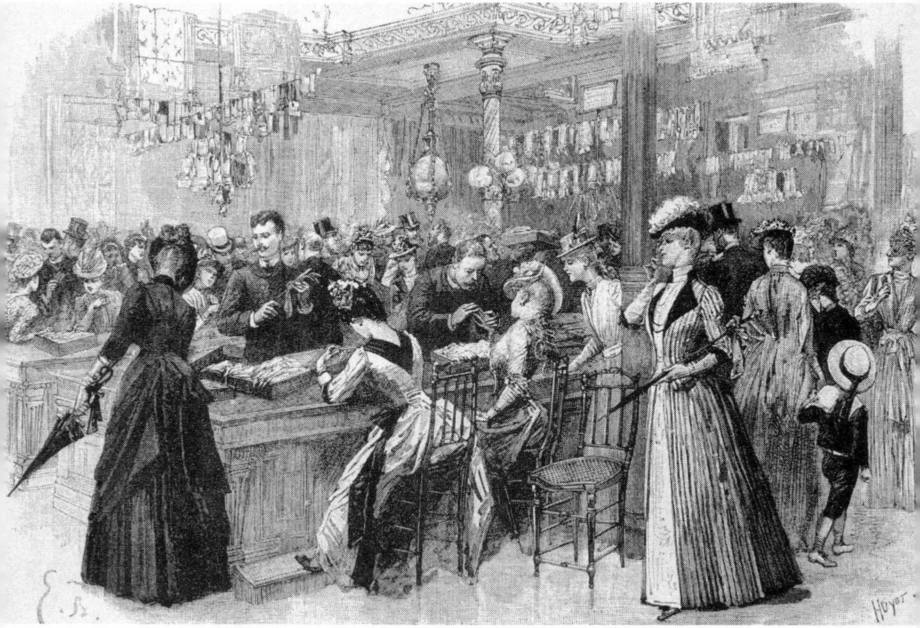

Le comptoir de ganterie au Bon Marché, *gravure, 1880.*

À la ganterie[1], toute une rangée de dames étaient assises devant l'étroit comptoir, tendu de velours vert ; et les commis souriants amoncelaient devant elles les boîtes plates, d'un rose vif. Mignot surtout penchait sa jolie figure poupine[2], donnait de tendres inflexions à sa voix de Parisien. Déjà il avait vendu à madame Desforges douze paires de gants de chevreau, des gants Bonheur, la spécialité de la maison. Elle avait ensuite demandé trois paires de gants de Suède. Et, maintenant, elle essayait des gants de Saxe, par crainte que la pointure ne fût pas exacte.

– Oh ! à la perfection, madame ! répétait Mignot. Le six trois quarts serait trop grand pour une main comme la vôtre.

À demi couché sur le comptoir, il lui tenait la main, prenait les doigts un à un, faisant glisser le gant d'une caresse longue, reprise et appuyée ; et il la regardait comme s'il eût attendu, sur son visage, la défaillance d'une joie voluptueuse. Mais elle, le coude au bord du velours, le poignet levé, lui livrait ses doigts de l'air tranquille dont elle donnait son pied à sa femme de chambre, pour que celle-ci boutonnât ses bottines. Il n'était pas un homme, elle l'employait aux usages intimes avec son dédain familier des gens à son service, sans le regarder même.

– Et avec ça, madame ?

– Rien, merci... Veuillez porter ça à la caisse 10, pour madame Desforges, n'est-ce pas ?

En habituée de la maison, elle donnait son nom à une caisse et y envoyait chacune de ses emplettes[3], sans se faire suivre par un commis. Quand elle se fut éloignée, Mignot cligna les yeux,

1. **Ganterie** : rayon des gants.
2. **Poupine** : de bébé.
3. **Emplettes** : achats

Les gants de chevreau, de Suède et de Saxe sont des gants réalisés dans trois types de peau. Ce sont des articles de luxe.

en se tournant vers son voisin, auquel il aurait bien voulu laisser croire que des choses extraordinaires venaient de se passer.

– Hein ? murmura-t-il crûment, on la ganterait jusqu'au bout !

Cependant, madame Desforges continuait ses achats. Comme elle s'éloignait, elle reconnut près d'elle madame Marty, accompagnée de sa fille Valentine, une grande demoiselle de quatorze ans, maigre et hardie, qui jetait déjà sur les marchandises des regards coupables de femme.

– Tiens ! c'est vous, chère madame ?

– Mais oui, chère madame... Hein ? quelle foule !

– Oh ! ne m'en parlez pas, on étouffe. Un succès !... Avez-vous vu le salon oriental ?

– Superbe ! inouï !

Et, au milieu des coups de coude, bousculées par le flot croissant des petites bourses qui se jetaient sur les lainages à bon marché, elles se pâmèrent[1] au sujet de l'exposition des tapis. Puis, madame Marty expliqua qu'elle cherchait une étoffe pour un manteau.

– Venez à la soie, dit madame Desforges. Il faut voir leur fameux Paris-Bonheur.

Cependant, l'encombrement devenait tel à la soie, que madame Desforges et madame Marty ne purent d'abord trouver un commis libre. Elles restèrent debout, mêlées à la foule des dames qui regardaient les étoffes, les tâtaient, stationnaient là des heures, sans se décider. Mais un grand succès s'indiquait surtout pour le Paris-Bonheur, autour duquel grandissait une de ces poussées d'engouement, dont la brusque fièvre décide

1. **Se pâmèrent** : s'extasièrent.

d'une mode en un jour. Tous les vendeurs n'étaient occupés qu'à métrer[1] de cette soie.

– C'est qu'elle n'est vraiment pas vilaine pour cinq francs soixante, dit madame Desforges, qui avait réussi à s'emparer d'une pièce, sur le bord d'une table.

Madame Marty et sa fille Valentine éprouvaient une désillusion. Les journaux en avaient tant parlé, qu'elles s'attendaient à quelque chose de plus fort et de plus brillant. Mais Bouthemont venait de reconnaître madame Desforges, et désireux de faire sa cour à une belle personne qu'on prétendait toute-puissante sur le patron, il s'avançait avec son amabilité un peu grosse. Comment ! on ne la servait pas ! c'était impardonnable !

– Voyons, messieurs, quelqu'un par ici !

Alors, Hutin se précipita.

– Madame, quel genre de soie ? demanda-t-il de son air le plus galant.

Madame Desforges ouvrait à peine la bouche, qu'il reprenait :

– Je sais, j'ai votre affaire.

Quand la pièce de Paris-Bonheur fut dépliée, sur un coin étroit du comptoir, entre des amoncellements d'autres soies, madame Marty et sa fille s'approchèrent. Hutin, un peu inquiet, comprit qu'il s'agissait d'abord d'une fourniture pour celles-ci. Des paroles à demi-voix s'échangeaient, madame Desforges conseillait son amie.

– Oh ! sans doute, murmurait-elle, une soie de cinq francs soixante n'en vaudra jamais une de quinze, ni même une de dix.

1. **Métrer** : mesurer, afin de découper la quantité de soie nécessaire pour réaliser les vêtements commandés par les clientes.

– Elle est bien chiffon[1], répétait madame Marty. J'ai peur que, pour un manteau, elle n'ait point assez de corps.

Cette remarque fit intervenir le vendeur. Il avait une politesse exagérée d'homme qui ne peut se tromper.

– Mais, madame, la souplesse est la qualité de cette soie. Elle ne se chiffonne pas... C'est absolument ce qu'il vous faut.

Impressionnées par une telle assurance, ces dames se taisaient. Elle avaient repris l'étoffe, l'examinaient de nouveau, lorsqu'elles se sentirent touchées à l'épaule. C'était madame Guibal qui, depuis une heure, marchait dans le magasin, d'un pas de promenade, donnant à ses yeux la joie des richesses entassées, sans acheter seulement un mètre de calicot[2]. Et il y eut encore là une explosion de bavardages.

– Comment ! c'est vous !

– Oui, c'est moi, un peu bousculée seulement.

– N'est-ce pas ? il y a du monde, on ne circule plus... Et le salon oriental ?

– Ravissant !

– Mon Dieu ! quel succès !... Restez donc, nous irons là-haut ensemble.

– Non, merci, j'en viens.

Hutin attendait, cachant son impatience sous le sourire qui ne quittait pas ses lèvres. Est-ce qu'elles allaient le tenir longtemps là ? Les femmes vraiment se gênaient peu, c'était comme si elles lui avaient volé de l'argent dans sa bourse. Enfin, madame Guibal s'éloigna, continua sa lente promenade, en tournant d'un air ravi, autour du grand étalage de soies.

1. **Chiffon** : fine.
2. **Calicot** : tissu de coton assez grossier.

– Moi, à votre place, j'achèterais le manteau tout fait, dit madame Desforges, ça vous coûtera moins cher.

– Il est vrai qu'avec les garnitures et la façon[1], murmura madame Marty. Puis, on a le choix.

Madame Desforges reprit, debout devant Hutin :

– Veuillez nous conduire aux confections.

Il resta saisi, n'étant pas habitué à de pareilles défaites. Comment ! la dame brune n'achetait rien ! son flair l'avait donc trompé ! Il abandonna madame Marty, il insista auprès d'Henriette, essaya sur elle sa puissance de bon vendeur.

– Et vous, madame, ne désirez-vous pas voir nos satins, nos velours ?... Nous avons des occasions extraordinaires.

– Merci, une autre fois, répondit-elle tranquillement, en ne le regardant pas plus qu'elle n'avait regardé Mignot.

Hutin dut reprendre les articles de madame Marty et marcher devant ces dames, pour les mener aux confections. Décidément, il n'avait plus de nez, il ne ferait pas quatre sous. Une rage d'homme dépouillé, mangé par les autres, s'aigrissait sous la correction aimable de ses manières.

– Au premier, mesdames, dit-il sans cesser de sourire.

Ce n'était plus chose facile que de gagner l'escalier. Enfin, grâce à ses coudes vigoureux, Hutin ouvrit un chemin à ces dames, en marchant devant elles.

– À gauche, mesdames, dit Hutin, de sa voix prévenante, malgré son exaspération qui grandissait.

En haut, l'encombrement était le même. On envahissait jusqu'au rayon de l'ameublement, le plus calme d'ordinaire. Les châles, les fourrures, la lingerie grouillaient de monde.

1. **Les garnitures et la façon** : le coût du tissu de la doublure et de la confection du manteau.

– Mademoiselle Vadon ! dit Hutin d'une voix qui se fâchait, lorsqu'il fut enfin dans le comptoir.

Mais celle-ci passa sans l'écouter, tout à une vente qu'elle bâclait[1].

– Mademoiselle Prunaire ! cria Hutin.

Et, comme celle-là ne s'arrêtait pas davantage, il ajouta entre ses dents, de manière à ne pouvoir être entendu :

– Tas de guenons !

Lui, surtout, ne les aimait guère, les jambes cassées de monter l'escalier pour leur amener des acheteuses, furieux du gain qu'il les accusait de lui prendre ainsi dans la poche.

– Alors, il n'y a personne ? demanda Hutin.

Mais il aperçut Denise.

– Tenez ! mademoiselle, servez donc ces dames qui attendent.

Vivement, il lui mit sur le bras les articles de madame Marty, qu'il était las de promener.

– Je désirerais un manteau, dit madame Marty.

Alors, Denise la questionna. Quel genre de manteau ? Mais la cliente n'en savait rien, elle n'avait pas d'idée, elle voulait voir les modèles de la maison. Et la jeune fille, très lasse déjà, étourdie par le monde, perdit la tête. Aussi n'en finissait-elle plus de répondre aux deux amies qui s'impatientaient, lorsque madame Aurélie aperçut madame Desforges, dont elle devait connaître la liaison, car elle se hâta de venir demander :

– On s'occupe de ces dames ?

– Oui, cette demoiselle qui cherche là-bas, répondit Henriette. Mais elle n'a pas l'air très au courant, elle ne trouve rien.

1. **Bâclait** : terminait.

Du coup, la première acheva de paralyser Denise, en allant lui dire à demi-voix :

– Vous voyez bien que vous ne savez pas. Tenez-vous tranquille, je vous prie.

Et appelant :

– Mademoiselle Vadon, un manteau !

Elle resta, pendant que Marguerite montrait les modèles. Lorsqu'elle entendit madame Marty dire qu'elle ne voulait pas dépasser deux cents francs, elle eut une moue de pitié. Oh ! madame mettrait davantage, il était impossible avec deux cents francs que madame trouvât quelque chose de convenable. Et elle jetait, sur un comptoir, les manteaux ordinaires, d'un geste qui signifiait : « Voyez donc, est-ce pauvre ! » Madame Marty n'osait les trouver bien. Enfin, Marguerite apporta un manteau de soie garni de jais, qu'elle traitait avec respect. Et madame Aurélie appela Denise.

– Servez à quelque chose, au moins... Mettez ça sur vos épaules.

Denise, frappée au cœur, désespérant de jamais réussir dans la maison, était demeurée immobile, les mains ballantes. Pourtant, il lui fallut obéir, elle dut laisser Marguerite draper le manteau sur elle, comme sur un mannequin.

– Tenez-vous droite, dit madame Aurélie.

Mais, presque aussitôt, on oublia Denise. Mouret venait d'entrer avec Vallagnosc et Bourdoncle ; et il saluait ces dames, il recevait leurs compliments pour sa magnifique exposition des nouveautés d'hiver.

– Oui, oui, ça marche assez bien, je suis content, répétait Mouret radieux, répondant par un sourire aux tendres regards d'Henriette. Mais il ne faut pas que je vous dérange, mesdames.

Alors, tous les yeux revinrent sur Denise. Elle s'abandonnait aux mains de Marguerite, qui la faisait tourner lentement.

– Hein ? qu'en pensez-vous ? demanda madame Marty à madame Desforges.

Cette dernière décidait, en arbitre suprême de la mode.

– Il n'est pas mal, et de coupe originale... Seulement, il me semble peu gracieux de la taille.

– Oh ! intervint madame Aurélie, il faudrait le voir sur madame elle-même... Vous comprenez, il ne fait aucun effet sur mademoiselle, qui n'est guère étoffée[1]... Redressez-vous donc, mademoiselle, donnez-lui toute son importance.

On sourit. Denise était devenue très pâle. Une honte la prenait, d'être ainsi changée en une machine qu'on examinait et dont on plaisantait librement. Madame Desforges, cédant à une antipathie de nature contraire, agacée par le visage doux de la jeune fille, ajouta méchamment :

– Sans doute, il irait mieux si la robe de mademoiselle était moins large.

Et elle jetait à Mouret le regard moqueur d'une Parisienne, que l'attifement ridicule d'une provinciale égayait. Celui-ci sentit la caresse amoureuse de ce coup d'œil, le triomphe de la femme heureuse de sa beauté et de son art. Aussi, par gratitude d'homme adoré, crut-il devoir railler[2] à son tour, malgré la bienveillance qu'il éprouvait pour Denise, dont sa nature galante subissait le charme secret.

– Puis, il faudrait être peignée, murmura-t-il●.

1. **Guère étoffée** : trop maigre.
2. **Railler** : se moquer

● **Octave Mouret est secrètement attiré par Denise. Mais, pour plaire à Mme Desforges, sa maîtresse, il se moque de la jeune fille.**

Ce fut le comble. Le directeur daignait rire, toutes ces demoiselles éclatèrent. Et la première vint enfin enlever le manteau des épaules de celle-ci, en lui disant tout bas :

– Eh bien ! mademoiselle, voilà un joli début. Vraiment, si vous avez voulu montrer ce dont vous êtes capable... On n'est pas plus sotte.

Denise, de peur que les larmes ne lui jaillissent des yeux, se hâta de retourner au tas de vêtements qu'elle transportait et qu'elle classait sur un comptoir.

Là, au moins, elle était perdue dans la foule, la fatigue l'empêchait de penser. Mais elle sentit près d'elle la vendeuse de la lingerie. Cette dernière venait de suivre la scène, elle lui murmurait à l'oreille :

– Ma pauvre fille, ne soyez donc pas si sensible. Renfoncez ça, autrement on vous en fera bien d'autres... Moi qui vous parle, je suis de Chartres. Oui, parfaitement, Pauline Cugnot ; et mes parents sont meuniers, là-bas... Eh bien ! on m'aurait mangée, les premiers jours, si je ne m'étais pas mise en travers... Allons, du courage ! donnez-moi la main, nous causerons gentiment, quand vous voudrez.

Cette main qui se tendait, redoubla le trouble de Denise. Elle la serra furtivement, elle se hâta d'enlever une lourde charge de paletots[1], craignant encore de mal faire et d'être grondée, si on lui savait une amie.

Cependant, madame Aurélie elle-même venait de poser le manteau sur les épaules de madame Marty, et l'on se récriait : Oh ! très bien ! ravissant ! tout de suite, ça prenait une tournure. Madame Desforges déclara qu'on ne trouverait pas mieux. Il

1. **Paletots** : manteaux.

y eut des saluts, Mouret prit congé, tandis que Vallagnosc, qui avait aperçu aux dentelles madame de Boves et sa fille, se hâta d'aller offrir son bras à la mère. Déjà Marguerite, debout devant une des caisses de l'entresol, appelait les divers achats de madame Marty, qui paya et qui donna l'ordre de porter le paquet dans sa voiture. Madame Desforges avait retrouvé tous ses articles à la caisse 10.

Lentement, la foule diminuait. Du dehors, ne venaient plus que les roulements des derniers fiacres, au milieu de la voix empâtée de Paris, un ronflement d'ogre repu, digérant les toiles et les draps, les soies et les dentelles, dont on le gavait depuis le matin. À l'intérieur, sous le flamboiement des becs de gaz, qui, brûlant dans le crépuscule, avaient éclairé les secousses suprêmes de la vente, c'était comme un champ de bataille encore chaud du massacre des tissus. Les vendeurs, harassés de fatigue, campaient parmi la débâcle de leurs casiers et de leurs comptoirs, que paraissait avoir saccagés le souffle furieux d'un ouragan. Et, au milieu de ce vide, Hutin et Favier feuilletaient leurs cahiers de débit[1], calculaient leur tant pour cent, essoufflés de la lutte. Favier s'était fait quinze francs, Hutin n'avait pu arriver qu'à treize, battu ce jour-là, enragé de sa mauvaise chance. Leurs yeux s'allumaient de la passion du gain, tout le magasin autour d'eux alignait également des chiffres et flambait d'une même fièvre, dans la gaieté brutale des soirs de carnage.

– Eh bien ! Bourdoncle, cria Mouret, tremblez-vous encore ?

Il était revenu à son poste favori, en haut de l'escalier de l'entresol, contre la rampe ; et, devant le massacre d'étoffes qui s'étalait

1. **Cahiers de débit** : cahiers où sont consigées les ventes de chaque commis.

sous lui, il avait un rire victorieux. La campagne était donc définitivement gagnée, le petit commerce du quartier mis en pièces, le baron Hartmann conquis, avec ses millions et ses terrains. Pendant qu'il regardait les caissiers penchés sur leurs registres, additionnant les longues colonnes de chiffres, pendant qu'il écoutait le petit bruit de l'or, tombant de leurs doigts dans les sébiles[1] de cuivre, il voyait déjà le *Bonheur des Dames* grandir démesurément, élargir son hall, prolonger ses galeries jusqu'à la rue du Dix-Décembre.

– Et maintenant, reprit-il, êtes-vous convaincu que la maison est trop petite ?... On aurait vendu le double.

Le soir, lorsque Denise monta se coucher, elle s'appuyait aux cloisons de l'étroit corridor, sous le zinc de la toiture. Dans sa chambre, la porte fermée, elle s'abandonna sur le lit, tellement les pieds lui faisaient du mal. Longtemps, elle regarda d'un air hébété la table de toilette, l'armoire, toute cette nudité d'hôtel garni[2]. C'était donc là qu'elle allait vivre ; et sa première journée se creusait, abominable, sans fin. Jamais elle ne trouverait le courage de la recommencer. Puis, elle s'aperçut qu'elle était vêtue de soie ; cet uniforme l'accablait, elle eut l'enfantillage, pour défaire sa malle, de vouloir remettre sa vieille robe de laine, restée au dossier d'une chaise. Mais quand elle fut rentrée dans ce pauvre vêtement à elle, une émotion l'étrangla, les sanglots qu'elle contenait depuis le matin crevèrent brusquement en un flot de larmes chaudes. Elle était retombée sur le lit, elle pleurait au souvenir de ses deux enfants, elle pleurait toujours sans avoir la force de se déchausser, ivre de fatigue et de tristesse.

1. **Sébiles** : coupes.
2. **Hôtel garni** : chambre meublée.

V

Le lendemain, Denise était descendue au rayon depuis une demi-heure à peine, lorsque madame Aurélie lui dit de sa voix brève.

– Mademoiselle, on vous demande à la direction.

La jeune fille trouva Mouret seul, assis dans le grand cabinet. Il venait de se rappeler « la mal peignée », comme la nommait Bourdoncle.

– Mademoiselle, commença-t-il, nous vous avions pris par égard pour votre oncle, et il ne faut pas nous mettre dans la triste nécessité…

Mais il s'arrêta. En face de lui, de l'autre côté du bureau, Denise se tenait droite, sérieuse et pâle. Sa robe de soie n'était plus trop large, serrant sa taille ronde, moulant les lignes pures de ses épaules de vierge.

– Ah ! Dieu merci ! murmura Mouret, vous êtes mieux, ce matin… Seulement, ce sont encore ces diablesses de mèches !

Il s'était levé, il vint corriger sa coiffure, du même geste familier dont madame Aurélie avait essayé de le faire, la veille.

– Tenez ! rentrez donc ça derrière l'oreille… Le chignon est trop haut.

Elle n'ouvrait pas la bouche, elle se laissait arranger. Malgré son serment d'être forte, elle était arrivée toute froide dans le cabinet, avec la certitude qu'on l'appelait pour lui signifier son renvoi.

– Enfin, mademoiselle, reprit-il en mettant de nouveau le bureau entre elle et lui, tâchez de veiller sur votre tenue. Vous n'êtes pas à Valognes, étudiez nos Parisiennes… Si le nom de votre oncle a suffi pour vous ouvrir notre maison, je veux croire que vous tiendrez ce que votre personne m'a semblé promettre. Le malheur est que tout le monde ici ne partage point mon avis... Vous voilà prévenue, n'est-ce pas ? Ne me faites pas mentir.

Il la traitait en enfant, avec plus de pitié que de bonté, sa curiosité du féminin simplement mise en éveil par la femme troublante qu'il sentait naître chez cette enfant pauvre et maladroite.

– Allez, dit-il enfin, assis et continuant à écrire.

Elle s'en alla, elle eut dans le corridor un soupir de profond soulagement.

À partir de ce jour, Denise montra son grand courage. D'abord, elle eut à surmonter les terribles fatigues du rayon. Les paquets de vêtements lui cassaient les bras, au point que, pendant les six premières semaines, elle criait la nuit en se retournant, courbaturée, les épaules meurtries.

Ensuite, son tourment fut d'avoir le rayon contre elle. Au martyre physique s'ajoutait la sourde persécution de ses camarades. Après deux mois de patience et de douceur, elle ne les avait pas encore désarmées. C'étaient des mots blessants, des inventions cruelles, une mise à l'écart qui la frappait au cœur, dans son besoin de tendresse. On l'avait longtemps plaisantée sur son début fâcheux ; les mots de « sabot », de « tête de pioche[1] » circulaient, elle passait pour la bête du comptoir. Puis, lorsqu'elle se révéla plus tard comme une vendeuse remarquable, au courant désormais du mécanisme de la maison, il y eut une stupeur indignée ; et, à partir de ce moment, ces demoiselles[2] s'entendirent de manière à ne jamais lui laisser

1. **Sabot, tête de pioche** : insultes qui désignent une idiote.
2. **Ces demoiselles** : les vendeuses.

une cliente sérieuse. Marguerite et Clara la poursuivaient d'une haine instinctive, serraient les rangs pour ne pas être mangées par cette nouvelle venue, qu'elles redoutaient sous leur affectation de dédain[1]. Quant à madame Aurélie, elle était blessée de la réserve fière de la jeune fille, qui ne tournait pas autour de sa jupe d'un air d'admiration caressante ; aussi l'abandonnait-elle aux rancunes de ses favorites, des préférées de sa Cour, toujours agenouillées, occupées à la nourrir d'une flatterie continue, dont sa forte personne autoritaire avait besoin pour s'épanouir. Un instant, la seconde, madame Frédéric, parut ne pas entrer dans le complot ; mais ce devait être par inadvertance[2], car elle se montra également dure, dès qu'elle s'aperçut des ennuis où ses bonnes manières pouvaient la mettre. Alors l'abandon fut complet, toutes s'acharnèrent sur « la mal peignée », celle-ci vécut dans une lutte de chaque heure, n'arrivant avec tout son courage qu'à se maintenir au rayon, difficilement.

Maintenant, telle était sa vie. Il lui fallait sourire, faire la brave et la gracieuse, dans une robe de soie qui ne lui appartenait point ; et elle agonisait de fatigue, mal nourrie, mal traitée, sous la continuelle menace d'un renvoi brutal. Mouret ne lui adressait plus la parole.

Un soir, après le dîner, comme ces demoiselles rangeaient les armoires, on vint avertir Denise qu'un jeune homme la demandait, en bas. Elle descendit, très inquiète.

– Tiens ! dit Clara, la mal peignée a donc un amoureux ?

– Faut avoir faim, dit Marguerite.

En bas, sous la porte, Denise trouva son frère Jean.

1. **Affectation de dédain** : air de mépris.
2. **Inadvertance** : inattention.

– As-tu dix francs ? balbutia-t-il. Donne-moi dix francs ou je suis un homme perdu.

– Comment ! dix francs ? murmura-t-elle. Je ne peux pas te donner dix francs. Le mois de Pépé n'est pas encore payé, et j'ai tout juste l'argent. Il me restera à peine de quoi acheter des bottines dont j'ai grand besoin... À la fin, tu n'es pas raisonnable, Jean. C'est très mal.

– Alors, je suis perdu, répéta-t-il avec un geste tragique.

Et comme des larmes montaient aux yeux du cher écervelé, elle tira son porte-monnaie, en sortit une pièce de dix francs, qu'elle lui glissa dans la main. Tout de suite, il se mit à rire.

– Je savais bien... Mais, parole d'honneur ! jamais plus désormais !

Et il reprit sa course, après l'avoir baisée sur les joues comme un fou. Dans le magasin, des employés s'étonnaient.

Cette nuit-là, Denise dormit d'un mauvais sommeil. Depuis son entrée au *Bonheur des Dames*, l'argent était son cruel souci. Aussi étaient-ce des désastres, lorsque Jean, avec ses histoires d'amour, tombait tout d'un coup et saccageait le budget. Une pièce de vingt sous emportée creusait un gouffre. Quant à trouver dix francs le lendemain, il ne fallait pas y songer un instant. Jusqu'au petit jour, elle eut des cauchemars, Pépé jeté à la rue, tandis qu'elle retournait les pavés de ses doigts meurtris, pour voir s'il n'y avait pas de l'argent dessous.

Le lendemain, justement, elle eut à sourire, à jouer son rôle de fille bien mise[1]. Des clientes connues vinrent au rayon, madame Aurélie l'appela plusieurs fois, lui jeta sur les épaules des manteaux, afin qu'elle en fît valoir les coupes nouvelles. Et,

1. **Bien mise** : élégante.

tandis qu'elle se cambrait, avec des grâces imposées de gravures de mode, elle songeait aux quarante francs de la pension de Pépé, qu'elle avait promis de payer le soir.

– Remarquez, les épaules sont libres, disait madame Aurélie. C'est très distingué et très commode... Mademoiselle peut croiser les bras.

– Oh ! parfaitement, répétait Denise, qui gardait un air aimable. On ne le sent pas... Madame en sera contente.

Et Denise marchait à petit pas, la rotonde aux épaules, en disant :

– Elle est plus chaude... C'est la mode de cette année.

Jusqu'au soir, derrière sa bonne grâce de métier[1], elle se tortura ainsi pour savoir où trouver de l'argent.

Comme Denise évitait les moindres dépenses, elle montait se coucher de bonne heure. Que pouvait-elle faire sur les trottoirs, sans un sou, avec sa sauvagerie, et toujours inquiétée par la grande ville, où elle ne connaissait que les rues voisines du magasin ? Denise n'avait pas d'amie. De toutes ces demoiselles, une seule, Pauline Cugnot, lui témoignait quelque tendresse ; et encore, les rayons des confections et de la lingerie, installés côte à côte, se trouvant en guerre ouverte, la sympathie des deux vendeuses avait dû jusque-là se borner à de rares paroles, échangées en courant.

Onze heures étaient sonnées depuis dix minutes, lorsqu'un bruit de pas lui fit lever la tête. Et elle reconnut Pauline, en entendant celle-ci ouvrir la porte d'à côté. Mais elle demeura stupéfaite : la lingère revenait doucement et frappait chez elle.

1. **Sa bonne grâce de métier** : l'air aimable que lui impose son métier de vendeuse.

– Dépêchez-vous, c'est moi.

Il était défendu aux vendeuses de se recevoir dans leurs chambres. Aussi Denise tourna-t-elle la clef vivement, pour que sa voisine ne fût pas surprise par madame Cabin, qui veillait à la stricte observation du règlement.

– Elle était là ? demanda-t-elle en refermant la porte.

– Qui ? madame Cabin ? dit Pauline. Oh ! ce n'est pas d'elle que j'ai peur... Avec cent sous !

Puis elle ajouta :

– Voici longtemps que je veux causer. En bas, on ne peut jamais... Puis, vous m'avez eu l'air si triste, ce soir, à table !

Denise la remerciait, la priait de s'asseoir, touchée de son air de bonne fille. Mais, dans le trouble où cette visite imprévue la mettait, elle n'avait pas lâché le soulier qu'elle était en train de recoudre ; et les yeux de Pauline tombèrent sur ce soulier. Elle hocha la tête, regarda autour d'elle, aperçut les manches et le col dans la cuvette[●].

– Ma pauvre enfant, je m'en doutais, reprit-elle. Allez ! je connais ça. Dans les premiers temps, quand je suis arrivée de Chartres, et que le père Cugnot ne m'envoyait pas un sou, j'en ai lavé de ces chemises ! Oui, oui, jusqu'à mes chemises ! J'en avais deux, vous en auriez toujours trouvé une qui trempait.

Elle s'était assise, essoufflée d'avoir couru. Sa large face, aux petits yeux vifs, à la grande bouche tendre, avait une grâce, sous l'épaisseur des traits. Et, sans transition, tout d'un coup, elle conta son histoire : sa jeunesse au moulin, le père Cugnot

[●] **Trop pauvre pour s'acheter d'autres vêtements et de nouvelles bottines, Denise lave chaque soir son unique tenue et répare elle-même ses chaussures usées.**

ruiné par un procès, et qui l'avait envoyée à Paris faire fortune, avec vingt francs dans la poche ; ensuite, ses débuts comme vendeuse, d'abord au fond d'un magasin des Batignolles[1], puis au *Bonheur des Dames*, de terribles débuts, toutes les blessures et toutes les privations ; enfin, sa vie actuelle, les deux cents francs qu'elle gagnait par mois, les plaisirs qu'elle prenait, l'insouciance où elle laissait couler ses journées. Des bijoux, une broche, une chaîne de montre, luisaient sur sa robe de drap gros[2] bleu, pincée coquettement à la taille ; et elle souriait sous sa toque de velours, ornée d'une grande plume grise●.

Denise était devenue très rouge, avec son soulier. Elle voulait balbutier une explication.

– Puisque ça m'est arrivé ! répéta Pauline. Voyons, je suis votre aînée, j'ai vingt-six ans et demi, sans que cela paraisse... Contez-moi vos petites affaires.

Alors, Denise céda, devant cette amitié qui s'offrait si franchement. Peu à peu, Denise se livra, parla de Jean et de Pépé, dit combien la question d'argent la torturait ; ce qui les amena toutes deux à tomber sur ces demoiselles des confections. Pauline se soulageait.

– Oh ! les mauvaises teignes[3] ! Si elles se conduisaient en bonnes camarades, vous pourriez vous faire plus de cent francs.

– Tout le monde m'en veut, sans que je sache pourquoi, disait Denise gagnée par les larmes.

– Écoutez, il est impossible que vous teniez le coup davantage, dit Pauline. Moi, à votre place... Moi, à votre place, je prendrais quelqu'un●.

1. **Batignolles** : quartier populaire de Paris.
2. **Drap gros** : laine.
3. **Teignes** : personnes méchantes.

● **La tenue de Pauline montre qu'elle est à l'aise financièrement.**

● **Pauline suggère à Denise de prendre un amant.**

– Comment, quelqu'un ? murmura Denise, sans comprendre d'abord.

Lorsqu'elle eut compris, elle retira ses mains, elle resta toute sotte. Ce conseil la gênait comme une idée qui ne lui était jamais venue, et dont elle ne voyait pas l'avantage.

– Oh ! non, répondit-elle simplement.

– Alors, continua Pauline, vous ne vous en sortirez pas, c'est moi qui vous le dis ! Prenez quelqu'un, ce sera beaucoup mieux.

– Non, répéta Denise.

– Eh bien ! vous n'êtes pas raisonnable... C'est forcé, ma chère, et si naturel ! Nous avons toutes passé par là. Moi, tenez ! j'étais au pair[1], comme vous. Pas un liard[2]. On est couchée et nourrie, bien sûr ; mais il y a la toilette[3], puis il est impossible de rester sans un sou, renfermée dans sa chambre, à regarder voler les mouches. Alors, mon Dieu ! il faut se laisser aller...

Et elle parla de son premier amant, un clerc d'avoué[4], qu'elle avait connu dans une partie, à Meudon. Après celui-là, elle s'était mise avec un employé des postes. Enfin, depuis l'automne, elle fréquentait un vendeur du *Bon Marché*, un grand garçon très gentil, chez lequel elle passait toutes ses heures libres. Jamais qu'un à la fois, du reste. Elle était honnête, elle s'indignait, lorsqu'on parlait de ces filles qui se donnent au premier venu.

– Je ne vous dis point de vous mal conduire, au moins ! Mais, quand on est tranquillement avec quelqu'un, et qu'on n'a aucun reproche à s'adresser... Ça vous semble donc vilain ?

1. **Au pair :** vendeuse nourrie et logée, mais qui ne touche pas d'autre salaire qu'un pourcentage sur les ventes qu'elle réalise.
2. **Liard :** sou.
3. **La toilette :** les vêtements.
4. **Clerc d'avoué :** juriste assistant.

– Non, répondit Denise. Ça ne me va pas, voilà tout. Et puis, il faudrait d'abord avoir de l'amitié[1] pour quelqu'un.

La lingère fut très étonnée. Elle finit par rire, et elle l'embrassa une seconde fois, en disant :

– Mais, ma chérie, quand on se rencontre et qu'on se plaît ! Êtes-vous drôle ! On ne vous forcera pas... Voyons, voulez-vous que dimanche Baugé● nous conduise quelque part à la campagne ? Il amènera un de ses amis.

– Non, répéta Denise avec une douceur entêtée.

Alors, Pauline n'insista plus. Et, comme minuit allait sonner, elle se leva pour partir.

Avant de se mettre au lit, Denise voulut achever de recoudre son soulier et faire son savonnage. Le froid devenait plus vif, à mesure que la nuit avançait. Vers une heure, elle se coucha enfin. Non, elle n'aimait personne. Alors, à quoi bon déranger sa vie, gâter le dévouement maternel qu'elle avait voué à ses deux frères ? Pourtant, elle ne s'endormait pas, des frissons tièdes montaient à sa nuque, l'insomnie faisait passer devant ses paupières closes des formes indistinctes, qui s'évanouissaient dans la nuit.

À partir de ce moment, Denise s'intéressa aux histoires tendres[2] de son rayon. En dehors des heures de gros travail, on y vivait dans une préoccupation constante de l'homme. Des commérages[3] couraient, des aventures égayaient ces demoiselles pendant huit jours. Clara était un scandale, avait trois entreteneurs[4], disait-on, sans compter la queue d'amants de hasard,

1. **Amitié** : amour.
2. **Histoires tendres** : histoires d'amour.
3. **Commérages** : ragots, rumeurs.
4. **Entreteneurs** : amants qui donnent à leur maîtresse de quoi vivre.

● **Baugé est l'amant de Pauline.**

qu'elle traînait derrière elle et, si elle ne quittait pas le magasin, où elle travaillait le moins possible, dans le dédain d'un argent gagné plus agréablement ailleurs, c'était pour se couvrir aux yeux de sa famille ; car elle avait la continuelle terreur du père Prunaire, qui menaçait de tomber à Paris lui casser les bras et les jambes à coups de sabot. Au contraire, Marguerite se conduisait bien, on ne lui connaissait pas d'amoureux. Ces demoiselles plaisantaient aussi madame Frédéric, lui prêtaient des relations discrètes avec de grands personnages. Quant aux passions de madame Aurélie, à ses prétendues fringales[1] de jeunes hommes obéissants, elles étaient certainement fausses : on inventait cela entre vendeuses mécontentes, histoire de rire.

Mais ce qui troubla le plus Denise, ce fut de surprendre le secret de Colomban. À toute heure, elle le trouvait de l'autre côté de la rue, sur le seuil du *Vieil Elbeuf*, les yeux levés et ne quittant pas du regard ces demoiselles[2] des confections. Quand il se sentait guetté par elle, il rougissait, détournait la tête, comme s'il eût redouté que la jeune fille ne le vendît[3] à sa cousine Geneviève, bien qu'il n'y eût plus aucuns rapports entre les Baudu et leur nièce, depuis l'entrée de celle-ci au *Bonheur des Dames*. D'abord, elle le crut amoureux de Marguerite, à voir ses airs transis d'amant qui désespère, car Marguerite, sage et couchant au magasin, n'était point commode[4]. Puis, elle resta stupéfaite, lorsqu'elle acquit la certitude que les regards ardents du commis s'adressaient à Clara. La découverte de Denise l'emplit d'une émotion douloureuse. Était-ce donc si bête, l'amour ?

1. **Fringales** : appétits.
2. **Ces demoiselles** : les vendeuses.
3. **Vendît** : dénonçât.
4. **Commode** : facile à séduire.

Colomban est le commis de Baudu, fiancé à sa fille Geneviève, que Zola décrit dans le chapitre I.

Quoi ! ce garçon qui avait tout un bonheur sous la main, et qui gâtait sa vie, et qui adorait une gueuse[1] comme un saint-sacrement[2] ! À partir de ce jour, elle éprouva un serrement de cœur, chaque fois qu'elle aperçut, derrière les carreaux verdâtres du *Vieil Elbeuf*, le profil pâle et souffrant de Geneviève.

Le soir, Denise songeait ainsi, en regardant ces demoiselles s'en aller avec leurs amants. Celles qui ne couchaient pas au *Bonheur des Dames*, disparaissaient jusqu'au lendemain, rapportaient à leurs rayons l'odeur du dehors dans leurs jupes, tout un inconnu troublant. Mais Denise, sous ces haleines chaudes qui éveillaient peu à peu la femme en elle, gardait encore sa paix d'enfant. Seule, la rencontre de Hutin lui remuait le cœur. Hutin, pourtant, ne paraissait nullement s'apercevoir des regards reconnaissants de la jeune fille. Ces demoiselles n'étaient pas son genre, il affectait de les mépriser, en se vantant plus que jamais d'aventures extraordinaires avec des clientes.

Cependant, il y avait peu de place pour les songeries dangereuses, au milieu de son existence de travail. Dans le magasin, sous l'écrasement des treize heures de besogne, on ne pensait guère à des tendresses, entre vendeurs et vendeuses. Si la bataille continuelle de l'argent n'avait effacé les sexes, il aurait suffi, pour tuer le désir, de la bousculade de chaque minute, qui occupait la tête et rompait les membres. À peine pouvait-on citer quelques rares liaisons d'amour, parmi les hostilités et les camaraderies d'homme à femme, les coudoiements sans fin de rayon à rayon. Tous n'étaient plus que des rouages, se

1. **Une gueuse** : une pauvre fille.
2. **Comme un saint-sacrement** : comme un objet sacré.

trouvaient emportés par le branle de la machine, abdiquant leur personnalité, additionnant simplement leurs forces●.

L'hiver passa de la sorte, Denise obtint enfin trois cents francs d'appointements fixes[1]. Il était temps, ses gros souliers ne tenaient plus. Le dernier mois, elle évitait même de sortir, pour ne pas les crever d'un coup.

– Mon Dieu ! mademoiselle, vous faites un bruit avec vos chaussures ! répétait souvent madame Aurélie, d'un air agacé. C'est insupportable... Qu'avez-vous donc aux pieds ?

Le jour où Denise descendit, chaussée de bottines d'étoffe, qu'elle avait payées cinq francs, Marguerite et Clara s'étonnèrent à demi-voix, de façon à être entendues.

– Tiens ! la mal peignée qui a lâché ses galoches[2], dit l'une.

– Ah bien ! reprit l'autre, elle a dû en pleurer... C'étaient les galoches de sa mère.

D'ailleurs, un soulèvement général se produisit contre Denise. Le comptoir avait fini par découvrir son amitié avec Pauline, et il voyait une bravade[3] dans cette affection donnée à une vendeuse d'un comptoir ennemi. Ces demoiselles parlaient de trahison, l'accusaient d'aller répéter à côté leurs moindres paroles.

– Hein ? elles vous font rager ? lui dit un matin Pauline. C'est moi, à votre place, qui les attraperais ! Elles s'amusent, je m'amuserais, pardi !... Accompagnez-nous dimanche, Baugé me mène à Joinville[4].

1. **Apppointements fixes** : salaire.
2. **Galoches** : grosses chaussures (argot).
3. **Bravade** : provocation.
4. **Joinville** : ville proche de Paris, située sur la Marne, et appréciée comme lieu de balade par les Parisiens.

● **Assommés par le travail, les employés ne sont plus des hommes et des femmes, mais des outils au service d'une grande machine en mouvement : le magasin.**

– Non, merci, répondit la jeune fille avec sa tranquille obstination.

– Mais pourquoi ?... Vous avez encore peur qu'on ne vous prenne de force ? Voyons, je vous jure que Baugé n'amènera personne. Nous ne serons que tous les trois... Puisque ça vous déplaît, je n'irais pas vous marier, bien sûr.

Denise hésitait, tourmentée d'un tel désir, qu'un flot de sang montait à ses joues.

– Eh bien ! oui, dit-elle enfin.

Tout fut réglé. Baugé devait venir prendre ces demoiselles à huit heures, sur la place Gaillon ; de là, on irait en fiacre à la gare de Vincennes. Denise, dont les vingt-cinq francs d'appointements fixes étaient chaque mois dévorés par les enfants, n'avait pu que rafraîchir sa vieille robe de laine noire, en la garnissant de biais de popeline[1] à petits carreaux ; et elle s'était fait elle-même un chapeau, orné d'un ruban bleu. Dans cette simplicité, elle avait l'air très jeune, un air de fille grandie trop vite, d'une propreté de pauvre, un peu honteuse et embarrassée du luxe débordant de ses cheveux, qui crevaient la nudité de son chapeau. Au contraire, Pauline étalait une robe de soie printanière, à raies violettes et blanches, une toque appareillée[2], chargée de plumes, des bijoux au cou et aux mains, toute une richesse de commerçante cossue[3]. C'était comme une revanche de la semaine, de la soie le dimanche, lorsqu'elle se trouvait condamnée à la laine dans son rayon ; tandis que Denise, qui traînait sa soie d'uniforme du lundi au samedi, reprenait le dimanche la laine mince de sa misère.

1. **Biais de popeline** : rubans.
2. **Appareillée** : assortie.
3. **Cossue** : assez riche.

– Voilà Baugé, dit Pauline, en désignant un grand garçon, debout près de la fontaine.

Elle présenta son amant, et tout de suite Denise fut à son aise, tellement il lui parut brave homme.

On arriva à la gare de Vincennes, juste pour un train. Enfin, ils descendirent à Joinville, passèrent dans l'île toute de suite, pour commander le déjeuner ; et ils restèrent là, le long des berges, sous de hauts peupliers qui bordaient la Marne.

– Maintenant, qu'allons-nous faire ? demanda Baugé, lorsque le café fut servi.

Sur le désir de Denise, ils décidèrent qu'on resterait à Joinville. Un instant, l'idée d'une promenade en canot[1] fut discutée ; puis, ils l'abandonnèrent, Baugé ramait trop mal. Mais leur flânerie, au hasard des sentiers, revenait quand même le long de la Marne. Le soleil baissait, ils retournaient vers Joinville, lorsque deux yoles[2], descendant le courant et luttant de vitesse, échangèrent des bordées d'injures.

– Tiens ! dit Pauline, c'est monsieur Hutin.

Denise, en entendant prononcer le nom de Hutin, s'était arrêtée ; et, les yeux fixes, elle suivait la mince embarcation, elle cherchait le jeune homme parmi les rameurs, sans distinguer autre chose que les taches blanches de deux femmes, dont l'une, assise à la barre, avait un chapeau rouge.

Le soir, on retourna au restaurant de l'île. Hutin brusquement parut. En vareuse[3] rouge, une toque renversée derrière le crâne, il avait à son bras la grande fille blanche, la barreuse[4], qui, pour

1. **Canot** : barque.
2. **Yoles** : longues barques.
3. **Vareuse** : blouse de toile portée par les marins.
4. **Barreuse** : femme qui tient la barre.

porter les couleurs de l'yole, s'était planté une touffe de coquelicots sur l'oreille. Une table fut prise d'assaut, le tapage devint formidable.

– Il paraît, expliqua Baugé, après avoir écouté les conversations derrière lui, il paraît que les étudiants ont reconnu la femme de Hutin, une ancienne du quartier, qui chante à présent dans un beuglant[1], à Montmartre.

– En tout cas, dit Pauline d'un air pincé, elle est joliment laide, celle-là, avec ses cheveux carotte... Vrai, je ne sais où monsieur Hutin les ramasse, mais elles sont toutes plus sales les unes que les autres.

Denise avait pâli. C'était en elle un froid de glace, comme si, goutte à goutte, le sang de son cœur se fût retiré. Maintenant, elle ne pouvait douter, cette fille était bien avec Hutin. La gorge serrée, les mains tremblantes, elle ne mangeait plus.

– Qu'avez-vous ? demanda son amie.

– Rien, balbutia-t-elle, il fait un peu chaud.

Baugé venait de demander l'addition, en voyant Denise toute blanche, le menton convulsé par les larmes qu'elle retenait. Enfin, Baugé paya, les deux femmes sortirent. Denise eut un soupir de soulagement.

Comme les deux jeunes filles quittaient le jardin du restaurant, une voix timide murmura dans l'ombre :

– Bonsoir, mesdemoiselles.

C'était Deloche. En reconnaissant cette voix amie, Denise, souffrante, céda machinalement au besoin d'un soutien.

– Monsieur Deloche, vous rentrez avec nous, dit-elle. Donnez-moi votre bras.

1. **Beuglant** : cabaret.

Déjà Pauline et Baugé marchaient devant. Ils s'étonnèrent. Ils n'auraient pas cru que ça se ferait ainsi, et avec ce garçon ; et, de temps à autre, ils se retournaient, ils murmuraient :

– Où sont-ils donc ? Ah ! les voici... C'est drôle tout de même.

D'abord, Denise et Deloche avaient gardé le silence.

– Je suis très content de vous avoir rencontrée, finit par balbutier Deloche, qui se décida à parler le premier. Vous ne savez pas combien vous me faites plaisir, en consentant à vous promener avec moi.

Et, les ténèbres aidant, après bien des paroles embarrassées, il osa dire qu'il l'aimait. Depuis longtemps, il voulait le lui écrire ; et jamais elle ne l'aurait su peut-être, sans cette belle nuit complice, sans cette eau qui chantait et ces arbres qui les couvraient du rideau de leurs ombrages. Pourtant, elle ne répondait point, elle marchait toujours à son bras, du même pas de souffrance. Il cherchait à lui voir le visage, lorsqu'il entendit un léger sanglot.

– Oh ! mon Dieu ! reprit-il, vous pleurez, mademoiselle, vous pleurez... Est-ce que je vous ai fait de la peine ?

– Non, non, murmura-t-elle.

Elle tâchait de retenir ses larmes, mais elle ne le pouvait pas.

– Je ne voulais pas vous offenser, répétait Deloche que les larmes gagnaient.

– Non, écoutez, dit-elle d'une voix encore tremblante, je n'ai aucune colère contre vous. Seulement, je vous en prie, ne me parlez plus comme vous venez de le faire... Ce que vous demandez est impossible. Oh ! vous êtes un bon garçon, je veux bien être votre amie, mais pas davantage... Entendez-vous, votre amie !

Il frémissait. Après quelques pas faits en silence, il balbutia :

– Enfin, vous ne m'aimez pas ?

Et, comme elle lui évitait le chagrin d'un non brutal, il reprit d'une voix douce et navrée :

– D'ailleurs, je m'y attendais... Jamais je n'ai eu de chance, je sais que je ne puis être heureux. Chez moi, on me battait. À Paris, j'ai toujours été un souffre-douleur... Oh ! soyez tranquille, je ne vous tourmenterai plus. Quant à vous aimer, vous ne pouvez m'en empêcher, n'est-ce pas ?

À son tour, il pleura. Elle le consolait, et dans leur effusion amicale, ils apprirent qu'ils étaient du même pays, elle de Valognes, lui de Briquebec, à treize kilomètres. Ce fut un nouveau lien.

– Eh bien ? demanda vivement Pauline à Denise, en la prenant à part, quand ils furent devant la station.

La jeune fille comprit au sourire et au ton de tendre curiosité. Elle devint très rouge, en répondant :

– Mais jamais, ma chère ! Puisque je vous ai dit que je ne voulais pas !... Il est de mon pays. Nous causions de Valognes.

Pauline et Baugé restèrent perplexes, dérangés dans leurs idées, ne sachant plus que croire. Deloche les quitta sur la place de la Bastille ; comme tous les jeunes gens au pair, il couchait au magasin, où il devait être à onze heures. Ne voulant pas rentrer avec lui, Denise, qui s'était fait donner une permission de théâtre, accepta d'accompagner Pauline chez Baugé. Enfin à minuit un quart, Denise les quitta.

La porte particulière qui menait à l'appartement de Mouret et aux chambres du personnel, se trouvait rue Neuve-Saint-Augustin. Madame Cabin tirait le cordon[1], puis donnait un coup d'œil, pour pointer la rentrée●. Une veilleuse éclairait

1. **Tirait le cordon** : ouvrait la porte.

● **Un couvre-feu est imposé aux vendeuses, et Mme Cabin est chargée de vérifier qu'elles le respectent. Denise est rentrée juste à l'heure.**

faiblement le vestibule, Denise se trouva dans cette lueur, hésitante, prise d'une inquiétude, car en tournant le coin de la rue, elle avait vu la porte se refermer sur l'ombre vague d'un homme. Ce devait être le patron, rentrant de soirée ; et l'idée qu'il était là, dans le noir, à l'attendre peut-être, lui causait une de ces peurs étranges, dont il la bouleversait encore, sans motif raisonnable. Quelqu'un remua au premier, des bottes craquaient. Alors, elle perdit la tête, elle poussa une porte qui donnait sur le magasin, et qu'on laissait ouverte, pour les rondes de surveillance. Elle était dans le rayon de la rouennerie[1].

– Mon Dieu ! comment faire ? balbutia-t-elle, au milieu de son émotion.

La pensée lui vint qu'il existait, en haut, une autre porte de communication, conduisant aux chambres. Seulement, il fallait traverser tout le magasin. Elle préféra ce voyage, malgré les ténèbres qui noyaient les galeries. Mais, en haut, devant le rayon des confections, une terreur la saisit en apercevant une lanterne, dont l'œil clignotant marchait : c'était une ronde, deux pompiers en train de marquer leur passage aux cadrans des indicateurs. Elle resta une minute sans comprendre, elle les regarda passer des châles à l'ameublement, puis à la lingerie, épouvantée de leur manœuvre étrange, de la clef qui grinçait, des portes de tôle qui retombaient avec un bruit de massacre. Quand ils approchèrent, elle se réfugia au fond du salon des dentelles, d'où le brusque appel d'une voix la fit aussitôt ressortir, pour gagner la porte de communication en courant. Elle avait reconnu la voix de Deloche, il couchait dans son rayon, sur

1. **Rouennerie** : articles en toile de coton peinte, traditionellement fabriquée à Rouen.

un petit lit en fer, qu'il dressait lui-même tous les soirs ; et il n'y dormait pas encore, il y revivait, les yeux ouverts, les heures douces de la soirée.

– Comment ! c'est vous, mademoiselle ! dit Mouret, que Denise trouva devant elle, dans l'escalier, une petite bougie de poche à la main.

Elle balbutia, voulut expliquer qu'elle venait de chercher quelque chose au rayon. Mais il ne se fâchait point, il la regardait de son air à la fois paternel et curieux.

– Vous aviez donc une permission de théâtre ?

– Monsieur, je suis allée à la campagne.

Cela le fit rire. Puis, il demanda, en appuyant sur les mots :

– Toute seule ?

– Non, monsieur, avec une amie, répondit-elle, les joues empourprées[1], honteuse de la pensée qu'il avait sans doute.

Alors, il se tut. Mais il la regardait toujours, dans sa petite robe noire, coiffée de son chapeau garni d'un seul ruban bleu. Est-ce que cette sauvageonne finirait par devenir une jolie fille ? Elle sentait bon de sa course au grand air, elle était charmante avec ses beaux cheveux épeurés[2] sur son front. Et lui qui, depuis six mois, la traitait en enfant, qui la conseillait parfois, cédant à des idées d'expérience, à des envies méchantes de savoir comment une femme poussait et se perdait dans Paris, il ne riait plus, il éprouvait un sentiment indéfinissable de surprise et de crainte, mêlé de tendresse.

– Bonsoir, monsieur, murmura Denise, en continuant de monter, sans attendre.

Il ne répondit pas, la regarda disparaître. Puis, il rentra chez lui.

1. **Empourprées** : toutes rouges.
2. **Épeurés** : apeurés.

VI

Quand la morte-saison[1] d'été fut venue, un vent de panique souffla au *Bonheur des Dames*. C'était le coup de terreur des congés, les renvois en masse dont la direction balayait le magasin, vide de clientes pendant les chaleurs de juillet et d'août.

Mouret, chaque matin, lorsqu'il faisait avec Bourdoncle son inspection, prenait à part les chefs de comptoir, qu'il avait poussés, l'hiver, pour que la vente ne souffrît pas, à engager plus de vendeurs qu'il ne leur en fallait, quitte à écrémer[2] ensuite leur personnel. Il s'agissait maintenant de diminuer les frais, en rendant au pavé[3] un bon tiers des commis, les faibles qui se laissaient manger par les forts.

– Voyons, disait-il, vous en avez là-dedans qui ne font pas votre affaire… On ne peut les garder pourtant à rester ainsi, les mains ballantes.

Et, si le chef de comptoir hésitait, ne sachant lesquels sacrifier :

– Arrangez-vous, six vendeurs doivent vous suffire… Vous en reprendrez en octobre, il en traîne assez dans les rues !

D'ailleurs, Bourdoncle se chargeait des exécutions. Il avait, de ses lèvres minces, un terrible : « Passez à la caisse ● ! » qui tombait comme un coup de hache. Tout lui devenait prétexte pour déblayer le plancher. Il inventait des méfaits, il spéculait sur les plus légères négligences. « Vous étiez assis, monsieur :

1. **Morte-saison** : saison où les ventes sont moins nombreuses.
2. **Écrémer** : réduire.
3. **Rendant au pavé** : mettant à la rue.

● **« Passez à la caisse ! » signifie que les vendeurs doivent aller toucher ce que le magasin leur doit encore, avant de le quitter : ils sont donc renvoyés.**

passez à la caisse ! – Vous répondez, je crois : passez à la caisse ! – Vos souliers ne sont pas cirés : passez à la caisse ! » Et les braves eux-mêmes tremblaient, devant le massacre qu'il laissait derrière lui.

– Vous avez une sale figure, vous ! finit-il par dire un jour à un pauvre diable dont le nez de travers l'agaçait. Passez à la caisse !

Maintenant, les rayons ne causaient plus d'autre chose. Chaque jour, de nouvelles histoires circulaient. On nommait les vendeurs congédiés, comme, en temps d'épidémie, on compte les morts. Dans la panique qui soufflait, chacun tremblait pour soi. Cependant, Denise, au milieu de ce coup de balai, était si menacée, qu'elle vivait dans la continuelle attente d'une catastrophe. Elle avait beau être courageuse, lutter de toute sa gaieté et de toute sa raison, pour ne pas céder aux crises de sa nature tendre : des larmes l'aveuglaient dès qu'elle avait refermé la porte de sa chambre, elle se désolait en se voyant à la rue, fâchée avec son oncle, ne sachant où aller, sans un sou d'économie, et ayant sur les bras les deux enfants. Les sensations des premières semaines renaissaient, il lui semblait être un grain de mil sous une meule puissante[1] ; et c'était, en elle, un abandon découragé, à se sentir si peu de chose, dans cette grande machine qui l'écraserait avec sa tranquille indifférence. Aucune illusion n'était possible : si l'on congédiait une vendeuse des confections, elle se trouvait désignée. On ne lui pardonnait pas d'ailleurs d'être allée à Joinville, on voyait là une révolte, une façon de narguer le comptoir tout entier, en s'affichant dehors avec une demoiselle du comptoir ennemi. Jamais Denise n'avait plus souffert au rayon, et maintenant elle désespérait de le conquérir.

1. **Il lui semblait être un grain de mil sous une meule puissante :** Denise a l'impression qu'on va l'écraser.

– Laissez-les donc ! répétait Pauline, des poseuses[1] qui sont bêtes comme des oies !

Mais c'était justement ces allures de dame qui intimidaient la jeune fille. Presque toutes les vendeuses, dans leur frottement quotidien avec la clientèle riche, prenaient des grâces, finissaient par être d'une classe vague, flottant entre l'ouvrière et la bourgeoise ; et, sous leur art de s'habiller, sous les manières et les phrases apprises, il n'y avait souvent qu'une instruction fausse, la lecture des petits journaux, des tirades de drame, toutes les sottises courantes du pavé de Paris.

– Vous savez que la mal peignée a un enfant, dit un matin Clara, en arrivant au rayon.

Et, comme on s'étonnait :

– Puisque je l'ai vue hier soir qui promenait le mioche !... Elle doit le remiser[2] quelque part.

À deux jours de là, Marguerite, en remontant de dîner, donna une autre nouvelle.

– C'est du propre, je viens de voir l'amant de la mal peignée... Un ouvrier, imaginez-vous ! oui, un sale petit ouvrier, avec des cheveux jaunes, qui la guettait à travers les vitres●.

Dès lors, ce fut une vérité acquise : Denise avait un manœuvre pour amant, et cachait un enfant dans le quartier. On la cribla d'allusions méchantes. La première fois qu'elle comprit, elle devint toute pâle, devant la monstruosité de pareilles suppositions. C'était abominable, elle voulut s'excuser, elle balbutia :

– Mais ce sont mes frères !

– Oh ! ses frères ! dit Clara de sa voix de blague.

1. **Poseuses** : prétentieuses.
2. **Remiser** : faire garder.

● **Clara a pris Pépé, le jeune frère de Denise, pour son fils, et Marguerite fait courir le bruit que Jean est son amant.**

Il fallut que madame Aurélie intervînt.

– Taisez-vous ! mesdemoiselles, vous feriez mieux de changer ces étiquettes… Mademoiselle Baudu est bien libre de se mal conduire dehors. Si elle travaillait ici, au moins !

Et cette défense sèche était une condamnation. La jeune fille, suffoquée comme si on l'avait accusée d'un crime, tâcha vainement d'expliquer les faits. On riait, on haussait les épaules. Denise finit par ne plus répondre. C'était trop odieux, personne ne la croirait. Quand une camarade risquait une nouvelle allusion, elle se contentait de la regarder fixement, d'un air triste et calme. D'ailleurs, elle avait d'autres ennuis, des soucis matériels qui la préoccupaient davantage. Elle s'en était ouverte à Robineau, qui lui restait sympathique, depuis leur première rencontre chez Vinçard[1] ; et il lui avait procuré des nœuds de cravate, à cinq sous la douzaine. La nuit, de neuf heures à une heure, elle pouvait en coudre six douzaines, ce qui lui faisait trente sous, sur lesquels il fallait déduire une bougie de quatre sous●. Elle ne se plaignait pas du manque de sommeil, elle se serait estimée très heureuse, si une catastrophe n'avait une fois encore bouleversé son budget. À la fin de la seconde quinzaine, lorsqu'elle s'était présentée chez l'entrepreneuse des nœuds de cravate, elle avait trouvé porte close : une faillite, une banqueroute, qui lui emportait dix-huit francs trente centimes, somme considérable, et sur laquelle, depuis huit jours, elle comptait absolument. Toutes les misères du rayon disparaissaient devant ce désastre.

1. Cette rencontre est racontée au chapitre I.

● **Grâce à Robineau, Denise a trouvé un petit travail de couture, peu payé, qui lui permet d'augmenter ses revenus.**

– Vous êtes triste, lui dit Pauline, qui la rencontra dans la galerie de l'ameublement. Est-ce que vous avez besoin de quelque chose, dites ?

Mais Denise devait déjà douze francs à son amie. Elle répondit, en essayant de sourire :

– Non, merci... J'ai mal dormi, voilà tout.

C'était le vingt juillet, au plus fort de la panique des renvois. Sur les quatre cents employés, Bourdoncle en avait déjà balayé cinquante ; et le bruit courait d'exécutions nouvelles. Elle ne songeait guère pourtant aux menaces qui soufflaient, elle était tout entière à l'angoisse d'une aventure de Jean, plus terrifiante que les autres. Ce jour-là, il lui fallait quinze francs, dont l'envoi pouvait seul le sauver de la vengeance d'un mari trompé. La veille, elle avait reçu une première lettre, posant le drame ; puis, coup sur coup, il en était venu deux autres, la dernière surtout qu'elle achevait, quand Pauline l'avait rencontrée, et où Jean lui annonçait sa mort pour le soir, s'il n'avait pas les quinze francs. Elle se torturait l'esprit. Impossible de prendre sur la pension de Pépé, payée depuis deux jours. Toutes les malchances tombaient à la fois, car elle espérait rentrer dans ses dix-huit francs trente, en s'adressant à Robineau, qui retrouverait peut-être l'entrepreneuse des nœuds de cravate ; mais Robineau, ayant obtenu un congé de deux semaines, n'était pas revenu la veille, comme on l'attendait.

Cependant, Pauline la questionnait encore, amicalement. Lorsque toutes deux se rejoignaient ainsi, au fond d'un rayon écarté, elles causaient quelques minutes, l'œil aux aguets. Soudain, la lingère[1] eut un geste de fuite : elle venait d'apercevoir la cravate blanche d'un inspecteur, qui sortait des châles.

1. **La lingère** : Pauline.

– Ah ! non, c'est le père Jouve, murmura-t-elle d'un air rassuré. Je ne sais ce qu'il a, ce vieux, à rire, quand il nous voit ensemble… À votre place, j'aurais peur, car il est trop gentil pour vous. Un chien fini, mauvais comme la gale, et qui croit encore parler à ses troupiers[1] !

En effet, le père Jouve était détesté de tous les vendeurs, pour la sévérité de sa surveillance. Plus de la moitié des renvois se faisaient sur ses rapports.

– Pourquoi aurais-je peur ? demanda Denise.

– Dame ! répondit Pauline en riant, il exigera peut-être de la reconnaissance… Plusieurs de ces demoiselles se le ménagent.

Jouve s'était éloigné, en feignant de ne pas les voir ; et elles l'entendirent qui tombait sur un vendeur des dentelles, coupable de regarder un cheval abattu, dans la rue Neuve-Saint-Augustin.

– À propos, reprit Pauline, est-ce que vous ne cherchiez pas monsieur Robineau, hier ? Il est revenu.

Denise se crut sauvée.

– Merci, je vais faire le tour alors et passer par la soierie… Tant pis ! on m'a envoyée là-haut, à l'atelier, pour un poignard[2].

Comme Denise descendait, Favier mettait justement une robe de soie légère, à pois roses, pour madame Boutarel, débarquée la veille du midi. Depuis le commencement du mois, les départements donnaient, on ne voyait guère que des dames fagotées[3], des châles jaunes, des jupes vertes, le déballage en masse de la province. Les commis, indifférents, ne riaient même plus. Favier accompagna madame Boutarel à la mercerie, et quand il reparut, il dit à Hutin :

1. **Troupiers** : soldats.
2. **Un poignard** : une retouche.
3. **Fagotées** : mal habillées.

– Hier toutes auvergnates, aujourd'hui toutes provençales... J'en ai mal à la tête.

Denise traversait le rayon des soieries, en ralentissant sa marche et en regardant autour d'elle, pour découvrir Robineau. Elle ne le vit pas, alla dans la galerie du blanc, puis traversa une seconde fois. Les deux vendeurs s'étaient aperçus de son manège.

– La voilà encore, cette désossée ! murmura Hutin.

– Elle cherche Robineau, dit Favier. Je ne sais ce qu'ils fricotent[1] ensemble. Oh ! rien de drôle, Robineau est trop bête là-dessus... On raconte qu'il lui a procuré un petit travail, des nœuds de cravate. Hein ? quel négoce[2] !

Hutin méditait une méchanceté. Lorsque Denise passa près de lui, il l'arrêta, en disant :

– C'est moi que vous cherchez ?

Elle devint très rouge. Depuis la soirée de Joinville, elle n'osait lire dans son cœur, où se heurtaient des sentiments confus. Elle le revoyait sans cesse avec cette fille aux cheveux roux, et si elle frémissait encore devant lui, c'était peut-être de malaise. L'avait-elle aimé ? l'aimait-elle toujours ? elle ne voulait point remuer ces choses, qui lui étaient pénibles.

– Non, monsieur, répondit-elle, embarrassée.

Alors, Hutin s'amusa de sa gêne.

– Si vous désirez qu'on vous le serve... Favier, servez donc Robineau à mademoiselle.

Elle le regarda fixement, du regard triste et calme dont elle recevait les allusions blessantes de ces demoiselles. Ah ! il était méchant, il la frappait ainsi que les autres ! Et il y avait en elle comme un déchirement, un dernier lien qui se rompait. Son

1. **Fricotent** : manigancent.
2. **Négoce** : commerce.

visage exprima une telle souffrance, que Favier, peu tendre de son naturel, vint pourtant à son secours.

– Monsieur Robineau est au réassortiment[1], dit-il. Il rentrera pour déjeuner sans doute... Vous le trouverez cet après-midi, si vous avez à lui parler.

Denise remercia, remonta aux confections, où madame Aurélie l'attendait, dans une colère froide. Comment ! elle était partie depuis une demi-heure ! d'où sortait-elle ? pas de l'atelier, bien sûr ? La jeune fille baissait la tête, songeait à cet acharnement du malheur. C'était fini, si Robineau ne rentrait pas. Cependant, elle se promettait de redescendre.

Aux soieries, le retour de Robineau avait déchaîné toute une révolution. Le comptoir[2] espérait qu'il ne rentrerait pas, dégoûté des ennuis qu'on lui créait sans cesse ; et, un moment, en effet, toujours pressé par Vinçard qui voulait lui céder son fonds de commerce, il avait failli le prendre. Le sourd travail de Hutin, la mine qu'il creusait depuis de longs mois sous les pieds du second, allait enfin éclater. Pendant le congé de celui-ci, comme il le suppléait[3] à titre de premier vendeur, il s'était efforcé de lui nuire dans l'esprit des chefs, de s'installer à sa place, par des excès de zèle : c'étaient de petites irrégularités découvertes et étalées, des projets d'améliorations soumis, des dessins nouveaux qu'il imaginait. Tous, d'ailleurs, dans le rayon, depuis le débutant rêvant de passer vendeur, jusqu'au premier convoitant la situation d'intéressé, tous n'avaient qu'une idée fixe, déloger le camarade au-dessus de soi pour monter d'un échelon, le

1. **Réassortiment** : service de réapprovisionement en marchandise.
2. **Le comptoir** : les vendeurs du rayon de la soierie, dont Robineau est le second.
3. **Suppléait** : remplaçait.

manger s'il devenait un obstacle ; et cette lutte des appétits, cette poussée des uns sur les autres, était comme le bon fonctionnement même de la machine, ce qui enrageait la vente et allumait cette flambée du succès dont Paris s'étonnait. Derrière Hutin, il y avait Favier, puis derrière Favier, les autres, à la file. On entendait un gros bruit de mâchoires. Robineau était condamné, chacun déjà emportait son os. Aussi, lorsque le second reparut, le grognement fut-il général. Il fallait en finir, l'attitude des vendeurs lui avait semblé si menaçante, que le chef du comptoir[1], pour donner à la direction le temps de prendre un parti, venait d'envoyer Robineau au réassortiment.

– Nous préférons nous en aller tous, si on le garde, déclarait Hutin.

Cette affaire ennuyait Bouthemont, dont la gaieté s'accommodait mal d'un tel tracas intérieur. Il souffrait de ne plus avoir autour de lui que des visages renfrognés. Pourtant, il voulait être juste.

– Voyons, laissez-le tranquille, il ne vous fait rien.

Mais des protestations éclataient.

– Comment ! il ne nous fait rien ?... Un être insupportable, toujours nerveux, et qui vous passerait sur le corps, tant il est fier !

– Enfin, messieurs, dit Bouthemont, je ne peux rien prendre sur moi... J'ai averti la direction, je vais en causer tout à l'heure.

On sonnait la seconde table●, une volée de cloche montait du sous-sol, lointaine et assourdie dans l'air mort du magasin. Hutin et Favier descendirent.

1. Il s'agit de Bouthemont.

● **En raison du grand nombre d'employés, trois services (ou tables) se succèdent à la cantine. La scène du repas va permettre à Zola de montrer les conditions de vie des employés.**

– Allons, bon ! murmura Hutin en consultant le menu, écrit sur un tableau noir, au-dessus du guichet, du bœuf sauce piquante, ou de la raie... Jamais de rôti, dans cette baraque ! Ça ne tient pas au corps, leur bouilli et leur poisson !

– Elle est froide, leur raie, déclara Favier, dont la main ne sentait pas de chaleur.

Hutin grondait sourdement :

– Avec ça, j'ai une faim !

– C'est toujours ainsi, dit Favier, qui s'installait à sa gauche. Il n'y a rien, quand on crève.

La table se remplissait rapidement. Elle contenait vingt-deux couverts. D'abord, il n'y eut qu'un tapage violent de fourchettes, une goinfrerie de grands gaillards aux estomacs creusés par treize heures de fatigues quotidiennes.

– Dites donc, et votre Robineau ? demanda un vendeur à Hutin.

– Eh bien ! il est revenu, Robineau.

Puis, se fâchant tout d'un coup :

– Mais, sacredieu ; ils m'ont donné de l'âne !... À la fin, c'est dégoûtant, ma parole d'honneur !

– Ne vous plaignez donc pas ! dit Favier. Moi qui ai fait la bêtise de prendre de la raie... Elle est pourrie.

Tous parlaient à la fois, s'indignaient, plaisantaient. Dans un coin de la table, contre le mur, Deloche mangeait silencieusement.

– Favier, passez votre raie à Deloche... Il l'aime comme ça.

– Et votre viande, Hutin : Deloche la demande pour son dessert.

Mais un léger sifflement les fit taire. On signalait la présence de Mouret et de Bourdoncle dans le couloir. Depuis quelque temps, les plaintes des employés devenaient telles, que la direction affectait de descendre juger par elle-même la qualité de la nourriture. Aussi, dans le brusque silence, les oreilles se tendirent, on écouta des voix qui sortaient de la salle voisine, où Mouret et Bourdoncle venaient d'entrer. Celui-ci déclarait le bœuf excellent ; et Mignot, suffoqué par cette affirmation tranquille, répétait : « Mâchez-le, pour voir ». Alors, Mouret se répandit en paroles cordiales[1] : il ferait tout pour le bien-être de ses employés, il était leur père, il préférait manger du pain sec que de les savoir mal nourris.

– Je vous promets d'étudier la question, finit-il par conclure, en haussant le ton, de manière à être entendu d'un bout du couloir à l'autre.

L'enquête de la direction était terminée, le bruit des fourchettes recommença. Hutin murmurait :

– Oui, compte là-dessus, et bois de l'eau !... Ah ! ils ne sont pas chiches[2] de bonnes paroles. Veux-tu des promesses, en voilà ! Et ils vous nourrissent de vieilles semelles, et ils vous flanquent à la porte comme des chiens !

Le vendeur qui l'avait déjà questionné, répéta :

– Vous dites donc que votre Robineau... ?

– Je vous disais donc que Robineau est de retour, continua-t-il, au milieu des rires et des conversations qui se croisaient. Oh ! son affaire est grave... Imaginez-vous qu'il débauche les vendeuses ! Oui, il leur procure des nœuds de cravate !

– Silence ! murmura Favier. Voilà qu'on le juge.

Du coin de l'œil, il montrait Bouthemont, qui marchait dans le couloir, entre Mouret et Bourdoncle, tous trois absorbés, parlant à demi-voix, vivement. La salle à manger des chefs de comptoir et des seconds se trouvait justement en face. Lorsque Bouthemont avait vu passer Mouret, il s'était levé de table, ayant

1. **Cordiales** : aimables.
2. **Chiches** : avares.

fini, et il contait les ennuis de son rayon, il disait son embarras. Les deux autres l'écoutaient, refusant encore de sacrifier Robineau, un vendeur de premier ordre. Mais, quand il en vint à l'histoire des nœuds de cravate, Bourdoncle s'emporta. Est-ce que ce garçon était fou, de s'entremettre pour donner des travaux supplémentaires aux vendeuses ? La maison payait assez cher le temps de ces demoiselles ; si elles travaillaient à leur compte la nuit, elles travaillaient moins dans le jour au magasin, c'était clair ; elles les volaient donc, elles risquaient leur santé qui ne leur appartenait pas. La nuit était faite pour dormir, toutes devaient dormir, ou bien on les flanquerait dehors ! Mouret partageait son indignation. Une vendeuse réduite à travailler la nuit, lui semblait une attaque contre l'organisation même du *Bonheur*. Quelle était donc la sotte qui ne savait pas se suffire, avec ses bénéfices sur la vente ? Mais, quand Bouthemont eut nommé Denise, il se radoucit, il trouva des excuses. Bourdoncle l'interrompit pour déclarer qu'il fallait la renvoyer sur l'heure. On ne tirerait jamais rien d'un laideron pareil, il l'avait toujours dit. Alors, Mouret, pris d'embarras, affecta de rire. Mon Dieu ! quel homme sévère ! ne pouvait-on pardonner une fois ? On ferait venir la coupable, on la gronderait. En somme, c'était Robineau qui avait tous les torts, car il aurait dû la détourner, lui, un ancien commis au courant des habitudes de la maison. Bourdoncle regardait Mouret en face. Mouret était devenu sérieux ; il affecta le mépris, il évita de prendre une décision, comme si l'affaire n'avait pas eu d'importance. On verrait, on lui parlerait●.

● **Pour Bourdoncle, même le temps libre des vendeuses appartient au magasin. Si elles travaillent pour leur compte au lieu de se reposer, elles seront moins efficaces. Mouret partage ce point de vue, mais veut protéger Denise, qui l'attire.**

Une cloche sonnait au bout du couloir, il fallait laisser la place à la troisième table. Lentement, les salles se vidaient, les vendeurs remontaient à leurs rayons, en traînant le long des marches. Comme Hutin et Favier s'attardaient, ils virent descendre Denise.

– Monsieur Robineau est de retour, mademoiselle, dit le premier, avec une politesse moqueuse.

– Il déjeune, ajouta l'autre. Mais si ça presse trop, vous pouvez entrer.

Denise descendait toujours sans répondre, sans tourner la tête. Pourtant, lorsqu'elle passa devant la salle à manger des chefs de comptoir et des seconds, elle ne put s'empêcher d'y jeter un coup d'œil. Robineau était là, en effet. Elle tâcherait de lui parler, l'après-midi ; et elle continua de suivre le corridor, pour se rendre à sa table, qui se trouvait à l'autre bout.

Les femmes mangeaient à part, dans deux salles réservées. Denise entra dans la première.

– Vous avez donc fait le tour ? demanda Pauline, assise déjà et se coupant du pain.

– Oui, répondit Denise en rougissant, j'accompagnais une cliente.

Elle mentait. Clara poussa le coude d'une vendeuse, sa voisine. Qu'avait donc la mal peignée, ce jour-là ? Elle était toute singulière.

Lorsque le garçon apporta le riz au gratin, ces demoiselles protestèrent. Elles l'avaient laissé, la semaine d'auparavant, et elles espéraient qu'il ne reparaîtrait plus. Denise, distraite, troublée au sujet de Jean par les histoires de Clara, fut la seule à en manger ; et toutes la regardaient, d'un air de dégoût.

– Chut ! souffla Pauline, voici cette vieille bête !

C'était l'inspecteur Jouve. Il rôdait ainsi volontiers, vers la fin des repas, du côté de ces demoiselles. Mais, comme il les inquiétait et les ennuyait, toutes se hâtaient de fuir. Bien que la cloche n'eût pas sonné, Clara disparut la première ; d'autres la suivirent. Il ne resta bientôt plus que Denise et Pauline. Celle-ci, après avoir bu son café, achevait ses pastilles de chocolat.

– Tiens ! dit-elle en se levant, je vais envoyer un garçon me chercher des oranges... Venez-vous ?

– Tout à l'heure, répondit Denise, qui mordillait une croûte, résolue à demeurer la dernière, de façon à pouvoir aborder Robineau, quand elle remonterait.

Cependant, lorsqu'elle fut seule avec Jouve, elle ressentit un malaise ; et, contrariée, elle quitta enfin la table. Mais, en la voyant se diriger vers la porte, il lui barra le passage :

– Mademoiselle Baudu...

Debout devant elle, il souriait d'un air paterne[1]. Ses grosses moustaches grises, ses cheveux taillés en brosse, lui donnaient une grande honnêteté militaire. Et il poussait en avant sa poitrine, où s'étalait son ruban rouge[2].

– Quoi donc, monsieur Jouve ? demanda-t-elle rassurée.

– Je vous ai encore aperçue, ce matin, causant là-haut, derrière les tapis. Vous savez que c'est contraire au règlement, et si je faisais mon rapport...

Denise, sans comprendre, était reprise de malaise. Il s'approchait trop, il lui parlait dans la figure.

– C'est vrai, nous causions, monsieur Jouve, balbutia-t-elle, mais il n'y a pas grand mal à causer un peu... Vous êtes bien bon pour moi, merci tout de même.

1. **Paterne** : bienveillant.
2. **Son ruban rouge** : sa décoration militaire.

– Je ne devrais pas être bon, dit-il. La justice, je ne connais que ça... Seulement, quand on est si gentille...

Et il s'approchait encore.

– Laissez-moi, murmura la jeune fille en reculant.

– Voyons, disait-il, vous n'allez pas faire la sauvage avec un ami qui vous ménage[1] toujours... Soyez aimable, venez ce soir tremper une tartine dans une tasse de thé. C'est de bon cœur.

Elle se débattait, maintenant.

– Non ! non !

Jouve, l'oreille tendue au bruit des pas, jeta vivement un regard autour de lui ; et, très excité, sortant de sa tenue, dépassant ses familiarités de père, il voulut la baiser sur le cou.

– Petite méchante, petite bête... Quand on a des cheveux comme ça, est-ce qu'on est si bête ? Venez donc ce soir, c'est pour rire.

Mais elle s'affolait, dans une révolte terrifiée, à l'approche de ce visage brûlant, dont elle sentait le souffle. Tout d'un coup, elle le poussa, d'un effort si rude, qu'il chancela et faillit tomber sur la table.

– Ah ! mademoiselle, vous vous en repentirez, parole d'honneur !

Denise s'était enfuie. Justement, la cloche sonnait ; et, troublée, encore frémissante, elle oublia Robineau, elle remonta au comptoir. Puis, elle n'osa plus redescendre. Enfin, vers trois heures, Denise, voyant la première s'assoupir, fila doucement, reprit sa course à travers le magasin, de son air affairé. Au rez-de-chaussée, elle traversa la rouennerie, et elle entrait aux

1. **Ménage** : traite avec douceur.

cravates, lorsqu'un sursaut de surprise l'arrêta net. Jean était devant elle.

– Comment ! c'est toi ? murmura-t-elle toute pâle. Que fais-tu là ?

– Dame ! répondit-il, je t'attendais... Tu me défends de venir. Alors, je suis bien entré, mais je n'ai rien dit à personne. Oh ! tu peux être tranquille. Ne fais pas semblant de me connaître, si tu veux.

Des vendeurs les regardaient déjà, l'air étonné. Jean baissa la voix.

– Tu sais, elle a voulu m'accompagner. Oui, elle est sur la place, devant la fontaine... Donne vite les quinze francs, ou nous sommes fichus, aussi vrai que le soleil nous éclaire !

– Tais-toi, murmura Denise. Tout à l'heure... Marche donc !

– Si cette crapule parle, reprit Jean, le mari qui a un grand couteau...

– Où veux-tu que je trouve quinze francs ? s'écria Denise désespérée. Tu ne peux donc pas être raisonnable ?

– Donne-moi les quinze francs, ce sera la dernière fois, je te le jure... Ou bien, non ! ne me donne rien, j'aime mieux mourir. Si le mari m'assassine, tu seras bien débarrassée.

Mais un bruit de pas, au bout du corridor, les inquiéta. Elle le ramena contre la réserve, dans un coin d'ombre.

– Va-t'en ! va-t'en !... Si je peux, je t'enverrai les quinze francs tout de même.

Jean, étourdi, se sauva. Hors d'haleine, l'inspecteur, qui arrivait, distingua seulement un coin de la blouse blanche et les boucles des cheveux blonds, envolés dans le vent du trottoir.

– Eh bien ! c'est propre, mademoiselle, dit-il, les lèvres tremblantes. Oui, c'est propre, c'est très propre... Si vous espérez que je vais tolérer, dans le sous-sol, des choses si propres.

Et il la poursuivait de ce mot, tandis qu'elle remontait au magasin, la gorge serrée d'émotion, sans trouver une parole de défense. On allait encore s'imaginer des vilenies[1] ; et elle aurait beau jurer, on ne la croirait pas. Une fois de plus, elle oublia Robineau, elle rentra directement au comptoir.

Sans attendre, Jouve se rendit à la direction, pour faire son rapport.

– Vous désirez quelque chose, monsieur Jouve ? cria Mouret. Entrez donc.

Mais un instinct avertit l'inspecteur. Bourdoncle étant sorti, Jouve préféra tout lui conter. Lentement, ils suivirent la galerie des châles, marchant côte à côte, l'un penché et parlant très bas, l'autre écoutant, sans qu'un trait de son visage sévère laissât voir ses impressions.

– C'est bien, finit par dire ce dernier.

Et, comme ils étaient arrivés devant les confections, il entra. Justement, madame Aurélie se fâchait contre Denise. D'où venait-elle encore ? cette fois, elle ne dirait peut-être pas qu'elle était montée à l'atelier. Vraiment, ces disparitions continuelles ne pouvaient se tolérer davantage.

– Madame Aurélie ! appela Bourdoncle.

Il se décidait à un coup de force, il ne voulait pas consulter Mouret, de peur d'une faiblesse. La première s'avança, et de nouveau l'histoire fut contée à voix basse. Tout le rayon attendait, flairant une catastrophe. Enfin, madame Aurélie se tourna, l'air solennel.

– Mademoiselle Baudu... Passez à la caisse !

La terrible phrase sonna très haut, dans le rayon alors vide de clientes. Denise était demeurée droite et blanche, sans un souffle. Puis, elle eut des mots entrecoupés.

1. **Vilenies** : actes méprisables.

– Moi ! moi !... Pourquoi donc ? qu'ai-je fait ?

Bourdoncle répondit durement qu'elle le savait, qu'elle ferait mieux de ne pas provoquer une explication ; et il parla des cravates, et il dit que ce serait joli, si toutes ces demoiselles voyaient des hommes dans le sous-sol.

– Mais c'est mon frère ! cria-t-elle avec la colère douloureuse d'une vierge violentée.

Marguerite et Clara se mirent à rire, tandis que madame Frédéric, si discrète d'habitude, hochait également la tête d'un air incrédule. À quoi bon se débattre ? pourquoi vouloir s'imposer, quand personne ne l'aimait ? Et elle s'en alla sans ajouter une parole, elle ne jeta même pas un dernier regard, dans ce salon où elle avait lutté si longtemps. Alors, sans même prévenir Deloche et Pauline, elle passa tout de suite à la caisse.

– Mademoiselle, dit l'employé, vous avez vingt-deux jours, ça fait dix-huit francs soixante-dix auxquels il faut ajouter sept francs de tant pour cent et de guelte... C'est bien votre compte, n'est-ce pas ?

– Oui, monsieur... Merci.

Et Denise s'en allait avec son argent, lorsqu'elle rencontra enfin Robineau. Il avait appris déjà le renvoi, il lui promit de retrouver l'entrepreneuse de cravates. Tout bas, il la consolait, il s'emportait : quelle existence ! se voir à la continuelle merci d'un caprice ! être jeté dehors d'une heure à l'autre, sans pouvoir même exiger les appointements du mois entier ! Denise monta prévenir madame Cabin, qu'elle tâcherait de faire prendre sa malle dans la soirée. Cinq heures sonnaient, lorsqu'elle se trouva sur le trottoir de la place Gaillon, étourdie, au milieu des fiacres et de la foule.

Le soir même, comme Robineau rentrait chez lui, il reçut une lettre de la direction, l'avertissant en quatre lignes que, pour des raisons d'ordre intérieur, elle se voyait forcée de renoncer à ses services. Il était depuis sept ans dans la maison ; l'après-midi encore, il avait causé avec ces messieurs ; ce fut un coup de massue. Hutin et Favier chantaient victoire à la soie, aussi bruyamment que Marguerite et Clara triomphaient aux confections. Bon débarras ! les coups de balai font de la place ! Seuls, quand ils se rencontraient, à travers la cohue des rayons, Deloche et Pauline échangeaient des mots navrés, regrettant Denise, si douce, si honnête.

– Ah ! disait le jeune homme, si elle réussissait jamais autre part, je voudrais qu'elle rentrât ici, pour leur mettre le pied sur la gorge, à toutes ces pas grand'chose !

Et ce fut Bourdoncle qui, dans cette affaire, supporta le choc violent de Mouret. Lorsque ce dernier apprit le renvoi de Denise, il entra dans une grande irritation. D'habitude, il s'occupait fort peu du personnel ; mais il affecta cette fois de voir là un empiétement de pouvoir, une tentative d'échapper à son autorité. Est-ce qu'il n'était plus le maître, par hasard, pour qu'on se permît de donner des ordres ? Cependant, Bourdoncle, fort de sa résistance passive, pliait l'échine[1] sous la bourrasque. Il étudiait Mouret. Enfin, un jour où il le vit plus calme, il osa dire, d'une voix particulière :

– Il vaut mieux pour tout le monde qu'elle soit partie.

Mouret resta gêné, le sang au visage.

– Ma foi, répondit-il en riant, vous avez peut-être raison... Descendons voir la vente. Ça remonte, on a fait près de cent mille francs, hier.

1. **Pliait l'échine** : courbait le dos.

VII

Un instant, Denise était restée étourdie sur le pavé, dans le soleil encore brûlant de cinq heures. La catastrophe venait d'être si brusque, on l'avait poussée dehors si rudement, qu'elle retournait au fond de sa poche ses vingt-cinq francs soixante-dix, d'une main machinale, en se demandant où aller et que faire.

Était-ce possible ? seule d'une minute à l'autre, perdue dans cette grande ville inconnue, sans appui, sans ressources ! Il fallait manger et dormir cependant. Elle battait le quartier, tournant sur elle-même, ramenée toujours devant le *Bonheur des Dames* ; et, pour échapper à cette obsession, elle se jeta dans la rue de la Michodière.

Heureusement, Baudu n'était pas sur sa porte, le *Vieil Elbeuf* semblait mort, derrière ses vitrines noires. Jamais elle n'aurait osé se présenter chez son oncle, car il affectait de ne plus la reconnaître, et elle ne voulait point tomber à sa charge, dans le malheur qu'il avait prédit. Mais de l'autre côté de la rue, un écriteau jaune l'arrêta : *Chambre garnie*[1] *à louer*. C'était le premier qui ne lui faisait pas peur, tellement la maison paraissait pauvre. Puis, elle la reconnut. Au seuil de la boutique de parapluies, le vieux Bourras, chevelu et barbu comme un prophète, des besicles[2] sur le nez, étudiait l'ivoire d'une pomme de canne. Locataire de toute la maison, il sous-louait en garni les deux étages, pour diminuer son loyer.

– Vous avez une chambre, monsieur ? demanda Denise, obéissant à une poussée instinctive.

1. **Garnie** : meublée.
2. **Bésicles** : lunettes.

Il leva ses gros yeux embroussaillés, et il répondit, après avoir regardé sa petite robe propre, sa tournure honnête :

– Ça ne fait pas pour vous[1].

– Combien donc ? répondit Denise.

– Quinze francs par mois.

Alors, elle voulut visiter.

– Je passe devant, pour que vous ne tombiez pas, dit Bourras dans l'allée humide qui longeait la boutique.

Il buta contre une marche, il monta, en multipliant les avertissements. Attention ! la rampe était contre la muraille, il y avait un trou au tournant, parfois les locataires laissaient leurs boîtes à ordures. Denise, dans une obscurité complète, ne distinguait rien, sentait seulement la fraîcheur des vieux plâtres mouillés. Au premier étage pourtant, un carreau donnant sur la cour lui permit de voir vaguement, comme au fond d'une eau dormante, l'escalier déjeté, les murailles noires de crasse, les portes craquées et dépeintes. Au deuxième étage, le jour grandissait, éclairant d'une pâleur crue la détresse du logis.

– Si encore l'une de ces deux chambres était libre ! reprit Bourras. Vous y seriez bien... Mais elles sont toujours occupées par des dames.

Au deuxième étage, le jour grandissait, éclairant d'une pâleur crue la détresse du logis. Un garçon boulanger occupait la première chambre ; et c'était l'autre, celle du fond, qui se trouvait vacante. Quand Bourras l'eut ouverte, il dut rester sur le palier, pour que Denise pût la visiter à l'aise. Le lit, dans l'angle de la porte, laissait tout juste le passage d'une personne. Au bout, il y avait une petite commode de noyer, une table de sapin noirci

1. **Ça ne fait pas pour vous** : ce n'est pas assez bien pour vous.

et deux chaises. Les locataires qui faisaient un peu de cuisine s'agenouillaient devant la cheminée, où se trouvait un fourneau de terre.

– Mon Dieu ! disait le vieillard, ce n'est pas riche, mais la fenêtre est gaie, on voit le monde dans la rue.... Enfin, voilà tout ce que j'ai.

– Je serai très bien, déclara la jeune fille.

Elle paya un mois d'avance, demanda le linge, une paire de draps et deux serviettes, et fit son lit sans attendre, heureuse, soulagée de savoir où coucher le soir. Une heure plus tard, elle avait envoyé un commissionnaire[1] chercher sa malle, elle était installée.

Ce furent d'abord deux mois de terrible gêne. Ne pouvant plus payer la pension de Pépé, elle l'avait repris et le couchait sur une vieille bergère[2] prêtée par Bourras. Il lui fallait strictement trente sous chaque jour, le loyer compris, en consentant à vivre elle-même de pain sec, pour donner un peu de viande à l'enfant. Son dénuement devint complet. Elle eut beau se présenter dans les magasins, à la *Place Clichy*, au *Bon Marché*, au *Louvre*● : la morte-saison arrêtait partout les affaires, on la renvoyait à l'automne, plus de cinq mille employés de commerce, congédiés comme elle, battaient le pavé, sans place. Certains soirs, elle faisait dîner Pépé tout seul, d'une soupe, en lui disant qu'elle avait mangé dehors ; et elle se mettait au lit, la tête bourdonnante, nourrie par la fièvre qui lui brûlait les mains.

Ce fut vers les derniers jours de septembre que la jeune fille connut la misère noire. Pépé était tombé malade, un gros

1. **Commissionnaire** : coursier.
2. **Bergère** : sorte de fauteuil.

● **La *Place Clichy*, le *Louvre* et surtout le *Bon Marché* sont trois grands magasins dont Zola s'est inspiré pour inventer le *Bonheur des Dames*.**

rhume inquiétant. Il aurait fallu le nourrir de bouillon, et elle n'avait même pas de pain. Un soir que, vaincue, elle sanglotait, dans une de ces débâcles sombres qui jettent les filles au ruisseau ou à la Seine[1], le vieux Bourras frappa doucement. Il apportait un pain et une boîte à lait pleine de bouillon.

– Tenez ! voilà pour le petit, dit-il de son air brusque. Ne pleurez pas si fort, ça dérange mes locataires.

Et, comme elle le remerciait, dans une nouvelle crise de larmes :

– Taisez-vous donc !... Demain, venez me parlez. J'ai du travail pour vous. Vous aurez quarante sous par jour, dit-il. Quand vous trouverez mieux, vous me lâcherez.

Elle avait peur de lui, elle dépêcha son travail si vite, qu'il fut embarrassé pour lui en donner d'autre. C'étaient des lés[2] de soie à coudre, des dentelles à réparer.

Maintenant, chaque journée ramenait les mêmes besognes et la même conversation. En travaillant, il retombait toujours sur le *Bonheur des Dames*, il expliquait sans se lasser où en était son terrible duel. Depuis 1845, il occupait la maison, pour laquelle il avait un bail de trente années, moyennant un loyer de dix-huit cents francs ; et, comme il rattrapait[3] un millier de francs avec ses quatre chambres garnies, il payait huit cents francs la boutique. C'était peu, il n'avait pas de frais, il pouvait tenir longtemps encore. À l'entendre, sa victoire ne faisait pas un doute, il mangerait le monstre.

– Pourvu que je joigne les deux bouts, je me moque du reste. Et, voyez-vous, je suis décidé à y laisser ma peau plutôt que de céder.

1. **Qui jette les filles au ruisseau ou à la Seine** : qui les pousse à se prostituer ou à se suicider.
2. **Lés** : bandes.
3. **Rattrapait** : gagnait.

– Cependant, risquait doucement Denise, sans lever les yeux de son aiguille, si l'on vous offrait une somme raisonnable, il serait plus sage d'accepter.

Alors, son obstination féroce éclatait.

– Jamais !... La tête sous le couteau, je dirai non, tonnerre de Dieu !... Deux fois déjà, ils sont venus pour m'entortiller[1]. Ils m'offraient douze mille francs de mon fonds et les années à courir du bail, dix-huit mille francs, en tout trente mille...

– Trente mille francs, c'est beau, reprenait Denise. Vous pourriez aller vous établir plus loin... Et s'ils achetaient la maison ?

– La maison, pas de danger !... Ils parlaient de l'acheter l'année dernière, ils en donnaient quatre-vingt mille francs, le double de ce qu'elle vaut aujourd'hui. Mais le propriétaire, un ancien fruitier, un gredin comme eux, a voulu les faire chanter. Et, d'ailleurs, ils se méfient de moi, ils savent bien que je céderais encore moins... Non ! non ! j'y suis, j'y reste !

Il ne fallait pas que Denise discutât ses explications, car il rappelait alors amèrement la manière indigne dont on l'avait congédiée. Puis, elle devait lui conter, pour la centième fois, son passage aux confections, les souffrances du début, les petites chambres malsaines, la mauvaise nourriture, la continuelle bataille des vendeurs ; et, tous deux, du matin au soir, ne parlaient ainsi que du magasin, le buvaient à chaque heure dans l'air même qu'ils respiraient.

Denise, maintenant, avait du pain tous les jours. Elle en gardait une vive gratitude au vieux marchand, dont elle sentait le bon cœur, sous les étrangetés violentes. Son vif désir était cependant de trouver ailleurs du travail, car elle le voyait inventer de

1. **M'entortiller** : me convaincre.

petites besognes[1], elle comprenait qu'il n'avait pas besoin d'une ouvrière, dans la débâcle de son commerce, et qu'il l'employait par charité pure. Six mois s'étaient passés, on venait de retomber dans la morte-saison d'hiver. Elle désespérait de se caser avant mars, lorsque, un soir de janvier, Deloche, qui la guettait sous une porte, lui donna un conseil. Pourquoi n'allait-elle pas se présenter chez Robineau, où l'on avait peut-être besoin de monde ? En septembre, Robineau s'était décidé à acheter le fonds de Vinçard.

Lorsque Denise se présenta, Robineau la prit sur-le-champ, l'une de ses deux vendeuses l'ayant brusquement quitté la veille, pour entrer au *Bonheur des Dames*.

Le soir, Denise fut embarrassée pour annoncer à Bourras qu'elle le quittait. Il la traita en effet d'ingrate, s'emporta ; puis, lorsqu'elle se défendit, les larmes aux yeux, en lui faisant entendre qu'elle n'était pas dupe de ses charités, il s'attendrit à son tour, bégaya qu'il avait beaucoup de travaux, qu'elle l'abandonnait juste au moment où il allait lancer un parapluie de son invention.

– Et Pépé ? demanda-t-il.

L'enfant était le grand souci de Denise. Elle n'osait le remettre chez madame Gras et ne pouvait pourtant le laisser seul dans sa chambre, enfermé du matin au soir.

– C'est bon, je le garderai, reprit le vieux. Il est bien dans ma boutique, ce petit... Nous ferons la cuisine ensemble.

Denise fut plus heureuse chez Robineau. Il la payait peu, soixante francs par mois, et nourrie seulement, sans intérêt sur la vente, comme dans les vieilles maisons. Mais elle était traitée

1. **Besognes** : travaux.

avec beaucoup de douceur, surtout par madame Robineau, toujours souriante à son comptoir. Lui, nerveux, tourmenté, avait parfois des brusqueries. Au bout d'un mois, Denise faisait partie de la famille, ainsi que l'autre vendeuse, une petite femme poitrinaire[1] et silencieuse. On ne se gênait plus devant elles, on causait des affaires, à table, dans l'arrière-boutique, qui donnait sur une grande cour. Et ce fut là qu'un soir on décida l'entrée en campagne contre le *Bonheur des Dames.*

Gaujean● était venu dîner. Dès le rôti, un gigot bourgeois, il avait abordé la question, de sa voix blanche de Lyonnais, épaissie par les brouillards du Rhône.

– Ça devient impossible, répétait-il.

– Mais pourquoi tous les fabricants ne s'entendent-ils pas ensemble ? reprit violemment Robineau. Ils leur feraient la loi, au lieu de la subir.

– Ah ! pourquoi, pourquoi... Il faut que les métiers travaillent, je vous l'ai dit.... Aussi sont-ils à genoux devant les grands magasins. J'en connais trois ou quatre qui se les disputent, qui consentent à perdre pour obtenir leurs ordres. Et ils se rattrapent avec les petites maisons comme la vôtre. Oui, s'ils existent par eux, ils gagnent par vous... La crise finira Dieu sait comment !

– C'est odieux ! conclut Robineau, que ce cri de colère soulagea.

Denise écoutait, en silence. Elle était secrètement pour les grands magasins, dans son amour instinctif de la logique et de la vie. On se taisait, on mangeait des haricots verts de conserve ; et elle finit par se risquer à dire d'un air gai :

1. **Poitrinaire** : malade de la tuberculose.

● **Gaujean est un vendeur de soie en gros, intermédaire entre les fabricants lyonnais et les commerçants parisiens.**

– Le public ne se plaint pas, lui !

– Alors, vous êtes pour ceux qui vous ont flanquée à la rue ? demanda Gaujean.

Denise devint très rouge.

– Mon Dieu ! non, répondit-elle. J'ai tort peut-être, car vous êtes plus compétent... Seulement, je dis ma pensée. Les prix, au lieu d'être faits comme autrefois par une cinquantaine de maisons, sont faits aujourd'hui par quatre ou cinq, qui les ont baissés, grâce à la puissance de leurs capitaux et à la force de leur clientèle... Tant mieux pour le public, voilà tout !

Robineau ne se fâcha pas. Souvent, il avait senti ce souffle du commerce nouveau, cette évolution dont parlait la jeune fille ; et il se demandait, aux heures de vision nette, pourquoi vouloir résister à un courant d'une telle énergie, qui emporterait tout.

– Voyons, reprit Gaujean pour couper court, tout ça, c'est des théories... Parlons de notre affaire. Voilà, il faut que vous battiez en brèche[1] leur Paris-Bonheur, qui a fait leur succès, cette année... Je me suis entendu avec plusieurs de mes confrères de Lyon, je vous apporte une offre exceptionnelle, une soie noire, que vous pourrez vendre à cinq francs cinquante... Ils vendent la leur cinq francs soixante, n'est-ce pas ? Et bien ! ce sera deux sous de moins, et cela suffit, vous les coulerez.

Les yeux de Robineau s'étaient rallumés.

– Vous avez un échantillon ? demanda-t-il.

Et, lorsque Gaujean eut tiré de son portefeuille un petit carré de soie, il acheva de s'exalter, il cria :

– Mais elle est plus belle que le Paris-Bonheur ! En tout cas, elle fait plus d'effet, le grain est plus gros[2]... Vous avez raison,

1. **Battiez en brèche** : attaquiez.
2. **Le grain est plus gros** : la matière est de meilleure qualité.

il faut tenter le coup. Ah ! tenez ! je les veux à mes pieds, ou j'y resterai, cette fois !

Quinze jours plus tard, la lutte s'engageait entre Robineau et le *Bonheur des Dames*. Elle fut célèbre, elle occupa un instant tout le marché parisien. Robineau, usant des armes de son adversaire, avait fait de la publicité dans les journaux. En outre, il soignait son étalage, entassait à ses vitrines des piles énormes de la fameuse soie, l'annonçait par de grandes pancartes blanches, où se détachait en chiffres géants le prix de cinq francs cinquante. C'était ce chiffre qui révolutionnait les femmes : deux sous de meilleur marché qu'au *Bonheur des Dames*, et la soie paraissait plus forte. Dès les premiers jours, il vint un flot de clientes. Mais la semaine suivante, Mouret, baissant carrément le Paris-Bonheur de vingt centimes, le donna à cinq francs quarante ; ces vingt centimes étaient une perte sèche, puisqu'on vendait déjà au prix coûtant. Le coup fut rude pour Robineau, il ne croyait pas que son rival baisserait, car ces suicides de la concurrence, ces ventes à perte étaient encore sans exemple. On finit par prendre une résolution héroïque : la soie serait baissée, on la laisserait à cinq francs trente, prix au-dessous duquel personne ne pouvait descendre, sans folie. Le lendemain, Mouret mettait son étoffe à cinq francs vingt. Et, dès lors, ce fut une rage : Robineau répliqua par cinq francs quinze, Mouret afficha cinq francs dix. Tous deux ne se battaient plus que d'un sou, perdant des sommes considérables, chaque fois qu'ils faisaient ce cadeau au public. Les clientes riaient, enchantées de ce duel, émues des coups terribles que se portaient les deux maisons, pour leur plaire. Enfin, Mouret osa le chiffre de cinq francs ; chez lui, le personnel était pâle, glacé d'un tel défi à la fortune. Robineau, atterré, hors d'haleine, s'arrêta de même à cinq francs, ne trouvant pas le courage de descendre davantage. Ils couchaient sur leurs positions, face à face, avec le massacre de leurs marchandises autour d'eux.

Mais si, de part et d'autre, l'honneur était sauf, la situation devenait meurtrière pour Robineau. Il mourait de sa témérité[1], malgré la clientèle nombreuse que les péripéties de la lutte lui avaient amenée. Un de ses tourments secrets était de voir cette clientèle le quitter lentement, retourner au *Bonheur*, après l'argent perdu et les efforts qu'il avait faits pour la conquérir. Et lui, au milieu de cette ruine, lorsque l'épouvante du lendemain le prenait, ne tremblait que pour sa femme, élevée dans une paix heureuse, incapable de vivre pauvre. Que deviendrait-elle, si une catastrophe les mettait sur le pavé, avec des dettes ?

Denise se prenait d'affection, en voyant leur tendresse. Elle tremblait, elle sentait la chute inévitable ; mais elle n'osait plus intervenir. Ce fut là qu'elle acheva de comprendre la puissance du nouveau commerce et de se passionner pour cette force qui transformait Paris. Ses idées mûrissaient, une grâce de femme se dégageait, en elle, de l'enfant sauvage débarquée de Valognes. Du reste, sa vie était assez douce, malgré sa fatigue et son peu d'argent. Lorsqu'elle avait passé la journée debout, il lui fallait rentrer vite, s'occuper de Pépé, que le vieux Bourras, heureusement, s'obstinait à nourrir ; mais c'étaient encore des soins, une chemise à laver, une blouse à recoudre, sans compter le tapage du petit, dont elle avait la tête fendue. Elle ne se couchait jamais avant minuit.

Trois mois se passèrent. Le printemps revenait, Denise refusa de retourner à Joinville avec Pauline et Baugé. Elle les rencontrait

1. **Témérité** : audace.

parfois rue Saint-Roch, en sortant de chez Robineau. Pauline, dans une de ces rencontres, lui confia qu'elle allait peut-être épouser son amant ; c'était elle qui hésitait encore, on n'aimait guère les vendeuses mariées au *Bonheur des Dames*. Cette idée de mariage surprit Denise, elle n'osa conseiller son amie. Qu'avaient-ils donc tous ? Pourquoi se tourmenter de la sorte ? Elle s'estimait très heureuse de n'aimer personne.

– Vous savez la nouvelle ? lui dit un soir le marchand de parapluies, comme elle rentrait.

– Non, monsieur Bourras.

– Eh bien ! les gredins ont acheté l'Hôtel Duvillard... Je suis cerné ! Un micmac[1] à n'y rien comprendre ! Il paraît que l'hôtel appartenait au Crédit Immobilier, dont le président, le baron Hartmann, vient de le céder à notre fameux Mouret... Maintenant, ils me tiennent à droite, à gauche, derrière, tenez ! voyez-vous, comme je tiens dans mon poing cette pomme de canne !

C'était vrai, on avait dû signer la cession la veille. Bourras sentait bien l'étreinte dont craquait sa boutique.

– Hein ! les entendez-vous ? criait-il. Si l'on ne dirait pas qu'ils mangent les murailles ! Et, dans ma cave, dans mon grenier, partout, c'est le même bruit de scie mordant le plâtre... N'importe ! ils ne m'aplatiront peut-être pas comme une feuille de papier. Je resterai, quand ils feraient éclater mon toit et que la pluie tomberait à seaux dans mon lit !

Ce fut à ce moment que Mouret fit faire à Bourras de nouvelles propositions : on grossissait le chiffre, on achetait son fonds et le droit au bail cinquante mille francs. Cette offre redoubla la colère du vieillard, il refusa avec des injures.

1. **Un micmac** : une embrouille.

Juillet fut très chaud. Denise souffrait dans son étroite chambre, sous les ardoises[1]. Aussi, lorsqu'elle sortait de son magasin, prenait-elle Pépé chez Bourras ; et, au lieu de monter tout de suite, elle allait respirer un peu au jardin des Tuileries, jusqu'à la fermeture des grilles. Un soir, comme elle se dirigeait vers les marronniers, elle resta saisie : c'était Mouret, qui avait dîné sur la rive gauche et qui se hâtait de se rendre à pied chez madame Desforges. Au brusque mouvement que fit la jeune fille pour lui échapper, il la regarda. La nuit tombait, il la reconnut pourtant.

– C'est vous, mademoiselle.

Elle ne répondit pas, éperdue qu'il eût daigné s'arrêter. Lui, souriant, cachait sa gêne sous un air d'aimable protection.

– Vous êtes toujours à Paris ?

– Oui, monsieur, dit-elle enfin.

Lentement, elle reculait, elle cherchait à saluer, pour continuer sa promenade. Mais il revint lui-même sur ses pas, il la suivit sous les ombres noires des grands marronniers. Une fraîcheur tombait, des enfants riaient au loin, en poussant des cerceaux.

– C'est votre frère, n'est-ce pas ? demanda-t-il encore, les yeux sur Pépé.

Celui-ci, intimidé par cette présence extraordinaire d'un monsieur, marchait gravement près de sa sœur, dont il tenait la main :

– Oui, monsieur, répondit-elle de nouveau.

Elle avait rougi, elle songeait aux inventions abominables de Marguerite et de Clara. Sans doute, Mouret comprit la cause de sa rougeur, car il ajouta vivement :

1. **Les ardoises** : le toit en ardoises.

– Écoutez, mademoiselle, j'ai des excuses à vous présenter… Oui, j'aurais été heureux de vous dire plus tôt combien j'ai regretté l'erreur qui a été commise. On vous a accusée trop légèrement d'une faute… Enfin, le mal est fait, je voulais seulement vous apprendre que tout le monde, chez nous, connaît aujourd'hui votre tendresse pour vos frères…

Le trouble de Denise avait augmenté ; mais une joie inondait son cœur. Il savait donc qu'elle ne s'était donnée à personne !

– Je n'ai qu'une réhabilitation à vous offrir, mademoiselle, reprit-il. Naturellement, si vous désirez rentrer chez nous…

Elle l'interrompit.

– Monsieur, je ne puis pas… Je vous remercie tout de même, mais j'ai trouvé ailleurs.

– Puisque vous êtes des nôtres, dit-il en riant, pourquoi restez-vous chez nos adversaires ?… Ainsi, ne m'a-t-on pas dit également que vous logiez chez ce Bourras ?

– Un bien digne homme, murmura-t-elle.

– Non, laissez donc ! un vieux toqué, un fou qui me forcera à le mettre sur la paille, lorsque je voudrais m'en débarrasser avec une fortune !… D'abord, votre place n'est pas chez lui, sa maison est mal famée, il loue à des personnes…

Mais il sentit la jeune fille confuse, il se hâta d'ajouter :

– On peut être honnête partout, et il y a même plus de mérite à l'être, quand on n'est pas riche.

Ils firent de nouveau quelques pas en silence. Pépé semblait écouter de son air attentif d'enfant précoce. Par moments, il levait les yeux sur sa sœur, dont la main brûlante, secouée de légers tressaillements, l'étonnait :

– Tenez ! reprit gaiement Mouret, voulez-vous être mon ambassadeur ? Demain, j'avais l'intention d'augmenter encore mon offre, de faire proposer à Bourras quatre-vingt mille francs... Parlez-lui-en la première, dites-lui donc qu'il se suicide. Il vous écoutera peut-être, puisqu'il a de l'amitié pour vous, et vous lui rendriez un véritable service.

– Soit ! répondit Denise, souriante elle aussi. Je ferai la commission, mais je doute de réussir.

Et le silence retomba. Au sortir de la nuit des arbres, ce fut comme un brusque réveil. Il comprit qu'il ne pouvait la retenir davantage.

– Bonsoir, mademoiselle.

– Bonsoir, monsieur.

Mais il ne s'en allait pas.

– Voici un petit garçon qui se fatigue, reprit-il pour dire encore quelque chose. Et rappelez-vous bien, n'est-ce pas ? que notre maison vous est ouverte. Vous n'aurez qu'à y frapper, je vous donnerai toutes les compensations désirables... Bonsoir, mademoiselle.

– Bonsoir, monsieur.

Quand Mouret l'eut quittée, Denise rentra sous les marronniers, dans l'ombre noire. Longtemps, elle marcha sans but, entre les troncs énormes, le sang au visage, la tête bourdonnante d'idées confuses. Alors, elle s'assit sur un banc ; et, comme il était las, l'enfant s'endormit en travers de ses genoux. Lorsque, une heure plus tard, elle revint doucement avec lui rue de la Michodière, elle avait son tranquille visage de fille raisonnable.

– Tonnerre de Dieu ! lui cria Bourras, du plus loin qu'il l'aperçut, le coup est fait... Cette canaille de Mouret vient d'acheter ma maison. Ah ! la crapule !... C'est le fruitier[1] qui m'écrit.

1. **Le fruitier** : le propriétaire de l'immeuble que loue Bourras.

Et vous ne savez pas combien il l'a vendue, ma maison ? cent cinquante mille francs, quatre fois ce qu'elle vaut ! Encore un joli voleur, celui-là !... Est-ce qu'il n'auront pas bientôt fini de se ficher de moi ?

Denise, étourdie, n'avait pu placer un mot. Elle restait immobile, attendant la fin de la crise.

– Justement, j'ai rencontré quelqu'un, commença-t-elle. Oui, une personne du *Bonheur*, et très bien informée... Il paraît que, demain, on vous offrira quatre-vingt mille francs...

Il l'interrompit d'un éclat de voix terrible :

– Quatre-vingt mille francs ! quatre-vingt mille francs !... Pas pour un million, maintenant !

Elle voulut le raisonner. Mais la porte de la boutique s'ouvrit, et elle recula tout d'un coup, muette et pâle. C'était l'oncle Baudu, avec sa face jaune, l'air vieilli. Bourras saisit les boutons du paletot de son voisin, lui cria dans le visage, sans le laisser dire un mot, fouetté par sa présence :

– Savez-vous ce qu'ils ont le toupet[1] de m'offrir ? quatre-vingt mille francs ! Ils en sont là, les bandits ! ils croient que je vais me vendre comme une fille[2]... Ah ! ils ont acheté la maison, et ils pensent me tenir ! Eh bien, c'est fini, ils ne l'auront pas !

– Alors, la nouvelle est vraie ? dit Baudu de sa voix lente. On me l'avait affirmé, je venais pour savoir.

– Quatre-vingt mille francs ! répétait Bourras. Pourquoi pas cent mille ? C'est tout cet argent qui m'indigne... Ils ne l'auront pas, tonnerre de Dieu ! Jamais, jamais, entendez-vous !

Denise sortit de son silence, pour dire de son air calme :

1. **Le toupet** : l'audace.
2. **Une fille** : une prostituée.

– Ils l'auront dans neuf ans, quand votre bail[1] sera fini.

Et, malgré la présence de son oncle, elle conjura[2] le vieillard d'accepter.

– Vous entendez, monsieur Baudu ? reprit-il, votre nièce est avec eux, c'est elle qu'ils ont chargée de me corrompre... Elle est avec les brigands, parole d'honneur !

L'oncle, jusque-là, avait paru ne pas voir Denise. Mais, lentement, il se tourna, il la regarda. Ses grosses lèvres tremblèrent.

– Je le sais, répondit-il à demi-voix.

Et il continuait à la regarder. Denise, touchée aux larmes, le trouvait bien changé par le chagrin. Lui, pris du sourd remords de ne l'avoir pas secourue, songeait peut-être à la vie de misère qu'elle venait de traverser. Puis, la vue de Pépé endormi sur la chaise, au milieu des éclats de la discussion, sembla l'attendrir.

– Denise, dit-il simplement, entre donc demain manger la soupe, avec le petit... Ma femme et Geneviève m'ont prié de t'inviter, si je te rencontrais.

Elle devint très rouge, elle l'embrassa. Et, lorsqu'il partit, Bourras, heureux de cette réconciliation, lui cria encore :

– Corrigez-la, elle a du bon... Moi, la maison peut crouler, on me trouvera sous les pierres.

– Nos maisons croulent déjà, voisin, dit Baudu d'un air sombre. Nous y resterons tous.

1. **Bail** : contrat de location.
2. **Conjura** : supplia.

VIII

Cependant, tout le quartier causait de la grande voie qu'on allait ouvrir, du nouvel Opéra à la Bourse, sous le nom de rue du Dix-Décembre. Mais ce qui remuait le quartier plus encore, c'étaient les travaux entrepris au *Bonheur des Dames*. On parlait d'agrandissements considérables, de magasins gigantesques tenant les trois façades des rues de la Michodière, Neuve-Saint-Augustin et Monsigny. Mouret, disait-on, avait traité avec le baron Hartmann, président du Crédit Immobilier, et il occuperait tout le pâté de maisons, sauf la façade future de la rue du Dix-Décembre, où le baron voulait construire une concurrence au Grand-Hôtel. Partout, le *Bonheur des Dames* rachetait les baux[1], les boutiques fermaient, les locataires déménageaient. Seule, au milieu de ce bouleversement, l'étroite masure[2] du vieux Bourras restait immobile et intacte, obstinément accrochée entre les hautes murailles, couvertes de maçons.

Lorsque, le lendemain, Denise se rendit avec Pépé chez l'oncle Baudu, la rue était justement barrée par une file de tombereaux[3], qui déchargeaient des briques devant l'ancien Hôtel Duvillard. Debout sur le seuil de sa boutique, l'oncle regardait, d'un œil morne. À mesure que le *Bonheur des Dames* s'élargissait, il semblait que le *Vieil Elbeuf* diminuât. La jeune fille trouvait les vitrines plus noires, plus écrasées sous l'entresol bas ; l'humidité avait encore déteint la vieille enseigne verte, une détresse tombait de la façade entière, plombée et comme amaigrie.

1. **Baux** : pluriel de *bail*, contrat de location.
2. **Masure** : modeste maison.
3. **Tombereaux** : véhicules destinés à transporter des matériaux.

– Vous voilà, dit Baudu. Prenez garde ! ils vous passeraient sur le corps.

Dans la boutique, Denise éprouva le même serrement de cœur. À la caisse, madame Baudu et Geneviève se tenaient muettes et immobiles, comme dans un coin de solitude, où personne ne venait les déranger.

– Bonsoir, ma tante, dit Denise. Je suis bien heureuse de vous revoir, et si je vous ai fait de la peine, veuillez me le pardonner.

– Ma pauvre fille, répondit-elle, si je n'avais pas d'autres peines, tu me verrais plus gaie.

– Bonsoir, ma cousine, reprit Denise, en baisant la première Geneviève sur les joues.

Celle-ci s'éveillait comme en sursaut. Elle lui rendit ses baisers, sans trouver une parole. Les deux femmes prirent ensuite Pépé, qui tendait ses petits bras. Et la réconciliation fut complète.

– Eh bien ! il est six heures, mettons-nous à table, dit Baudu.

Puis, se tournant vers le fond obscur de la boutique :

– Colomban, vous pouvez dîner en même temps que nous. Personne ne viendra.

Denise n'avait pas aperçu le commis. La tante lui expliqua qu'ils avaient dû congédier l'autre vendeur et la demoiselle[1]. Les affaires devenaient si mauvaises, que Colomban suffisait ; et encore passait-il des heures inoccupé, alourdi, glissant au sommeil, les yeux ouverts.

Dans la salle à manger, le gaz brûlait, bien qu'on fût aux longs jours de l'été. Denise eut un léger frisson en entrant,

1. **La demoiselle** : la vendeuse.

les épaules saisies par la fraîcheur qui tombait des murs. Elle retrouva la table ronde, le couvert mis sur une toile cirée, la fenêtre prenant l'air et la lumière au fond du boyau empesté de la petite cour. Et ces choses lui paraissaient, comme la boutique, s'être assombries encore et avoir des larmes. C'était un dîner de famille, fort simple. Après le potage, dès que la bonne eut servi le bouilli[1], l'oncle en vint fatalement aux gens d'en face. Il se montra d'abord très tolérant, il permettait à sa nièce d'avoir une opinion différente.

– Mon Dieu ! tu es bien libre de soutenir ces grandes chabraques[2] de maisons... Chacun son idée, ma fille... Du moment que ça ne t'a pas dégoûtée d'être salement flanquée à la porte, c'est que tu dois avoir des raisons solides pour les aimer ; et tu y rentrerais, vois-tu, que je ne t'en voudrais pas du tout... N'est-ce pas ? personne ici ne lui en voudrait ?

– Oh ! non, murmura madame Baudu.

Denise, posément, dit ses raisons, comme elle les disait chez Robineau : l'évolution logique du commerce, les nécessités des temps modernes, la grandeur de ces nouvelles créations, enfin le bien-être croissant du public. Baudu, les yeux arrondis, la bouche épaisse, l'écoutait, avec une visible tension d'intelligence. Puis, quand elle eut terminé, il secoua la tête.

– Tout ça, ce sont des fantasmagories[3]. Le commerce est le commerce, il n'y a pas à sortir de là... Voilà où nous en sommes, je suis forcé de m'incliner devant les faits. Et je m'incline, mon Dieu ! je m'incline...

1. **Le bouilli** : le plat de viande bouillie.
2. **Chabraque** : terme péjoratif désignant une folle ou une prostituée.
3. **Fantasmagories** : idées fausses, illusions.

Une sourde colère le soulevait peu à peu. Il brandit tout d'un coup sa fourchette.

– Mais jamais le *Vieil Elbeuf* ne fera une concession !... Écoute ça, ma fille : je suis comme cette carafe, je ne bouge pas. Ils réussissent, tant pis pour eux ! Moi, je proteste, voilà tout !

Alors l'oncle, baissant la voix, essaya de parler d'autre chose. Un instant, il causa des démolitions, il approuva la rue du Dix-Décembre, dont la trouée allait certainement accroître le commerce du quartier. Mais là, de nouveau, il revint au *Bonheur des Dames* ; tout l'y ramenait, c'était une obsession maladive.

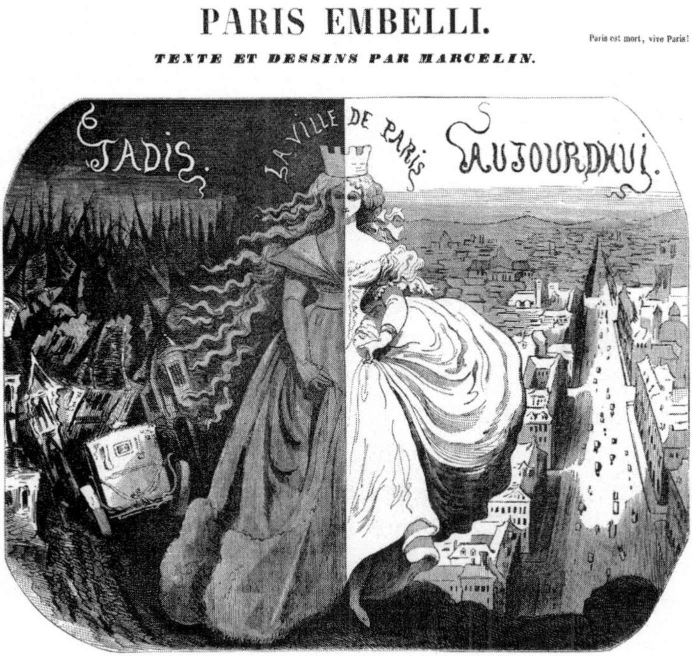

Paris embelli, *caricature de Marcelin, 1856.*

– Franchement, tu ne peux les défendre. Me vois-tu joindre un rayon de casseroles à mon commerce de draps ? Hein ? tu dirais que je suis fou... Avoue au moins que tu ne les estimes pas.

La jeune fille se contenta de sourire, gênée, comprenant l'inutilité des bonnes raisons. Il reprit :

– Enfin, tu es pour eux. Nous n'en parlerons plus, car il est inutile qu'ils nous fâchent encore. Ce serait le comble, de les voir se mettre entre ma famille et moi !... Rentre chez eux, si ça te plaît, mais je te défends de me casser davantage les oreilles avec leurs histoires !

Un silence régna. Son ancienne violence tombait à cette résignation fiévreuse.

– Tiens ! regarde ces deux-là, recommença Baudu, en désignant de son couteau Geneviève et Colomban. Demande-leur s'ils l'aiment, ton *Bonheur des Dames* ! L'année dernière a été désastreuse. Il a bien fallu reculer leur mariage Non, par plaisir, demande-leur un peu ce qu'ils pensent de tes amis.

Denise, pour le contenter, interrogea les jeunes gens.

– Je ne peux guère les aimer, ma cousine, répondit Geneviève. Mais, soyez tranquille, tout le monde ne les déteste pas.

Et elle regardait Colomban, qui roulait une mie de pain, d'un air absorbé. Quand il sentit sur lui les yeux de la jeune fille, il lâcha des mots violents.

– Une sale boutique !... Tous plus coquins les uns que les autres !... Enfin, un vrai choléra pour le quartier !

– Vous l'entendez ! vous l'entendez ! criait Baudu, ravi. En voilà un qu'ils n'auront jamais !... Va ! tu es le dernier, on n'en fera plus !

On avait fini, on se leva. La bonne, vivement, avait desservi, et Denise s'oubliait près de la fenêtre, intéressée par la petite cour, lorsque, en se retournant, elle aperçut Geneviève, toujours à sa place, les yeux sur la toile cirée, humide encore d'un coup d'éponge.

– Vous souffrez, ma cousine ? lui demanda-t-elle.

La jeune fille ne répondit pas. Et, tout d'un coup, des sanglots l'étouffèrent, sa tête retomba au bord de la table. Elle pleurait, elle trempait sa manche de larmes.

– Mon Dieu ! qu'avez-vous ? s'écria Denise, bouleversée. Voulez-vous que j'appelle ?

– Non, non, restez... Oh ! que maman ne sache pas !... Avec vous, ça m'est égal ; mais pas les autres, pas les autres !... C'est malgré moi, je vous jure. C'est en me voyant toute seule... Attendez, je vais mieux, je ne pleure plus.

Et des crises la reprenaient, secouaient son corps frêle de grands frissons. Elle restait brisée sur la chaise, elle regardait fixement sa cousine. Et, au bout d'un silence, elle demanda :

– Dites-moi la vérité, il l'aime ?

Denise sentit une rougeur qui lui montait aux joues. Elle avait parfaitement compris qu'il s'agissait de Colomban et de Clara. Mais elle affecta la surprise.

– Qui donc, ma chère ?

Geneviève hochait la tête d'un air incrédule.

– Ne mentez pas, je vous en prie. Rendez-moi le service de me donner enfin une certitude... Vous devez savoir, je le sens. Oui, vous avez été la camarade de cette femme, et j'ai vu Colomban vous poursuivre, vous parler à voix basse. Il vous chargeait de commissions pour elle, n'est-ce pas ?... Oh ! de grâce, dites-moi la vérité, je vous jure que ça me fera du bien.

Jamais Denise n'avait éprouvé un embarras pareil. Elle baissait les yeux, devant cette enfant toujours muette, et qui devinait tout. Alors, Geneviève fit un geste désespéré.

– C'est bon, vous ne voulez rien dire... D'ailleurs, ça m'est égal, je les ai vus. Lui, sort continuellement sur le trottoir pour la regarder. Elle, en haut, rit comme une malheureuse... Bien sûr qu'ils se retrouvent dehors.

Il y eut un nouveau silence. Elle reprit doucement :

– Si vous saviez, depuis dix ans je suis accoutumée à l'idée de ce mariage. Je portais encore des robes courtes, que déjà Colomban était pour moi... Alors, je ne me souviens plus comment les choses ont tourné. De vivre toujours ensemble, de rester ici enfermés l'un contre l'autre, sans qu'il y eût jamais de distraction entre nous, j'ai dû finir par le croire mon mari, avant le temps. J'ignorais si je l'aimais, j'étais sa femme, voilà tout... Et, aujourd'hui, il veut s'en aller avec une autre ! Oh ! mon Dieu ! mon cœur se fend. Voyez-vous, c'est une souffrance que je ne connaissais pas. Ça me prend dans la poitrine et dans la tête, puis ça va partout, ça me tue.

Alors, cédant à une poussée de son cœur, Denise s'agenouilla, entoura Geneviève de ses bras fraternels. Elle la baisait, elle lui jurait que tout irait bien, qu'elle épouserait Colomban, qu'elle guérirait et serait heureuse.

Des mois se passèrent. Denise entrait presque tous les jours égayer un instant Geneviève. Mais la tristesse augmentait chez les Baudu. Les travaux d'en face étaient un continuel tourment qui avivait leur malchance. Du reste, la situation allait empirer encore. En septembre, l'architecte, craignant de ne pas être prêt, se décida à faire travailler la nuit. De puissantes lampes électriques furent établies, et le branle[1] ne cessa plus : des équipes se succédaient, les marteaux n'arrêtaient pas, les machines sifflaient continuellement, la clameur toujours aussi haute semblait soulever et semer le plâtre. Alors, les Baudu,

1. **Branle** : mouvement.

exaspérés, durent même renoncer à fermer les yeux ; les bruits se changeaient en cauchemars, dès que la fatigue les engourdissait. Puis, s'ils se levaient pieds nus, pour calmer leur fièvre, et s'ils venaient soulever un rideau, ils restaient effrayés devant la vision du *Bonheur des Dames* flambant au fond des ténèbres, comme une forge colossale, où se forgeait leur ruine.

Denise allait rentrer au *Bonheur des Dames.* Elle avait compris que les Robineau, forcés de restreindre leur personnel, ne savaient comment la congédier[1]. Pendant quinze jours, Denise les sentit gênés avec elle ; et elle dut parler la première, dire qu'elle avait une place autre part. Ce fut un soulagement, madame Robineau l'embrassa, très émue, en jurant qu'elle la regretterait toujours. Puis, lorsque, sur une question, la jeune fille répondit qu'elle retournait chez Mouret, Robineau devint pâle.

– Vous avez raison ! cria-t-il violemment.

Il était moins facile d'annoncer la nouvelle au vieux Bourras. Le jour où Denise résolut enfin de lui donner congé[2], Bourras revenait précisément de chez son avocat.

– Croyez-vous ! cria-t-il, ils disent maintenant que la maison n'est pas solide, ils prétendent établir qu'il faut en reprendre les fondations... Parbleu ! ils sont las de la secouer, avec leurs sacrées machines. Ce n'est pas étonnant, si elle se casse !

Puis, quand la jeune fille lui eut annoncé qu'elle partait, qu'elle rentrait au *Bonheur* avec mille francs d'appointements, il fut si saisi, qu'il leva seulement vers le ciel ses vieilles mains tremblantes. L'émotion l'avait fait tomber sur une chaise.

– Vous ! vous ! balbutia-t-il. Enfin, il n'y a que moi, il ne reste plus que moi !

1. **Congédier** : renvoyer.
2. **Lui donner congé** : lui annoncer son départ.

Au bout d'un silence, il demanda :

– Et le petit ?

– Il retournera chez madame Gras, répondit Denise. Elle l'aimait beaucoup.

De nouveau, ils se turent.

– Mille francs, ça ne se refuse pas… Vous irez tous. Partez donc, laissez-moi seul. Oui, seul, entendez-vous ! Il y en aura un qui ne pliera jamais la tête… Et dites-leur que je gagnerai mon procès, quand je devrais y manger ma dernière chemise !

Denise ne devait quitter Robineau qu'à la fin du mois. Elle avait revu Mouret, tout se trouvait réglé. Un soir, elle allait remonter chez elle, lorsque Deloche, qui la guettait sous une porte cochère, l'arrêta au passage. Il était bien heureux, il venait d'apprendre la grande nouvelle, tout le magasin en causait, disait-il. Et il lui conta gaiement les commérages[1] des comptoirs.

– Vous savez, ces dames des confections font une figure !

Puis, s'interrompant :

– À propos, vous vous souvenez de Clara Prunaire. Eh bien ! il paraît que le patron l'aurait… Vous comprenez ?

Il était devenu rouge. Elle, toute pâle, s'écria :

– Monsieur Mouret !

– Un drôle de goût, n'est-ce pas ? reprit-il. Une femme qui ressemble à un cheval… La petite lingère qu'il avait eue deux fois, l'an passé, était gentille au moins. Enfin, ça le regarde.

Denise, rentrée chez elle, se sentit défaillir.

Le lendemain, au déjeuner, comme Robineau l'avait envoyée en course et qu'elle passait devant le *Vieil Elbeuf*, elle poussa la porte, en voyant Colomban seul dans la boutique. Les Baudu déjeunaient, on entendait le bruit des fourchettes, au fond de la petite salle.

1. **Commérages** : ragots.

– Vous pouvez entrer, dit le commis. Ils sont à table.

Mais elle le fit taire, elle l'attira dans un coin. Et, baissant la voix :

– C'est à vous que je veux parler... Vous manquez donc de cœur ? vous ne voyez donc pas que Geneviève vous aime et qu'elle en mourra ?

– Mais elle n'est pas malade, vous exagérez... Moi, je ne vois pas... Et puis, c'est son père qui recule le mariage.

Denise, rudement, releva ce mensonge. Elle avait senti que la moindre insistance du jeune homme déciderait l'oncle.

– Et pour qui ? reprenait Denise, pour une rien du tout !... Mais vous ignorez donc qui vous aimez ? Je n'ai pas voulu vous chagriner jusqu'à présent, j'ai évité souvent de répondre à vos continuelles questions... Eh bien ! oui, elle va avec tout le monde, elle se moque de vous, jamais vous ne l'aurez, ou bien vous l'aurez comme les autres, une fois, en passant.

Très pâle, il l'écoutait ; et, à chacune des phrases qu'elle lui jetait à la face, entre ses dents serrées, il avait un petit tremblement des lèvres. Elle, prise de cruauté, cédait à un emportement[1] dont elle n'avait pas conscience.

– Enfin, dit-elle dans un dernier cri, elle est avec monsieur Mouret, si vous voulez le savoir !

Sa voix s'était étranglée, elle devint plus pâle que lui. Tous deux se regardèrent. Puis, il bégaya :

– Je l'aime.

Alors, Denise fut honteuse. Elle resta muette, le simple mot qu'il venait de répondre lui retentissait dans le cœur, avec un lointain bruit de cloche, dont elle était assourdie. « Je l'aime,

1. **Emportement** : colère.

je l'aime, » et cela s'élargissait : il avait raison, il ne pouvait en épouser une autre.

Comme elle se tournait, elle aperçut Geneviève, sur le seuil de la salle à manger.

– Taisez-vous ! dit-elle rapidement.

Mais il était trop tard, Geneviève devait avoir entendu. Elle n'avait plus de sang au visage. Justement, une cliente poussait la porte, madame Bourdelais, une des dernières fidèles du *Vieil Elbeuf*, où elle trouvait des articles solides. Et Geneviève fut forcée d'avancer, pour dire de sa voix blanche[1] :

– Que désire madame ?

Madame Bourdelais voulait voir de la flanelle. Colomban descendit une pièce d'un casier, Geneviève montra l'étoffe. Cependant, Baudu sortait le dernier de la petite salle, à la suite de sa femme, qui était allée s'asseoir sur la banquette de la caisse. Mais il ne se mêla pas d'abord de la vente, il avait souri à Denise, et se tenait debout, en regardant madame Bourdelais.

– Elle n'est pas assez belle, disait celle-ci. Montrez-moi ce que vous avez de plus fort.

Colomban descendit une autre pièce. Il y eut un silence. Madame Bourdelais examinait l'étoffe.

– Et combien ?

– Six francs, madame, répondit Geneviève.

La cliente fit un brusque mouvement.

– Six francs ! mais ils ont la même, en face, à cinq francs.

Une contraction légère passa sur le visage de Baudu. Il ne put s'empêcher d'intervenir, très poliment. Madame se trompait sans doute, cet article-là aurait dû être vendu six francs

1. **Blanche** : neutre, qui ne trahit pas les émotions.

cinquante, il était impossible qu'on le donnât à cinq francs. Certainement, il s'agissait d'un autre article.

– Non, non, répétait-elle, avec l'entêtement d'une bourgeoise qui se piquait[1] de s'y connaître. L'étoffe est la même. Peut-être encore est-elle plus épaisse.

Alors, il perdit la tête, il cria, secoué de colère contenue :

– Eh bien ! allez en face !

Du coup, elle se leva, très blessée, et elle s'en alla, sans se retourner, en répondant :

– C'est ce que je vais faire, monsieur.

Ce fut une stupeur. La violence du patron les avait tous saisis.

– Encore une qu'ils nous prennent ! murmura le drapier.

Puis, se tournant vers Denise, dont il connaissait l'engagement[2] nouveau :

– Toi aussi, ils t'ont reprise... Va, je ne t'en veux pas. Puisqu'ils ont l'argent, ils sont les plus forts.

Justement, Denise, espérant encore que Geneviève n'avait pu entendre Colomban, lui disait à l'oreille :

– Il vous aime, soyez plus gaie.

Mais la jeune fille lui répondit très bas, d'une voix déchirée :

– Pourquoi mentez-vous ?... Tenez ! il ne peut s'en empêcher, il regarde là-haut... Je sais bien qu'ils me l'ont volé, comme ils nous volent tout.

1. **Se piquait** : avait la prétention.
2. **L'engagement** : l'emploi.

IX

Un lundi, quatorze mars●, le *Bonheur des Dames* inaugurait ses magasins neufs par la grande exposition des nouveautés d'été, qui devait durer trois jours. Au dehors, une aigre bise[1] soufflait, les passants surpris de ce retour d'hiver, filaient vite, en boutonnant leurs paletots. Cependant, toute une émotion fermentait[2] dans les boutiques du voisinage ; et l'on voyait, contre les vitres, les faces pâles des petits commerçants, occupés à compter les premières voitures, qui s'arrêtaient devant la nouvelle porte d'honneur, rue Neuve-Saint-Augustin.

Dès six heures, cependant, Mouret était là, donnant ses derniers ordres. Au centre, dans l'axe de la porte d'honneur, une large galerie allait de bout en bout, flanquée à droite et à gauche de deux galeries plus étroites, la galerie Monsigny et la galerie Michodière. On avait vitré les cours, transformées en halls ; et des escaliers de fer s'élevaient du rez-de-chaussée, des ponts de fer étaient jetés d'un bout à l'autre, aux deux étages. L'architecte, par hasard intelligent, un jeune homme amoureux des temps nouveaux, ne s'était servi de la pierre que pour les sous-sols et les piles d'angle, puis avait monté toute l'ossature en fer. Partout on avait gagné de l'espace, l'air et la lumière entraient librement, le public circulait à l'aise, sous le jet hardi des fermes à longue portée[3]. C'était la cathédrale du commerce moderne, solide et légère, faite pour un peuple de clientes. En bas, dans

1. **Une aigre bise** : un vent vif.
2. **Fermentait** : se créait peu à peu.
3. **Fermes à longue portée** : vastes charpentes.

● **Il s'agit du 14 mars 1867.**

Chapitre IX

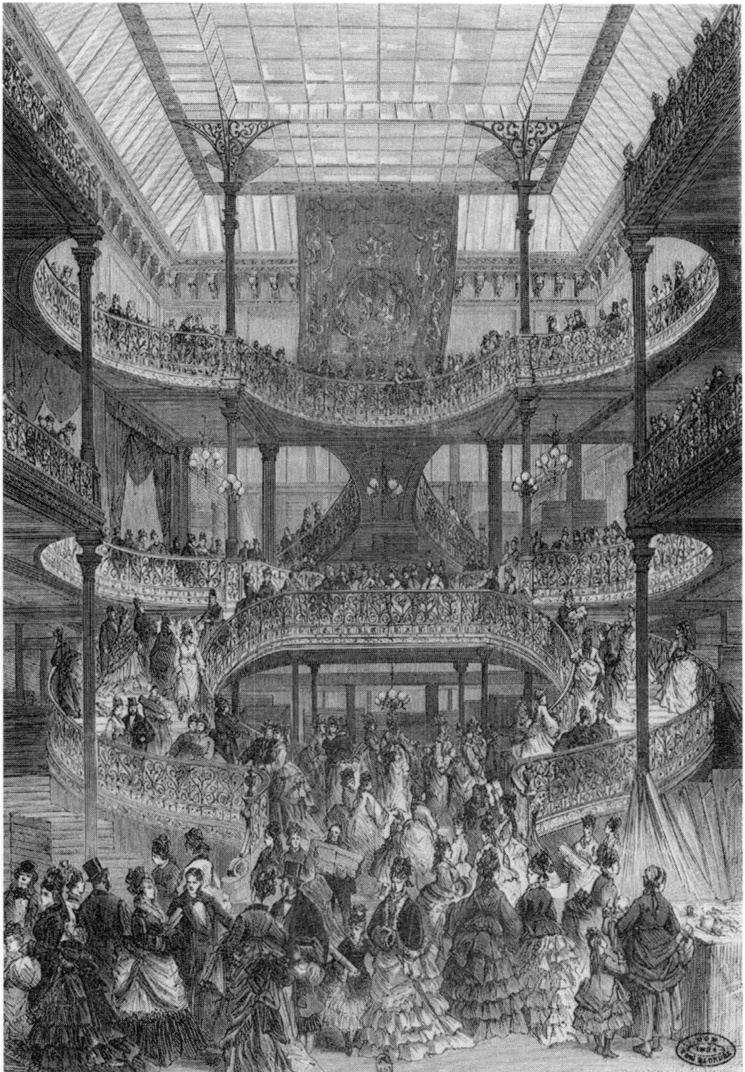

Nouvel escalier des magasins du Bon Marché, *gravure, XIXᵉ siècle.*

la galerie centrale, après les soldes de la porte, il y avait les cravates, la ganterie, la soie ; la galerie Monsigny était occupée par le blanc et la rouennerie, la galerie Michodière par la mercerie, la bonneterie, la draperie et les lainages. Puis, au premier, se trouvaient les confections, la lingerie, les châles, les dentelles, d'autres rayons nouveaux, tandis qu'on avait relégué au second étage la literie, les tapis, les étoffes d'ameublement, tous les articles encombrants et d'un maniement difficile. À cette heure, le nombre des rayons était de trente-neuf, et l'on comptait dix-huit cents employés, dont deux cents femmes. Un monde poussait là, dans la vie sonore des hautes nefs● métalliques.

Mouret avait l'unique passion de vaincre la femme. Il la voulait reine dans sa maison, il lui avait bâti ce temple, pour l'y tenir à sa merci. C'était toute sa tactique, la griser d'attentions galantes et trafiquer de ses désirs, exploiter sa fièvre. Aussi, nuit et jour, se creusait-il la tête, à la recherche de trouvailles nouvelles. Déjà, voulant éviter la fatigue des étages aux dames délicates, il avait fait installer deux ascenseurs, capitonnés de velours. Puis, il venait d'ouvrir un buffet, où l'on donnait gratuitement des sirops et des biscuits, et un salon de lecture, une galerie monumentale, décorée avec un luxe trop riche, dans laquelle il risquait même des expositions de tableaux. Mais son idée la plus profonde était, chez la femme sans coquetterie, de conquérir la mère par l'enfant ; il ne perdait aucune force, spéculait[1] sur tous les sentiments, créait des rayons pour petits garçons et fillettes, arrêtait les mamans au passage, en offrant

1. **Spéculait** : tirait profit.

● **Une nef est, au sens propre, la partie de l'église où se tiennent les fidèles. Zola file la métaphore du grand magasin comme « cathédrale du commerce moderne ».**

aux bébés des images et des ballons. Un trait de génie que cette prime des ballons, distribuée à chaque acheteuse, des ballons rouges, à la fine peau de caoutchouc, portant en grosses lettres le nom du magasin, et qui, tenus au bout d'un fil, voyageant en l'air, promenaient par les rues une réclame vivante !

La grande puissance était surtout la publicité. Mouret en arrivait à dépenser par an trois cent mille francs de catalogues, d'annonces et d'affiches. Pour sa mise en vente des nouveautés d'été, il avait lancé deux cent mille catalogues, dont cinquante mille à l'étranger, traduits dans toutes les langues. Maintenant, il les faisait illustrer de gravures, il les accompagnait même d'échantillons, collés sur les feuilles. C'était un débordement d'étalages, le *Bonheur des Dames* sautait aux yeux du monde entier, envahissait les murailles, les journaux, jusqu'aux rideaux des théâtres. Il professait que la femme est sans force contre la réclame, qu'elle finit fatalement par aller au bruit. Du reste, il lui tendait des pièges plus savants, il l'analysait en grand moraliste[1]. Ainsi, il avait découvert qu'elle ne résistait pas au bon marché, qu'elle achetait sans besoin, quand elle croyait conclure une affaire avantageuse ; et, sur cette observation, il basait son système des diminutions de prix, il baissait progressivement les articles non vendus, préférant les vendre à perte, fidèle au principe du renouvellement rapide des marchandises. Puis, il avait pénétré plus avant encore dans le cœur de la femme, il venait d'imaginer « les rendus », un chef-d'œuvre de séduction jésuitique[2]. « Prenez toujours, madame : vous nous rendrez l'article,

1. **En grand moraliste** : en fin connaisseur de l'âme humaine.
2. **Jésuitique** : digne des *jésuites*, réputés pour leur art de l'argumentation.

s'il cesse de vous plaire. » Et la femme, qui résistait, trouvait là une dernière excuse, la possibilité de revenir sur une folie : elle prenait, la conscience en règle. Maintenant, les rendus et la baisse des prix entraient dans le fonctionnement classique du nouveau commerce.

Mais où Mouret se révélait comme un maître sans rival, c'était dans l'aménagement intérieur des magasins. Il posait en loi que pas un coin du *Bonheur des Dames* ne devait rester désert ; partout, il exigeait du bruit, de la foule, de la vie ; car la vie, disait-il, attire la vie, enfante et pullule. De cette loi, il tirait toutes sortes d'applications. D'abord, on devait s'écraser pour entrer, il fallait que, de la rue, on crût à une émeute ; et il obtenait cet écrasement, en mettant sous la porte les soldes, des casiers et des corbeilles débordant d'articles à vil[1] prix ; si bien que le menu peuple[2] s'amassait, barrait le seuil, faisait penser que les magasins craquaient de monde, lorsque souvent ils n'étaient qu'à demi pleins. Ensuite, le long des galeries, il avait l'art de dissimuler les rayons qui chômaient, par exemple les châles en été et les indiennes[3] en hiver ; il les entourait de rayons vivants, les noyait dans du vacarme. Lui seul avait encore imaginé de placer au deuxième étage les comptoirs des tapis et des meubles, des comptoirs où les clientes étaient plus rares, et dont la présence au rez-de-chaussée aurait creusé des trous vides et froids. S'il en avait découvert le moyen, il aurait fait passer la rue au travers de sa maison.

Justement, Mouret se trouvait en proie à une crise d'inspiration. Le samedi soir, comme il donnait un dernier coup d'œil aux préparatifs de la grande vente du lundi, dont on s'occupait

1. **Vil** : bas.
2. **Le menu peuple** : les gens les moins riches.
3. **Indiennes** : toiles de coton peintes.

depuis un mois, il avait eu la conscience soudaine que le classement des rayons adopté par lui était inepte[1]. Brusquement, il s'était écrié qu'il fallait « lui casser tout ça ». On avait quarante-huit heures, il s'agissait de déménager une partie des magasins. Le personnel, effaré, bousculé, avait dû passer les deux nuits et la journée entière du dimanche, au milieu d'un gâchis épouvantable. Même le lundi matin, une heure avant l'ouverture, des marchandises ne se trouvaient pas encore en place. Certainement, le patron devenait fou, personne ne comprenait, c'était une consternation générale.

– Allons, dépêchons ! criait Mouret, avec la tranquille assurance de son génie. Voici encore des costumes qu'il faut me porter là-haut... Et le Japon[2] est-il installé sur le palier central ?... Un dernier effort, mes enfants, vous verrez la vente tout à l'heure !

Mais, en se tournant, il aperçut Denise. Lui et Bourdoncle se trouvaient devant le rayon des confections, qu'il venait justement de dédoubler, en faisant monter les robes et costumes au second étage, à l'autre bout des magasins. Denise, descendue la première, ouvrait de grands yeux, dépaysée par les aménagements nouveaux.

– Quoi donc ? murmura-t-elle, on déménage ?

Cette surprise parut amuser Mouret, qui adorait ces coups de théâtre. Dès les premiers jours de février, Denise était rentrée au *Bonheur*, où elle avait eu l'heureux étonnement de retrouver le personnel poli, presque respectueux. Madame Aurélie surtout se montrait bienveillante ; Marguerite et Clara semblaient

1. **Inepte** : absurde, inefficace.
2. **Le Japon** : les articles japonais, à la mode dans les années 1860.

résignées ; jusqu'au père Jouve qui pliait l'échine[1], l'air embarrassé, comme désireux d'effacer le vilain souvenir d'autrefois. Il suffisait que Mouret eût dit un mot, tout le monde chuchotait, en la suivant des yeux.

Cependant, Mouret la regardait toujours de son air ravi.

– Que cherchez-vous donc, mademoiselle ? demanda-t-il enfin.

Denise ne l'avait pas aperçu. Elle rougit légèrement. Depuis sa rentrée, elle recevait de lui des marques d'intérêt, qui la touchaient beaucoup.

– C'est tout ce remue-ménage, murmura-t-elle.

Alors, Mouret s'approcha pour lui dire à voix plus basse :

– Ce soir, après la vente, veuillez passer à mon cabinet. Je désire vous parler.

Troublée, elle inclina la tête, sans prononcer un mot. D'ailleurs, elle entra au rayon, où les autres vendeuses arrivaient. Mais Bourdoncle avait entendu Mouret, et il le regardait en souriant. Même il osa lui dire, quand ils furent seuls :

– Encore celle-là ! Méfiez-vous, ça finira par être sérieux !

Vivement, Mouret se défendit, cachant son émotion sous un air d'insouciance supérieure.

– Laissez donc, une plaisanterie ! La femme qui me prendra n'est pas née, mon cher !

Et, comme les magasins ouvraient enfin, il se précipita pour donner un dernier coup d'œil aux divers comptoirs. Bourdoncle hochait la tête. Cette Denise, simple et douce, commençait à l'inquiéter. Une première fois, il avait vaincu, par un renvoi brutal. Mais elle reparaissait, et il la traitait en ennemie sérieuse, muet devant elle, attendant de nouveau.

1. **Pliait l'échine** : courbait le dos.

Enfin, on rouvrit les portes, et le flot entra. Dès la première heure, avant que les magasins fussent pleins, il se produisit sous le vestibule un écrasement tel, qu'il fallut avoir recours aux sergents de ville[1], pour rétablir la circulation sur le trottoir. Il y avait des poussées d'épaules, une bousculade fiévreuse autour des casiers et des corbeilles, où des articles au rabais[2], dentelles à dix centimes, rubans à cinq sous, jarretières à trois sous, gants, jupons, cravates, chaussettes et bas de coton, s'éboulaient, disparaissaient, comme mangés par une foule vorace. Une femme grosse jeta des cris. Deux petites filles manquèrent d'être étouffées.

Toute la matinée, cet écrasement augmenta. Vers une heure, des queues s'établissaient, la rue était barrée, ainsi qu'en temps d'émeute. Justement, comme madame de Boves et sa fille Blanche se tenaient sur le trottoir d'en face, hésitantes, elles furent abordées par madame Marty, également accompagnée de sa fille Valentine●.

– Hein ? quel monde ! dit la première. On se tue là-dedans... Je ne devais pas venir, j'étais au lit, puis je me suis levée pour prendre l'air.

– C'est comme moi, déclara l'autre. J'ai promis à mon mari d'aller voir sa sœur, à Montmartre... Alors, en passant, j'ai songé que j'avais besoin d'une pièce de lacet. Autant l'acheter ici qu'ailleurs, n'est-ce pas ? Oh ! je ne dépenserai pas un sou ! Il ne me faut rien, du reste.

1. **Sergents de ville** : gendarmes.
2. **Au rabais** : en solde.

● **Pour rendre compte de l'atmosphère de l'exposition des nouveautés d'été et de la réussite des projets de Mouret, Zola intègre aux descriptions générales des gros plans sur les amies de Mme Desforges, fidèles clientes du magasin. Il utilise aussi cette technique aux chapitres IV et XIV.**

Cependant, leurs yeux ne quittaient pas la porte, elles étaient prises et emportées dans le vent de la foule.

– Non, non, je n'entre pas, j'ai peur, murmura madame de Boves. Blanche, allons-nous-en, nous serions broyées.

Mais sa voix faiblissait, elle cédait peu à peu au désir d'entrer où entre le monde ; et sa crainte se fondait dans l'attrait irrésistible de l'écrasement. Madame Marty s'était aussi abandonnée. Elle répétait :

– Tiens ma robe, Valentine... Ah bien ! je n'ai jamais vu ça. On vous porte. Qu'est-ce que ça va être, à l'intérieur !

Ces dames, saisies par le courant, ne pouvaient plus reculer. Comme les fleuves tirent à eux les eaux errantes d'une vallée, il semblait que le flot des clientes, coulant à plein vestibule, buvait les passants de la rue, aspirait la population des quatre coins de Paris. Elles n'avançaient que très lentement, serrées à perdre haleine, tenues debout par des épaules et des ventres, dont elles sentaient la molle chaleur ; et leur désir satisfait jouissait de cette approche pénible, qui fouettait[1] davantage leur curiosité. C'était un pêle-mêle de dames vêtues de soie, de petites bourgeoises à robes pauvres, de filles en cheveux[2], toutes soulevées, enfiévrées de la même passion. Quelques hommes, noyés sous les corsages débordants, jetaient des regards inquiets autour d'eux. Une nourrice, au plus épais, levait très haut son poupon[3], qui riait d'aise. Et, seule, une femme maigre se fâchait, éclatant en paroles mauvaises, accusant une voisine de lui entrer dans le corps.

1. **Fouettait** : excitait.
2. **Filles en cheveux** : filles du peuple, qui ne portent pas de chapeau.
3. **Poupon** : bébé.

Muette, le visage encore frais du grand air, madame Marty se haussait pour voir avant les autres, par-dessus les têtes, s'élargir les profondeurs des magasins.

– Ah ! enfin ! dit-elle, en poussant un soupir.

Ces dames venaient de se dégager. Elles étaient dans le hall Saint-Augustin.

– Regardez donc ! cria madame de Boves, immobilisée, les yeux en l'air.

C'était l'exposition des ombrelles. Toutes ouvertes, arrondies comme des boucliers, elles couvraient le hall.

Madame Marty cherchait une phrase pour dire son ravissement, et elle ne trouva que cette exclamation :

– C'est féerique !

Puis, tâchant de s'orienter :

– Voyons, le lacet est à la mercerie… J'achète mon lacet et je me sauve.

– Je vous accompagne, dit madame de Boves. N'est-ce pas, Blanche, nous traversons les magasins, pas davantage ?

Mais, dès la porte, ces dames étaient perdues. Elles tournèrent à gauche ; et, comme on avait déménagé la mercerie[1], elles tombèrent au milieu des ruches[2], puis au milieu des parures. Sous les galeries couvertes, il faisait très chaud, une chaleur de serre, moite et enfermée, chargée de l'odeur fade des tissus, et dans laquelle s'étouffait le piétinement de la foule. Alors, elles revinrent devant la porte, où s'établissait un courant de sortie, tout un défilé interminable de femmes et d'enfants, sur qui flottait un nuage de ballons rouges. Quarante mille

1. **Mercerie** : rayon des articles de couture, où l'on trouve les lacets.
2. **Ruches** : bandes de tulle ou de dentelle.

ballons étaient prêts, il y avait des garçons chargés spécialement de la distribution. À voir les acheteuses qui se retiraient, on aurait dit en l'air, au bout des fils invisibles, un vol d'énormes bulles de savon, reflétant l'incendie des ombrelles. Le magasin en était tout illuminé.

– C'est un monde, déclarait madame de Boves. On ne sait plus où l'on est.

L'inspecteur Jouve, heureusement, vint à leur secours.

– La mercerie, mesdames ? dit-il obligeamment, allez à gauche, tenez ! là-bas, derrière la bonneterie.

Madame de Boves remercia. Mais madame Marty, en se retournant, n'avait plus trouvé près d'elle sa fille Valentine. Elle s'effrayait, lorsqu'elle l'aperçut, déjà loin, au bout du hall Saint-Augustin, profondément absorbée devant une table de proposition, sur laquelle s'entassaient des cravates de femme à dix-neuf sous. Mouret pratiquait la proposition, les articles offerts à voix haute, la cliente raccrochée et dévalisée.

– Oh ! maman, murmura Valentine, vois donc ces cravates… Elle ont, au coin, un oiseau brodé.

Le commis faisait l'article[1], jurait que c'était tout soie, et qu'on ne retrouverait jamais une occasion pareille.

– Dix-neuf sous, est-ce possible ! disait madame Marty, séduite comme sa fille. Bah ! je puis bien en prendre deux, ce n'est pas ça qui nous ruinera. Maintenant, vite à mon lacet… Je ne veux même plus rien voir.

Par malheur, il y avait, à la mercerie, un encombrement tel, qu'elle ne put se faire servir. Toutes deux attendaient depuis dix minutes, et elles s'irritaient, lorsque la rencontre de madame

1. **Faisait l'article** : vantait les qualités du produit.

Bourdelais et de ses trois enfants les occupa. Cette dernière expliquait de son air tranquille de jolie femme pratique, qu'elle avait voulu montrer ça aux petits. Madeleine avait dix ans, Edmond huit, Lucien quatre ; et ils riaient d'aise, c'était une partie[1] à bon compte, promise depuis longtemps.

– Voyons, finit-elle par dire, j'ai promis à mon petit monde de lui montrer des images, là-haut, dans le salon... Venez donc avec moi, vous avez le temps.

Alors, le lacet fut oublié, madame Marty céda tout de suite, tandis que madame de Boves refusait, préférant faire d'abord le tour du rez-de-chaussée.

Comme on passait devant le buffet, madame Bourdelais ne manqua pas de gorger la petite famille de sirop. C'était une salle carrée, avec un large comptoir de marbre ; aux deux bouts, des fontaines argentées laissaient couler un mince filet d'eau ; derrière, sur des tablettes, s'alignaient des bouteilles. Trois garçons, continuellement, essuyaient et emplissaient les verres. Pour contenir la clientèle altérée[2], on avait dû établir une queue, ainsi qu'aux portes des théâtres, à l'aide d'une barrière recouverte de velours. La foule s'y écrasait. Des personnes, perdant tout scrupule devant ces gourmandises gratuites, se rendaient malades.

Quand elle arriva enfin au salon de lecture et de correspondance, madame Bourdelais installa Madeleine, Edmond et Lucien devant la grande table ; puis, elle prit elle-même, dans une bibliothèque, des albums de photographies qu'elle leur apporta. La voûte de la longue salle était chargée d'or ; aux deux

1. **Une partie** : une sortie.
2. **Altérée** : assoiffée.

Certains grands magasins mettaient à la disposition de leurs clients des salons de lecture.

extrémités, des cheminées monumentales se faisaient face ; de médiocres tableaux, très richement encadrés, couvraient les murs ; et, entre les colonnes, il y avait de hautes plantes vertes, dans des vases de majolique[1]. Tout un public silencieux entourait la table, encombrée de revues et de journaux, garnie de papeteries et d'encriers. Des dames ôtaient leurs gants, écrivaient des lettres. Quelques hommes, renversés au fond de leurs fauteuils, lisaient des journaux. Mais beaucoup de personnes restaient là sans rien faire : maris attendant leurs femmes lâchées au travers des rayons, jeunes dames discrètes guettant l'arrivée d'un amant, vieux parents déposés comme au vestiaire, pour être repris à la sortie. Et ce monde, assis mollement, se reposait, jetait des coups d'œil, par les baies ouvertes, sur les profondeurs des galeries et des halls, dont la voix lointaine montait, dans le petit bruit des plumes et le froissement des journaux.

– Comment ! vous voilà ! dit madame Bourdelais. Je ne vous reconnaissais pas.

Près des enfants, une dame disparaissait entre les pages d'une revue. C'était madame Guibal. Elle sembla contrariée de la rencontre. Mais elle se remit tout de suite, raconta qu'elle était montée s'asseoir un peu, pour échapper à l'écrasement de la foule. Et, comme madame Bourdelais lui demandait si elle était venue faire des emplettes[2], elle répondit de son air de langueur, en éteignant de ses paupières l'âpreté égoïste de son regard :

– Oh ! non... Au contraire, je suis venue rendre. Oui, des portières[3], dont je ne suis pas satisfaite. Seulement, il y a un tel monde, que j'attends de pouvoir approcher du rayon.

1. **Majolique** : faïence.
2. **Emplettes** : achats.
3. **Portières** : tapisseries destinées à recouvrir des portes.

Elle causa, dit que c'était bien commode, ce mécanisme des rendus ; auparavant, elle n'achetait jamais, tandis que, maintenant, elle se laissait tenter parfois. Mais, en parlant, elle ne quittait pas des yeux les portes du salon ; et elle parut soulagée, quand madame Bourdelais retourna vers ses enfants, afin de leur expliquer les photographies. Presque au même moment, M. de Boves et Paul de Vallagnosc entrèrent.

– Tiens ! Paul ! dit une voix derrière ces messieurs.

C'était Mouret, en train de donner son coup d'œil aux divers services. Les mains se tendirent, et il demanda tout de suite :

– Madame de Boves nous a-t-elle fait l'honneur de venir ?

– Mon Dieu ! non, répondit le comte, et à son grand regret. Elle est souffrante, oh ! rien de dangereux.

Mais brusquement, il feignit de voir madame Guibal. Il s'échappa, s'approcha, tête nue ; tandis que les deux autres se contentaient de la saluer de loin. Elle, également, jouait la surprise. Paul avait eu un sourire.

– Hein ? tu as vu ? il s'est baissé, il lui a glissé une adresse. La voilà qui accepte, de sa mine la plus vertueuse : une terrible femme, cette rousse délicate, aux allures insouciantes... Eh bien ! il se passe de jolies choses chez toi !

– Oh ! dit Mouret en souriant, ces dames ne sont point ici chez moi, elles sont chez elles.

Justement, madame Desforges, après avoir failli laisser son manteau dans la foule, entrait enfin et traversait le premier hall. Puis, arrivée à la grande galerie, elle leva les yeux. C'était comme une nef de gare, entourée par les rampes des deux étages, coupée d'escaliers suspendus, traversée de ponts volants. Les escaliers de fer, à double révolution, développaient des courbes hardies, multipliaient les paliers ; les ponts de fer, jetés sur le vide, filaient droit, très haut ; et tout ce fer mettait là, sous la lumière blanche des vitrages, une architecture légère, une dentelle compliquée où passait le jour, la réalisation moderne d'un palais du rêve.

Bien qu'elle connût déjà la nouvelle installation, madame Desforges s'était arrêtée, saisie par la vie ardente qui animait ce jour-là l'immense nef.

– Madame désire-t-elle des jarretières bon marché ? dit un vendeur à madame Desforges, en la voyant immobile. Tout soie, vingt-neuf sous.

Elle ne daigna pas répondre. Autour d'elle, les propositions glapissaient, s'enfiévraient encore. Pourtant, elle voulut s'orienter. Alors, elle se reconnut, la soie devait être devant elle. Mais il lui fallut dix minutes pour s'y rendre, tellement la foule augmentait. En l'air, au bout de leurs fils invisibles, les ballons rouges s'étaient multipliés ; ils s'amassaient en nuages de pourpre, filaient doucement vers les portes, continuaient à se déverser dans Paris ; et elle devait baisser la tête sous le vol des ballons, lorsque de tout jeunes enfants les tenaient, le fil enroulé à leurs petites mains.

– Comment ! madame, vous vous êtes risquée ? s'écria gaiement Bouthemont●, dès qu'il aperçut madame Desforges.

Maintenant, le chef de comptoir, introduit chez elle par Mouret lui-même, y allait parfois prendre le thé. Elle le trouvait commun, mais fort aimable, d'une belle humeur sanguine[1], qui la surprenait et l'amusait. D'ailleurs, l'avant-veille, il lui avait conté carrément les amours de Mouret et de Clara, sans calcul, par bêtise de gros garçon aimant à rire ; et, mordue de jalousie, cachant sa blessure sous des airs de dédain, elle venait pour

1. **D'une belle humeur sanguine** : simple, spontané.

● **Bouthemont est le chef du rayon de la soie.**

tâcher de découvrir cette fille, une demoiselle des confections[1] avait-il dit simplement, en refusant de la nommer.

– Est-ce que vous désirez quelque chose chez nous ? reprit-il.

– Mais certainement, sans quoi je ne serais pas venue... Avez-vous du foulard pour des matinées[2] ?

Elle espérait obtenir de lui le nom de la demoiselle, prise du besoin de la voir. Tout de suite, il avait appelé Favier ; et il se remit à causer avec elle, en attendant le vendeur qui achevait de servir une cliente.

Au milieu du rayon, une exposition des soieries d'été éclairait le hall d'un éclat d'aurore, comme un lever d'astre dans les teintes les plus délicates de la lumière, le rose pâle, le jaune tendre, le bleu limpide.

– Je prendrai celui-ci, le Louis XIV, à bouquets de roses, dit enfin madame Desforges.

Et, pendant que Favier métrait, elle fit une dernière tentative sur Bouthemont, resté près d'elle.

– Je vais monter aux confections voir les manteaux de voyage... Est-ce qu'elle est blonde, la demoiselle de votre histoire ?

Le chef de rayon, que son insistance commençait à inquiéter, se contenta de sourire. Mais, justement, Denise passait. Et, comme Favier prenait déjà le foulard de madame Desforges, Hutin, croyant le contrarier, l'arrêta.

– C'est inutile, mademoiselle aura l'obligeance de conduire madame.

Denise, troublée, voulut bien se charger du paquet et de la note de débit.

1. **Une demoiselle des confections** : une vendeuse du rayon des confections.
2. **Matinées** : déshabillés portés par les femmes le matin.

– Dites-moi, demanda tout bas madame Desforges à Bouthemont, n'est-ce pas cette fille si maladroite ? Il l'a donc reprise ?... Mais c'est elle, l'héroïne de l'aventure !

– Peut-être, répondit le chef de rayon, toujours souriant et bien décidé à ne pas dire la vérité.

Alors, précédée de Denise, madame Desforges monta lentement l'escalier. Il lui fallait s'arrêter toutes les trois secondes, pour ne pas être emportée par le flot qui descendait. Madame Desforges arrivait enfin au premier étage, lorsqu'une poussée plus rude que les autres l'immobilisa un instant. Elle avait maintenant, au-dessous d'elle, les rayons du rez-de-chaussée, ce peuple de clientes épandu qu'elle venait de traverser. C'était un nouveau spectacle, un océan de têtes vues en raccourci, cachant les corsages, grouillant dans une agitation de fourmilière. Mais ce qui la surprenait surtout, c'était, lorsqu'elle fermait les paupières, de sentir davantage la foule, à son bruit sourd de marée montante et à la chaleur humaine qu'elle exhalait. Une fine poussière s'élevait des planchers, chargée de l'odeur de la femme, l'odeur de son linge et de sa nuque, de ses jupes et de sa chevelure, une odeur pénétrante, envahissante, qui semblait être l'encens de ce temple élevé au culte de son corps.

Cependant, Mouret, toujours debout devant le salon de lecture, en compagnie de Vallagnosc, respirait cette odeur, s'en grisait, en répétant :

– Elles sont chez elles, j'en connais qui passent la journée ici, à manger des gâteaux et à écrire leur correspondance... Il ne me reste qu'à les coucher.

Mais sa voix trembla, il eut un rire contraint. Denise et Henriette, que Mouret n'avait cessé de guetter, passaient enfin derrière lui, après avoir eu beaucoup de mal à se dégager de la foule. Et il se tourna, il salua sa cliente du salut discret d'un ami, qui ne veut pas compromettre une femme, en l'arrêtant au milieu du monde. Seulement, celle-ci, mise en éveil, s'était très bien aperçue du regard dont il avait d'abord enveloppé Denise. Cette fille, décidément, devait être la rivale qu'elle avait eu la curiosité de venir voir.

– C'est un manteau de voyage que madame désire ? demanda Denise à madame Desforges, après lui avoir offert une chaise.

– Oui, répondit sèchement cette dernière, décidée à être impolie.

– Voici nos derniers modèles, dit Denise. Nous les avons en plusieurs couleurs.

– Montrez-moi autre chose, mademoiselle.

Denise dépliait les vêtements, les repliait, sans se permettre un geste d'humeur. Et c'était cette sérénité[1] dans la patience qui exaspérait davantage madame Desforges.

– Je vais soumettre à madame d'autres modèles, disait tranquillement Denise.

Quand elle revint, la scène recommença. Puis, ce furent les draps[2] qui étaient trop lourds et qui ne valaient rien.

– Si madame voulait bien m'indiquer le genre ? demandait de nouveau Denise, avec son insistance polie que rien ne décourageait.

– Mais puisque vous n'avez rien ! cria madame Desforges.

Elle s'interrompit, étonnée de sentir une main se poser sur son épaule. C'était madame Marty, que sa crise de dépense emportait au travers des magasins.

1. **Sérénité** : calme.
2. **Draps** : tissus.

– Tiens ! dit-elle, vous achetez un manteau de voyage ?

– Oh ! mon Dieu ! non, répondit madame Desforges. Ils sont affreux.

Mais madame Marty était tombée sur un manteau à rayures, qu'elle ne trouvait pourtant pas mal. Sa fille Valentine l'examinait déjà. Alors, Denise appela Marguerite, pour débarrasser le rayon de l'article, un modèle de l'année précédente, que cette dernière, sur un coup d'œil de sa camarade, présenta comme une occasion exceptionnelle. Quand elle eut juré qu'on l'avait baissé de prix deux fois, que de cent cinquante on l'avait mis à cent trente, et qu'il était maintenant à cent dix, madame Marty fut sans force contre la tentation du bon marché. Elle l'acheta, le vendeur qui l'accompagnait laissa la chaise et tout le paquet des notes de débit, jointes aux marchandises•. Alors, tandis que Marguerite débitait le manteau, madame Marty tourna la tête ; et, désignant Clara d'un léger mouvement des paupières, elle dit très bas à madame Desforges :

– Vous savez, le caprice de monsieur Mouret.

L'autre, surprise, regarda Clara, puis reporta les yeux sur Denise, en répondant :

– Mais non, pas la grande, la petite !

Et, comme madame Marty n'osait plus rien affirmer, madame Desforges ajouta à voix plus haute, avec un mépris de dame pour des femmes de chambre :

– Peut-être la petite et la grande, toutes celles qui veulent !

Denise avait entendu. Elle leva ses grands yeux purs sur cette dame qui la blessait ainsi et qu'elle ne connaissait pas. Sans

• **Madame Marty a fait tellement d'achats qu'un vendeur, fatigué de les porter, les a déposés sur une chaise qu'il tire en marchant devant la cliente.**

doute, c'était la personne dont on lui avait parlé, cette amie que le patron voyait au dehors. Dans le regard qu'elles échangèrent, Denise eut alors une dignité si triste, une telle franchise d'innocence, qu'Henriette resta gênée.

– Puisque vous n'avez rien de possible à me montrer, dit-elle brusquement, conduisez-moi aux robes et costumes.

– Tiens ! cria madame Marty, j'y vais avec vous... Je voulais voir un costume pour Valentine.

Et le grand voyage commença, le long des galeries encombrées.

– Par ici, madame, disait Denise sans une plainte, après chaque halte.

– Mais c'est stupide ! criait madame Desforges. Nous n'arriverons jamais. Pourquoi n'avoir pas mis les robes et costumes près des confections ?... En voilà un gâchis !

Madame Marty, dont les yeux se dilataient, grisée par ce défilé de choses riches qui dansaient devant elle, répétait à demi voix :

– Mon Dieu ! que va dire mon mari ?... Vous avez raison, il n'y a pas d'ordre, dans ce magasin. On se perd, on fait des bêtises.

Au second, la course recommença. Denise, qui depuis le matin promenait ainsi des clientes, tombait de lassitude ; mais elle restait correcte, avec sa douceur polie.

Alors, ces dames, toujours conduites par Denise, vagabondèrent. On les revit de nouveau dans tous les rayons. Il n'y avait plus qu'elles sur les marches des escaliers et le long des galeries. Des rencontres, à chaque instant, les arrêtaient. Ce fut ainsi que, près du salon de lecture, elles retrouvèrent madame Bourdelais et ses trois enfants.

– Toi aussi ! dit en riant madame Desforges à son amie de pension.

– Ne m'en parle pas ! s'écria madame Bourdelais. Je suis furieuse... Ils vous prennent par ces petits êtres maintenant !

Tu sais si je fais des folies pour moi ! Mais comment veux-tu résister à des bébés qui ont envie de tout ? J'étais venue les promener, et voilà que je dévalise les magasins !

Justement, Mouret qui se trouvait encore là, l'écoutait d'un air souriant. Elle l'aperçut, elle se plaignit gaiement, avec un fond d'irritation réelle, de ces pièges tendus à la tendresse des mères ; l'idée qu'elle venait de céder aux fièvres de la réclame[1] la soulevait ; et lui, toujours souriant, s'inclinait, jouissait de ce triomphe.

Il était quatre heures, les rayons du soleil à son coucher entraient obliquement par les larges baies de la façade, éclairaient de biais les vitrages des halls ; et, à cette heure dernière, au milieu de cet air surchauffé, les femmes régnaient. Elles avaient pris d'assaut les magasins, elles y campaient comme en pays conquis, ainsi qu'une horde envahissante, installée dans la débâcle des marchandises. Les vendeurs, assourdis, brisés, n'étaient plus que leurs choses, dont elles disposaient avec une tyrannie de souveraines. Après avoir acheté son manteau de voyage, madame Desforges s'était fait offrir des images à la caisse ; et elle partait en songeant au moyen de tenir Denise chez elle, où elle l'humilierait en présence de Mouret lui-même, pour voir leur figure et tirer d'eux une certitude.

Le soir, comme Denise revenait de dîner, un garçon l'appela.

– Mademoiselle, on vous demande à la direction.

Elle oubliait l'ordre que Mouret lui avait donné, le matin, de passer à son cabinet, après la vente. Il l'attendait debout. En entrant, elle ne repoussa pas la porte, qui resta ouverte.

1. **Réclame** : publicité.

– Nous sommes contents de vous, mademoiselle, dit-il, et nous avons songé à vous témoigner notre satisfaction… Vous savez que madame Frédéric nous a quittés. Dès demain, vous la remplacerez comme seconde.

Denise l'écoutait, immobile de saisissement. Elle murmura, la voix tremblante :

– Mais, monsieur, il y a des vendeuses beaucoup plus anciennes que moi au rayon.

– Eh bien ? qu'est-ce que cela fait ? reprit-il. Vous êtes la plus capable, la plus sérieuse. Je vous choisis, c'est bien naturel… N'êtes-vous pas satisfaite ?

Alors, elle rougit.

– Vous êtes bien bon, monsieur, balbutia-t-elle. Je ne sais comment vous dire…

Mais elle eut la voix coupée. Il l'aimait donc ? Brusquement, elle comprenait, elle sentait la flamme croissante du coup de désir dont il l'enveloppait, depuis qu'elle était de retour aux confections. Ce qui la bouleversait davantage, c'était de sentir son cœur battre à se rompre. Pourquoi la blessait-il avec tout cet argent, lorsqu'elle débordait de gratitude et qu'il l'eût fait défaillir d'une seule parole amie ?

Il se rapprochait, en continuant de plaisanter, lorsque, à son grand mécontentement, Bourdoncle parut, sous le prétexte de lui apprendre le chiffre des entrées, l'énorme chiffre de soixante-dix mille clientes, venues au *Bonheur* ce jour-là. Et elle se hâta de sortir, après avoir remercié de nouveau.

X

Le premier dimanche d'août, on faisait l'inventaire[1], qui devait être terminé le soir même. Dès le matin, comme un jour de semaine, tous les employés étaient à leur poste, et la besogne avait commencé, les portes closes, dans les magasins vides de clientes.

Denise n'était pas descendue à huit heures, avec les autres vendeuses. Retenue depuis le jeudi dans sa chambre, par une entorse prise en montant aux ateliers, elle allait enfin beaucoup mieux ; mais, comme madame Aurélie la gâtait, elle ne se hâtait pas, achevait de se chausser avec peine, résolue cependant à se montrer au rayon. Maintenant, les chambres des demoiselles occupaient le cinquième étage des bâtiments neufs ; elles étaient au nombre de soixante●, et plus confortables. D'ailleurs, à titre de seconde, Denise avait une des plus grandes chambres, dont les deux fenêtres mansardées[2] ouvraient sur la rue. Doucement, elle continuait de s'essayer à marcher, en se promettant de se coucher de bonne heure, afin de reposer sa jambe, lorsque la surveillante, madame Cabin, frappa et lui donna une lettre, d'un air de mystère.

La porte refermée, Denise, étonnée du sourire discret de cette femme, ouvrit la lettre. Elle se laissa tomber sur une chaise : c'était une lettre de Mouret, où il se disait heureux de son rétablissement et la priait de descendre le soir dîner avec lui, puisqu'elle ne pouvait sortir. Il lui était impossible de se

1. **Inventaire** : bilan des ventes et des articles encore disponibles dans un magasin.
2. **Mansardées** : situées sous les toits.

● **En trois ans, le nombre des chambres réservées aux vendeuses a triplé.**

méprendre[1], le *Bonheur* connaissait bien la signification vraie de ces invitations, une légende courait là-dessus : Clara avait dîné, d'autres aussi, toutes celles que le patron remarquait. Après le dîner, comme disaient les commis farceurs, il y avait le dessert. Et les joues blanches de la jeune fille étaient peu à peu envahies par un flot de sang.

Brusquement, on frappa, et elle se hâta de ramasser la lettre, de la faire disparaître dans sa poche. C'était Pauline, qui, s'échappant de son rayon sous un prétexte, venait causer un peu.

– Qu'avez-vous ? demanda vivement Pauline, quand elle remarqua le trouble de la jeune fille.

– Mais rien, assura celle-ci, avec un sourire embarrassé.

– Si, si, vous avez quelque chose... Vous vous méfiez donc de moi, que vous ne me dites plus vos chagrins ?

Alors, Denise, dans l'émotion qui gonflait sa poitrine et qui ne pouvait se calmer, s'abandonna. Elle tendit la lettre à son amie, en balbutiant :

– Tenez ! il vient de m'écrire.

Entre elles, jamais encore elles n'avaient parlé ouvertement de Mouret. Mais ce silence même était comme un aveu de leurs secrètes préoccupations. Pauline n'ignorait rien. Après avoir lu la lettre, elle se serra contre Denise, la prit à la taille, pour lui murmurer doucement :

– Ma chère, si vous voulez que je sois franche, je croyais que c'était fait... Ne vous révoltez donc pas, je vous assure que tout le magasin doit le croire comme moi. Dame ! il vous a nommée seconde si vite, puis il est toujours après vous, ça crève les yeux ! Vous irez ce soir, naturellement ?

1. **Se méprendre** : se tromper.

Denise la regardait sans répondre. Et, tout d'un coup, elle éclata en sanglots, la tête appuyée sur l'épaule de son amie.

– Voyons, calmez-vous. Il n'y a rien là dedans qui puisse vous bouleverser ainsi.

– Alors, vous iriez, vous ?

– Sans doute, est-ce qu'on peut faire autrement !

Puis, elle réfléchit, elle ajouta :

– Pas maintenant, autrefois, parce que maintenant je vais me marier avec Baugé, et ce serait mal tout de même.

– Vous voyez bien, déclara Denise. Quand un homme vous aime, il vous épouse... Baugé vous épouse.

– Mais, ma chérie, ce n'est pas la même chose. Baugé m'épouse, parce que c'est Baugé. Il est mon égal, ça va tout seul... Tandis que monsieur Mouret ! Est-ce que monsieur Mouret peut épouser ses vendeuses ?

– Oh ! non, oh ! non, cria la jeune fille révoltée par l'absurdité de la question, et c'est pourquoi il n'aurait pas dû m'écrire.

Denise s'était renversée au fond du canapé, secouée par une nouvelle crise de sanglots.

– Encore ! reprit Pauline, en se retournant. Vous n'êtes vraiment pas raisonnable...

Elle s'agenouilla devant elle, recommença à la sermonner. Que d'autres auraient voulu être à sa place ! D'ailleurs, si la chose ne lui plaisait pas, c'était bien simple : elle n'avait qu'à dire non, sans se chagriner si fort. Mais elle réfléchirait, avant de risquer sa position par un refus que rien n'expliquait, puisqu'elle n'avait pas d'engagement ailleurs. Était-ce donc si terrible ? et la semonce[1] finissait par des plaisanteries chuchotées gaiement, lorsqu'un bruit de pas vint du corridor.

1. **Semonce** : réprimande.

Pauline courut à la porte jeter un coup d'œil.

– Chut ! madame Aurélie ! murmura-t-elle. Je me sauve... Et vous, essuyez vos yeux. On n'a pas besoin de savoir.

Quand Denise fut seule, elle se mit debout, renfonça ses larmes. Mais elle entendit madame Aurélie frapper à sa porte.

– Comment ! vous êtes levée ! cria la première. C'est une imprudence, ma chère enfant. Je montais justement prendre de vos nouvelles et vous dire que nous n'avons pas besoin de vous, en bas.

– Je ne me fatiguerai pas, madame. Vous m'installerez sur une chaise, je travaillerai aux écritures.

Toutes deux descendirent. Très prévenante, madame Aurélie l'obligeait à s'appuyer sur son épaule.

C'était une victoire inespérée : Denise avait enfin conquis le rayon. Après s'être jadis débattue pendant près de dix mois, au milieu de ses tourments de souffre-douleur, sans lasser le mauvais vouloir de ses camarades, elle venait en quelques semaines de les dominer, de les voir autour d'elle souples et respectueuses. Et Clara seule continuait de se montrer mauvaise, risquant encore l'ancienne injure de « mal peignée », qui maintenant n'égayait personne.

– Tiens ! voilà qu'on sort l'accouchée, murmura-t-elle, quand elle aperçut madame Aurélie amenant Denise à son bras.

Neuf heures sonnaient. Dans le magasin, inondé de soleil par les grandes baies ouvertes, le personnel enfermé venait de commencer l'inventaire.

Toutes ces demoiselles s'empressaient auprès de Denise. Le travail s'en trouva interrompu. On la complimentait, on écoutait avec des exclamations l'histoire de son entorse. Enfin, madame Aurélie la fit asseoir devant une table. Le travail recommença.

Dix heures sonnèrent, le vacarme de l'inventaire montait, dans le branle-bas[1] des rayons. Et, sous les cris, jetés sans relâche, qui se croisaient de toutes parts, la même nouvelle circulait avec une rapidité surprenante : chaque vendeur savait déjà que Mouret avait écrit le matin, pour inviter Denise à dîner. L'indiscrétion venait de Pauline.

Maintenant, tout le rayon s'égayait, sans que la besogne[2] en fût interrompue pour autant. Bouthemont lui-même, que les histoires gaillardes épanouissaient, ne put se tenir de lâcher une plaisanterie, dont le mauvais goût le fit éclater d'aise.

Mais une cloche sonnait, c'était la deuxième table. Maintenant, le réfectoire des commis était une immense salle, où les cinq cents couverts de chacune des trois séries tenaient à l'aise.

En bas, dans l'échauffement de l'après-midi, l'inventaire ronflait davantage. L'heure était venue du coup de collier[3], lorsque, devant la besogne peu avancée du matin, toutes les forces se tendaient pour avoir fini le soir. Les voix se haussaient encore, on ne voyait que la gesticulation des bras, vidant toujours les cases, jetant les marchandises, et on ne pouvait plus marcher, la crue[4] des piles et des ballots[5], sur les parquets, montait à la hauteur des comptoirs.

Madame Aurélie laissa Marguerite achever l'appel des vêtements. Il restait à faire un travail de contrôle, pour lequel, désireuse de silence, elle se retira dans la salle de l'échantillonnage, en emmenant Denise.

– Venez avec moi, nous collationnerons[6]... Puis, vous additionnerez.

1. **Branle-bas** : agitation.
2. **La besogne** : le travail.
3. **Coup de collier** : accélération du rythme de travail.
4. **Crue** : montée.
5. **Ballots** : paquets de marchandises.
6. **Collationnerons** : vérifierons les factures.

Mais, comme elle voulut laisser la porte ouverte, afin de surveiller ces demoiselles, le vacarme entrait, on ne s'entendait guère plus, au fond de cette salle.

– Plus bas donc ! criait de temps à autre madame Aurélie, qui n'entendait pas Denise lire les articles.

Cependant, les rires tombèrent tout d'un coup, on entendit la besogne reprendre son ronflement régulier. C'était Mouret qui faisait le tour des rayons. Mais il s'arrêta, il chercha Denise, surpris de ne pas la voir. D'un signe, il avait appelé madame Aurélie ; et tous deux s'écartèrent, parlèrent bas un instant. Il devait l'interroger. Elle désigna des yeux la salle de l'échantillonnage, puis sembla rendre des comptes.

– Parfait ! dit tout haut Mouret, en se rapprochant. Montrez-moi les listes.

– Par ici, monsieur, répondit la première. Nous nous sommes sauvées du tapage.

Il la suivit dans la pièce voisine. Clara ne fut pas dupe de la manœuvre : elle murmura qu'on ferait mieux d'aller chercher un lit tout de suite.

– Donnez les listes à monsieur, dit la première en entrant.

Denise les donna, puis resta les yeux levés. Un instant, Mouret parut s'absorber dans l'énumération des articles, sans un regard pour la jeune fille.

– Très bien ! très bien ! répétait Mouret, en affectant toujours de lire.

Cependant, madame Aurélie ne savait comment sortir, d'une façon décente. Ce fut Marguerite qui eut l'intelligence de demander un renseignement.

– J'y vais, répondit la première.

Et, sa dignité désormais à couvert, ayant un prétexte aux yeux de ces demoiselles qui la guettaient, elle laissa enfin seuls

Mouret et Denise qu'elle venait de rapprocher, elle sortit d'un pas majestueux, le profil si noble, que les vendeuses n'osèrent même se permettre un sourire.

Lentement, Mouret avait reposé les listes sur la table. Il regardait la jeune fille, qui était restée assise, la plume à la main. Elle ne détournait pas les regards, elle avait seulement pâli davantage.

– Vous viendrez, ce soir ? demanda-t-il à demi voix.

– Non, monsieur, répondit-elle, je ne pourrai pas. Mes frères doivent se trouver chez mon oncle, et j'ai promis de dîner avec eux.

– Mais votre pied ! vous marchez trop difficilement.

– Oh ! j'irai bien jusque-là, je me sens beaucoup mieux depuis ce matin.

À son tour, il était devenu pâle, devant ce refus tranquille. Une révolte nerveuse agitait ses lèvres. Pourtant, il se contenait, il reprit de son air de patron obligeant[1] qui s'intéresse simplement à une de ses demoiselles :

– Voyons, si je vous priais... Vous savez dans quelle estime je vous tiens.

Denise garda son attitude respectueuse.

– Je suis très touchée, monsieur, de votre bonté pour moi, et je vous remercie de cette invitation. Mais, je le répète, c'est impossible, mes frères m'attendent ce soir.

Elle s'entêtait à ne pas comprendre. La porte demeurait ouverte, et elle sentait bien cependant le magasin entier qui la poussait. Pauline l'avait traitée amicalement de grande sotte, les autres se moqueraient d'elle, si elle refusait l'invitation. Madame Aurélie qui s'en était allée, Marguerite dont elle entendait monter la voix, tous voulaient sa chute, tous la jetaient au maître. Et le ronflement lointain de l'inventaire, ces millions de

1. **Obligeant** : serviable.

marchandises, criés à la volée, remués à bout de bras, étaient comme un vent chaud qui soufflait la passion jusqu'à elle.

Il y eut un silence. Par moments, le bruit couvrait les paroles de Mouret, qu'il accompagnait du vacarme formidable d'une fortune de roi, gagnée dans les batailles.

– Alors, quand viendrez-vous ? demanda-t-il de nouveau. Demain ?

Cette simple question troubla Denise. Elle perdit un instant son calme, elle balbutia :

– Je ne sais pas... Je ne sais pas...

Il sourit, il essaya de lui prendre une main, qu'elle retira.

– De quoi donc avez-vous peur ?

Mais elle relevait déjà la tête, elle le regardait en face, et elle dit, en souriant de son air doux et brave :

– Je n'ai peur de rien, monsieur... On fait seulement ce qu'on veut faire, n'est-ce pas ? Moi, je ne veux pas, voilà tout !

Comme elle se taisait, un craquement la surprit. Elle se retourna et vit la porte se fermer avec lenteur. C'était l'inspecteur Jouve qui prenait sur lui de la tirer. Les portes rentraient dans son service, aucune ne devait rester ouverte.

Denise, cependant, s'était levée. Mouret lui disait d'une voix basse, et tremblante :

– Écoutez, je vous aime... Vous le savez depuis longtemps, ne jouez pas le jeu cruel de faire l'ignorante avec moi... Et ne craignez rien. Vingt fois, j'ai eu l'envie de vous appeler dans mon cabinet. Nous aurions été seuls, je n'aurais eu qu'à pousser un verrou. Mais je n'ai pas voulu, vous voyez bien que je vous parle ici, où chacun peut entrer... Je vous aime, Denise...

Elle était debout, la face blanche, l'écoutant, le regardant toujours en face.

– Dites, pourquoi refusez-vous ?... N'avez-vous donc pas de besoins ? Vos frères sont une lourde charge. Tout ce que vous me demanderiez, tout ce que vous exigeriez de moi...

D'un mot, elle l'arrêta :

– Merci, je gagne maintenant plus qu'il ne me faut.

– Mais c'est la liberté que je vous offre, c'est une existence de plaisirs et de luxe... Je vous mettrai chez vous, je vous assurerai une petite fortune.

– Non, merci, je m'ennuierais à ne rien faire... Je n'avais pas dix ans que je gagnais ma vie.

Il eut un geste fou. C'était la première qui ne cédait pas. Il n'avait eu qu'à se baisser pour prendre les autres, toutes attendaient son caprice en servantes soumises ; et celle-ci disait non, sans même donner un prétexte raisonnable. Son désir, contenu depuis longtemps, fouetté par la résistance, s'exaspérait. Peut-être n'offrait-il pas assez ; et il doubla ses offres, et il la pressa davantage.

– Non, non, merci, répondait-elle chaque fois, sans une défaillance.

Alors, il laissa échapper ce cri de son cœur :

– Vous ne voyez donc pas que je souffre !... Oui, c'est imbécile, je souffre comme un enfant !

Des larmes mouillèrent ses yeux. Un nouveau silence régna. On entendit encore, derrière la porte close, le ronflement adouci de l'inventaire. C'était comme un bruit mourant de triomphe, l'accompagnement se faisait discret, dans cette défaite du maître.

– Si je voulais pourtant ! dit-il d'une voix ardente, en lui saisissant les mains.

Elle les lui laissa, ses yeux pâlirent, toute sa force s'en allait. Une chaleur lui venait des mains tièdes de cet homme, l'emplissait d'une lâcheté délicieuse. Mon Dieu ! comme elle l'aimait, et quelle douceur elle aurait goûtée à se pendre à son cou, pour rester sur sa poitrine !

– Je veux, je veux, répétait-il affolé. Je vous attends ce soir, ou je prendrai des mesures...

Il devenait brutal. Elle poussa un léger cri, la douleur qu'elle ressentait aux poignets lui rendit son courage. D'une secousse, elle se dégagea. Puis, toute droite, l'air grandi dans sa faiblesse :

– Non, laissez-moi... Je ne suis pas une Clara, qu'on lâche le lendemain. Et puis, monsieur, vous aimez une personne, oui, cette dame qui vient ici... Restez avec elle. Moi, je ne partage pas.

La surprise le tenait immobile. Que disait-elle donc et que voulait-elle ? Jamais les filles ramassées par lui dans les rayons ne s'étaient inquiétées d'être aimées. Il aurait dû en rire, et cette attitude de fierté tendre achevait de lui bouleverser le cœur.

– Monsieur, reprit-elle, rouvrez cette porte. Ce n'est pas convenable, d'être ainsi ensemble.

Mouret obéit, et les tempes bourdonnantes, ne sachant comment cacher son angoisse, il rappela madame Aurélie, s'emporta contre le stock des rotondes[1], dit qu'il faudrait baisser les prix, et les baisser tant qu'il en resterait une.

– Qu'a-t-il ? murmura madame Aurélie, toute remuée par les reproches.

Et ces demoiselles se regardèrent avec surprise.

À six heures, l'inventaire était terminé. Madame Aurélie rapporta le chiffre d'affaires réalisé dans l'année, un chiffre que les additions des divers rayons donnaient à l'instant. Le total était de quatre-vingts millions, dix millions de plus que l'année précédente. Il n'y avait eu une baisse que sur les soies de fantaisie.

1. **Rotondes** : manteaux larges.

– Si monsieur Mouret n'est pas content, je ne sais ce qu'il lui faut, ajouta la première. Tenez ! il est là-bas, en haut du grand escalier, l'air furieux.

Ces demoiselles allèrent le voir. Il était seul, debout, le visage sombre, au-dessus des millions écroulés à ses pieds.

– Madame, vint demander à ce moment Denise, seriez-vous assez bonne pour me permettre de me retirer ? Je ne sers plus à rien, à cause de ma jambe, et comme je dois dîner chez mon oncle, avec mes frères...

Ce fut un étonnement. Elle n'avait donc pas cédé ? Madame Aurélie hésita, parut sur le point de lui défendre de sortir, la voix brève et mécontente ; pendant que Clara haussait les épaules, pleine d'incrédulité : laissez donc ! c'était bien simple, il ne voulait plus d'elle ! Quand Pauline apprit ce dénouement, elle se trouvait devant les layettes, avec Deloche. La joie brusque du jeune homme la mit en colère : ça l'avançait à grand'chose, n'est-ce pas ? il était peut-être heureux que son amie fût assez sotte pour manquer sa fortune ?

Cependant, Denise descendit. Comme elle arrivait au bas du petit escalier de gauche, doucement, en s'appuyant à la rampe, elle tomba sur un groupe de vendeurs qui ricanaient. Son nom fut prononcé, elle sentit qu'on parlait encore de son aventure. On ne l'avait pas aperçue.

– Allons donc ! des manières ! disait Favier. C'est pétri de vice[1]... Oui, je connais quelqu'un qu'elle a voulu prendre de force.

Et il regardait Hutin, qui, pour conserver sa dignité de second●, se tenait à quatre pas, sans se mêler aux plaisanteries.

1. **C'est pétri de vice** : c'est une fille facile.

● **Grâce au départ de Robineau, Hutin a eu une promotion mais le chiffre de son rayon a baissé.**

Mais il fut si flatté de l'air d'envie dont les autres le considéraient, qu'il daigna murmurer :

– Ce qu'elle m'a embêté, celle-là !

Denise, frappée au cœur, se retint à la rampe. On dut la voir, tous se dispersèrent avec des rires. Il avait raison, elle s'accusait de ses ignorances d'autrefois, quand elle songeait à lui. Mais comme il était lâche et comme elle le méprisait, maintenant ! Un grand trouble l'avait saisie : n'était-ce pas étrange qu'elle eût trouvé tout à l'heure la force de repousser un homme adoré, lorsqu'elle se sentait si faible, jadis, devant ce misérable garçon, dont elle rêvait seulement l'amour ? Sa raison et sa vaillance sombraient dans ces contradictions de son être, où elle cessait de lire clairement. Elle se hâta de traverser le hall.

Puis, un instinct lui fit lever la tête, et elle aperçut Mouret. Il était toujours en haut de l'escalier, sur le grand palier central, dominant la galerie. Mais il avait oublié l'inventaire, il ne voyait pas son empire, ces magasins crevant de richesses. Tout avait disparu, les victoires bruyantes d'hier, la fortune colossale de demain. D'un regard désespéré, il suivait Denise, et quand elle eut passé la porte, il n'y eut plus rien, la maison devint noire.

XI

Bouthemont, ce jour-là, arriva le premier chez madame Desforges, au thé de quatre heures. Celle-ci se leva d'un air d'impatience, en disant :

– Eh bien ?

– Eh bien ! répondit le jeune homme, quand je lui ai dit que je monterais sans doute vous saluer, il m'a formellement promis de venir.

– Vous lui avez fait entendre que je comptais sur le baron, aujourd'hui ?

– Sans doute... C'est cela qui a paru le décider.

Ils parlaient de Mouret. L'année précédente, ce dernier s'était pris d'une brusque tendresse pour Bouthemont, au point de l'admettre dans ses plaisirs ; et même il l'avait introduit chez Henriette, heureux d'avoir un complaisant[1] à demeure, qui égayait un peu une liaison dont il se fatiguait. C'était ainsi que le premier à la soie avait fini par devenir le confident de son patron et de la jolie veuve : il faisait leurs petites commissions, causait de l'un avec l'autre, les raccommodait parfois. Henriette, dans les crises de sa jalousie, s'abandonnait à une intimité dont il restait surpris et embarrassé, car elle perdait ses prudences de femme du monde, mettant son art à sauver les apparences.

Elle s'écria violemment :

– Il fallait l'amener. J'aurais été sûre.

– Dame ! dit-il avec un rire bon garçon, ce n'est pas ma faute, s'il s'échappe toujours, à présent...

1. **Un complaisant** : un flatteur.

– Enfin, je vais attendre, reprit madame Desforges. Vous savez que cette fille doit être ici à cinq heures... Je veux les mettre en présence. Il faut que j'aie leur secret.

Et elle revint sur ce plan médité, elle répéta, dans sa fièvre, qu'elle avait fait prier madame Aurélie de lui envoyer Denise, pour voir un manteau qui allait mal. Quand elle tiendrait la jeune fille au fond de sa chambre, elle trouverait bien le moyen d'appeler Mouret ; et elle agirait ensuite.

Bouthemont, assis en face d'elle, la regardait de ses beaux yeux rieurs, qu'il tâchait de rendre graves.

– Voyons, se hasarda-t-il à dire, qu'est ce que ça peut vous faire, puisque je vous jure qu'il n'y a absolument rien entre eux ?

– Justement ! cria-t-elle, il l'aime, celle-là !... Je me moque des autres, de simples rencontres, des hasards d'un jour !

Elle parla de Clara avec dédain[1].

– C'est la faute de cette créature, répétait Henriette. Je sens qu'il se ruine avec d'autres, parce qu'elle le repousse....

Elle s'arrêta, étranglée, près d'éclater en larmes :

– Oh ! je me vengerai, murmura-t-elle, je me vengerai, s'il se conduit mal !

Bouthemont lui tenait les mains. Elle était encore belle. Ce serait seulement une maîtresse gênante, et il n'aimait guère ce genre-là. La chose pourtant méritait réflexion, il y aurait peut-être intérêt à risquer des ennuis.

– Pourquoi ne vous établissez-vous pas ? dit-elle tout d'un coup, en se dégageant.

Il demeura étonné. Puis, il répondit :

1. **Dédain** : mépris.

Mme Desforges propose à Bouthemont d'ouvrir son propre magasin. Elle espère ainsi se venger d'Octave Mouret.

– Mais il faudrait des fonds considérables... il faudrait des millions.

– Si on les trouvait ? dit simplement madame Desforges.

Il la regarda, subitement sérieux. N'était-ce qu'une parole de femme jalouse ? Mais elle ne lui laissa pas le temps de la questionner, elle ajouta :

– Enfin, vous savez combien je m'intéresse à vous... Nous en recauserons.

Le timbre[1] de l'antichambre avait retenti.

– C'est lui, murmura-t-elle.

Le domestique annonça :

– Monsieur Mouret, monsieur de Vallagnosc.

Elle ne put retenir un geste de colère. Pourquoi ne venait-il pas seul ? Il devait être allé chercher son ami, dans la crainte d'un tête-à-tête possible. Puis, elle eut un sourire, elle tendit la main aux deux hommes.

– Comme vous devenez rare !... Je dis cela aussi pour vous, monsieur de Vallagnosc.

Son désespoir était de grossir, elle se serrait dans des toilettes de soie noire, afin de dissimuler l'embonpoint qui montait. Pourtant, sa jolie tête, aux cheveux sombres, gardait sa finesse aimable. Et Mouret put lui dire familièrement, en l'enveloppant d'un regard :

– Il est inutile de vous demander de vos nouvelles... Vous êtes fraîche comme une rose.

– Oh ! je me porte trop bien, répondit-elle. Du reste, j'aurais pu mourir, vous n'en auriez rien su.

1. **Timbre** : sonnette.

Mouret eut un geste vague, sans répondre. Il venait d'apercevoir Bouthemont, il lui adressait un signe amical de la tête. Cependant, Henriette s'était assise de nouveau ; et, tout en écoutant Vallagnosc, qui lui annonçait la visite probable de madame de Boves, elle ne quittait pas Mouret des yeux. Celui-ci, redevenu muet, regardait les meubles, semblait chercher au plafond. Puis, comme elle se plaignait en riant de n'avoir plus que des hommes à son thé de quatre heures, il s'oublia jusqu'à lâcher cette phrase :

– Je croyais trouver le baron Hartmann.

Henriette avait pâli. Sans doute elle savait qu'il venait chez elle uniquement pour s'y rencontrer avec le baron ; mais il aurait pu ne pas lui jeter ainsi son indifférence à la face. Justement, la porte s'était ouverte, et le domestique se tenait debout derrière elle. Quand elle l'eut interrogé d'un mouvement de tête, il se pencha, il lui dit très bas :

– C'est pour ce manteau. Madame m'a recommandé de la prévenir... La demoiselle est là.

Alors, elle haussa la voix, de façon à être entendue. Toute sa souffrance jalouse se soulagea dans ces mots, d'une sécheresse méprisante :

– Qu'elle attende !

– Faut-il la faire entrer dans le cabinet de madame ?

– Non, non, qu'elle reste dans l'antichambre !

Presque aussitôt la porte se rouvrit, deux dames furent introduites.

– Imaginez-vous, dit madame Marty, je descendais de voiture, lorsque j'ai vu arriver madame de Boves sous les arcades.

– Oui, expliqua celle-ci, il fait beau, et comme mon médecin veut toujours que je marche...

Puis, après un échange général de poignées de mains, elle demanda à Henriette :

– Vous prenez donc une nouvelle femme de chambre ?

– Non, répondit celle-ci étonnée. Pourquoi ?

– C'est que je viens de voir dans l'antichambre une jeune fille…

Henriette l'interrompit en riant.

– N'est-ce pas ? toutes ces filles de boutique ont l'air de femmes de chambre… Oui, c'est une demoiselle[1] qui vient pour corriger un manteau.

Mouret la regarda fixement, effleuré d'un soupçon. Elle continuait avec une gaieté forcée, elle racontait qu'elle avait acheté cette confection au *Bonheur des Dames*, la semaine précédente.

– Tiens ! dit madame Marty, ce n'est donc plus Sauveur qui vous habille ?

– Si, ma chère, seulement j'ai voulu faire une expérience. Et puis, j'étais assez satisfaite d'un premier achat, d'un manteau de voyage… Mais, cette fois, ça n'a pas réussi du tout. Vous avez beau dire, on est fagotée[2], dans vos magasins. Oh ! je ne me gêne pas, je parle devant monsieur Mouret… Jamais vous n'habillerez une femme un peu distinguée.

– Vous avez l'air indisposé, monsieur Mouret, fit remarquer madame de Boves.

– Le travail ! répéta Vallagnosc avec son flegme[3] ironique.

Mouret s'était levé vivement, en homme désolé de s'oublier ainsi. Il prit sa place habituelle au milieu de ces dames, il retrouva toute sa grâce.

1. **Une demoiselle** : une vendeuse.
2. **Fagotée** : mal habillée.
3. **Flegme** : calme.

– Monsieur le baron Hartmann, annonça le domestique.

Henriette remarqua de quelle heureuse poignée de main Mouret accueillit le nouveau venu. Celui-ci salua ces dames, regarda le jeune homme de l'air fin qui éclairait par moments sa grosse figure alsacienne. Puis, en familier de la maison, il se permit d'ajouter :

– Il y a une bien charmante jeune fille, dans l'antichambre… Qui est-ce ?

– Oh ! personne, répondit madame Desforges de sa voix mauvaise. Une demoiselle de magasin qui attend.

Mais la porte restait entr'ouverte, le domestique servait le thé. Il sortait, rentrait de nouveau, et, chaque fois que la porte s'ouvrait, on apercevait un coin obscur de l'antichambre. Là, dans le noir, une forme sombre apparaissait, immobile et patiente. Denise se tenait debout. Depuis une demi-heure, elle était là, sans un geste, sans un mot ; ces dames et le baron l'avaient dévisagée au passage ; maintenant, les voix du salon lui arrivaient par bouffées légères ; et elle ne bougeait toujours pas. Brusquement, dans l'entrebâillement de la porte, elle reconnut Mouret. Lui, venait enfin de la deviner.

– Est-ce une de vos vendeuses ? demandait le baron Hartmann.

Mouret avait réussi à cacher son grand trouble. L'émotion fit seulement trembler sa voix.

– Sans doute, mais je ne sais pas laquelle.

– C'est la petite blonde des confections, se hâta de répondre madame Marty, celle qui est seconde, je crois.

Henriette le regardait à son tour.

– Ah ! dit-il simplement.

– Moi, dit madame de Boves, je ne connais pas de créatures plus désagréables… C'est à les gifler, des fois.

Et ces dames exhalèrent leur rancune. On se dévorait devant les comptoirs, la femme y mangeait la femme, dans une rivalité aiguë d'argent et de beauté. C'était une jalousie maussade des vendeuses contre les clientes bien mises[1], les dames dont elles s'efforçaient de copier les allures, et une jalousie encore plus aigre[2] des clientes mises pauvrement, des petites bourgeoises contre les vendeuses, ces filles vêtues de soie, dont elles voulaient obtenir une humilité de servante, pour un achat de dix sous.

– Laissez donc ! conclut Henriette, toutes des malheureuses à vendre, comme leurs marchandises !

Mouret eut la force de sourire. Henriette se taisait, semblait rêveuse, partagée entre le désir d'oublier davantage Denise dans l'antichambre, et la peur que Mouret, prévenu maintenant, ne s'en allât. Aussi finit-elle par quitter son fauteuil.

– Vous permettez ?

– Comment donc, ma chère ! dit madame Marty. Tenez ! je vais faire les honneurs de chez vous.

Elle se leva, prit la théière, emplit les tasses. Henriette s'était tournée vers le baron Hartmann.

– Vous restez bien quelques minutes ?

– Oui, j'ai à causer avec monsieur Mouret. Nous allons envahir votre petit salon.

Alors, elle sortit, et sa robe de soie noire, contre la porte, eut un frôlement de couleuvre, filant dans les broussailles.

Tout de suite, le baron manœuvra pour emmener Mouret, en abandonnant ces dames à Bouthemont et à Vallagnosc. Depuis longtemps, Mouret caressait le rêve de réaliser son ancien projet,

1. **Bien mises** : richement vêtues.
2. **Aigre** : vive.

l'envahissement de l'îlot entier par le *Bonheur des Dames*, de la rue Monsigny à la rue de la Michodière, et de la rue Neuve-Saint-Augustin à la rue du Dix-Décembre. Mais, jusque-là, il s'était heurté contre l'entêtement du Crédit Immobilier, qui tenait à sa première idée d'élever, le long du terrain en bordure, une concurrence au Grand-Hôtel. Les plans étaient prêts, on attendait seulement le déblaiement[1] de la rue du Dix-Décembre, pour creuser les fondations. Enfin, dans un dernier effort, Mouret avait presque convaincu le baron Hartmann.

– Eh bien ! commença celui-ci, nous avons eu hier un conseil, et je suis venu, pensant vous rencontrer et désireux de vous tenir au courant... Ils résistent toujours.

Le jeune homme laissa échapper un geste nerveux.

– Ce n'est pas raisonnable... Que disent-ils ?

– Mon Dieu ! ils disent ce que je vous ai dit moi-même, ce que je pense encore un peu... Votre façade n'est qu'un ornement, les nouvelles constructions n'agrandiraient que d'un dixième la superficie de vos magasins, et c'est jeter de bien grosses sommes dans une simple réclame[2].

Du coup, Mouret éclata.

– Une réclame ! une réclame !... En tout cas, celle-ci sera en pierre, et elle nous enterrera tous. Comprenez donc que ce sont nos affaires décuplées ! Je ne comprends plus... Est-ce que les chiffres ne sont pas là et ne démontrent pas la progression constante de notre vente ?

– Je sais, je sais... Mais vous n'espérez peut-être pas monter toujours ainsi ?

1. **Déblaiement** : fin des travaux, quand on enlève ce qui encombre encore la rue.
2. **Réclame** : publicité.

– Pourquoi pas ? dit Mouret naïvement. Il n'y a aucune raison pour que ça s'arrête. Le capital peut passer[1] quinze fois, voici longtemps que je le prédis. Même, dans certains rayons, il passera vingt-cinq et trente fois… Ensuite, eh bien ! ensuite, nous trouverons un truc pour le faire passer davantage.

– Alors, vous finirez par boire l'argent de Paris, comme on boit un verre d'eau ?

– Sans doute. Est-ce que Paris n'est pas aux femmes, et les femmes ne sont-elles pas à nous ?

Le baron lui posa les deux mains sur les épaules, le regarda d'un air paternel.

– Tenez ! vous êtes un gentil garçon, je vous aime… On ne peut pas vous résister. Nous allons piocher[2] l'idée sérieusement, et j'espère leur faire entendre raison. Jusqu'à présent, nous n'avons qu'à nous louer[3] de vous. Les dividendes[4] stupéfient la Bourse… Vous devez être dans le vrai, il vaut mieux mettre encore de l'argent dans votre machine, que de risquer cette concurrence au Grand-Hôtel, qui est hasardeuse.

Et, juste à ce moment, la porte de la chambre s'ouvrit. Mouret, qui allait répondre, eut un léger sursaut. C'était madame Desforges, l'air très gai, allongeant seulement la tête, appelant d'une voix pressée :

– Monsieur Mouret ! monsieur Mouret ! Oh ! messieurs, vous permettez, j'enlève monsieur Mouret pour une minute. C'est bien le moins, puisqu'il m'a vendu un manteau affreux, qu'il me prête ses lumières. Cette fille est une sotte qui n'a pas une idée… Voyons, je vous attends.

1. **Passer** : augmenter.
2. **Piocher** : creuser.
3. **Louer** : féliciter.
4. **Dividendes** : bénéfices.

Il hésitait, combattu, reculant devant la scène qu'il prévoyait. Mais il dut obéir. Le baron lui disait de son air paternel et railleur[1] à la fois :

– Allez, allez donc, mon cher. Madame a besoin de vous.

Alors, Mouret la suivit. Que pouvait inventer cette femme pour la torturer ? Et tout son amour, cet amour qui le surprenait encore, allait à la jeune fille, ainsi qu'un soutien et une consolation. Jamais il n'avait aimé ainsi, avec ce charme puissant dans la souffrance.

D'abord, ils traversèrent la chambre à coucher, silencieuse et vide. Puis, madame Desforges, poussant une porte, passa dans le cabinet, où Mouret entra derrière elle.

En entrant, Mouret avait trouvé Denise toute droite, au milieu de la vive lumière. Elle était très pâle, modestement serrée dans une jaquette[2] de cachemire, coiffée d'un chapeau noir ; et elle tenait, sur un bras, le manteau acheté au *Bonheur*. Lorsqu'elle vit le jeune homme, ses mains eurent un léger tremblement.

– Je veux que monsieur juge, reprit Henriette. Aidez-moi, mademoiselle.

Et Denise, s'approchant, dut lui remettre le manteau. Dans un premier essayage, elle avait posé des épingles aux épaules, qui n'allaient pas. Henriette se tournait, s'étudiait devant l'armoire.

– Est-ce possible ? Parlez franchement.

– En effet, madame, il est manqué, dit Mouret, pour couper court. C'est bien simple, mademoiselle va vous prendre mesure, et nous vous en ferons un autre.

1. **Railleur** : moqueur.
2. **Jaquette** : veste.

– Non, je veux celui-ci, j'en ai besoin tout de suite, reprit-elle avec vivacité. Seulement, il m'étrangle la poitrine, tandis qu'il fait une poche, là, entre les épaules.

Puis, de sa voix sèche :

– Quand vous me regarderez, mademoiselle, ça ne corrigera pas le défaut !... Cherchez, trouvez quelque chose. C'est votre affaire.

Denise, sans ouvrir la bouche, recommença à poser des épingles. Cela dura longtemps : il lui fallait passer d'une épaule à l'autre ; même elle dut un instant se baisser, s'agenouiller presque, pour tirer le devant du manteau. Au-dessus d'elle, s'abandonnant à ses soins, madame Desforges avait le visage dur d'une maîtresse difficile à contenter. Heureuse de rabaisser la jeune fille à cette besogne de servante, elle lui donnait des ordres brefs, en guettant sur la face de Mouret les moindres plis nerveux.

– Mettez une épingle ici. Eh ! non, pas là, ici, près de la manche. Vous ne comprenez donc pas ?... Ce n'est pas ça, voici la poche qui reparaît... Et prenez garde, vous me piquez maintenant !

– Voilà, madame, tout ce que je puis faire, dit enfin Denise en se relevant.

Elle se sentait à bout de forces. Henriette s'examinait devant la glace. De nouveau, elle éclata en paroles dures.

– C'est une plaisanterie, mademoiselle. Il va plus mal qu'auparavant... Regardez comme il me bride[1] la poitrine.

Alors, Denise, poussée à bout, eut une parole fâcheuse.

– Madame est un peu forte... Nous ne pouvons pourtant pas faire que madame soit moins forte.

1. **Bride** : serre.

– Forte, forte, répéta Henriette qui blémissait[1] à son tour. Voilà que vous devenez insolente, mademoiselle... En vérité, je vous conseille de juger les autres !

Toutes deux, face à face, frémissantes, se contemplaient. Il n'y avait désormais ni dame, ni demoiselle de magasin. Elles n'étaient plus que femmes, comme égalées dans leur rivalité.

– Ce qui m'étonne, reprit Henriette, c'est que monsieur Mouret tolère une pareille insolence... Je croyais, monsieur, que vous étiez plus difficile pour votre personnel.

Denise avait retrouvé son calme brave. Elle répondit doucement :

– Si monsieur Mouret me garde, c'est qu'il n'a rien à me reprocher... Je suis prête à vous faire des excuses, s'il l'exige.

Mouret écoutait, saisi par cette querelle, ne trouvant pas la phrase pour en finir. Henriette voulait lui arracher un mot qui condamnât la jeune fille ; et, comme il restait muet, partagé encore, elle le fouetta d'une dernière injure.

– C'est bien, monsieur, s'il faut que je souffre chez moi les insolences de vos maîtresses !... Une fille ramassée dans quelque ruisseau ●.

Deux grosses larmes jaillirent des yeux de Denise. Elle les retenait depuis longtemps ; mais tout son être défaillait sous l'insulte. Quand il la vit pleurer ainsi, sans répondre par une violence, d'une dignité muette et désespérée, Mouret n'hésita plus, son cœur allait vers elle, dans une tendresse immense. Il lui prit les mains, il balbutia :

– Partez vite, mon enfant, oubliez cette maison.

Henriette, pleine de stupeur, étranglée de colère, les regardait.

1. **Blémissait** : pâlissait.

● **Mme Desforges sous-entend que Denise est une prostituée.**

– Attendez, continua-t-il en pliant lui-même le manteau, remportez ce vêtement. Madame en achètera un autre ailleurs... Et ne pleurez plus, je vous en prie. Vous savez quelle estime j'ai pour vous.

Il l'accompagna jusqu'à la porte, qu'il referma ensuite. Elle n'avait pas prononcé une parole ; seulement, une flamme rose était montée à ses joues, tandis que ses yeux se mouillaient de nouvelles larmes, d'une douceur délicieuse.

Henriette, qui suffoquait, avait tiré son mouchoir et s'en écrasait les lèvres.

– Alors, c'est cette fille que vous aimez ? dit-elle péniblement, quand ils furent seuls.

– Oui, madame.

Il la regarda quelques secondes, immobile. Puis, tranquillement, il s'en alla. Elle, toute seule, pleurait dans le silence, devant les épingles semées sur la toilette et sur le parquet.

XII

Ce fut le 25 septembre que commencèrent les travaux de la nouvelle façade du *Bonheur des Dames*. Le baron Hartmann, selon sa promesse, avait enlevé l'affaire, dans la dernière réunion générale du Crédit Immobilier. Et Mouret touchait enfin à la réalisation de son rêve : cette façade qui allait grandir sur la rue du Dix-Décembre, était comme l'épanouissement même de sa fortune. Aussi voulut-il fêter la pose de la première pierre. Il en fit une cérémonie, distribua des gratifications[1] à ses vendeurs, leur donna le soir du champagne. On remarqua son humeur joyeuse sur le chantier, le geste victorieux dont il scella la pierre, d'un coup de truelle. Depuis des semaines, il était inquiet, agité d'un tourment nerveux, qu'il ne parvenait pas toujours à cacher ; et son triomphe apportait un répit, une distraction dans sa souffrance. Toute l'après-midi, il sembla revenu à sa gaieté d'homme bien portant. Mais, dès le dîner, lorsqu'il traversa le réfectoire pour boire un verre de champagne avec son personnel, il reparut fiévreux, souriant d'un air pénible, les traits tirés par le mal inavoué qui le rongeait. Il était repris.

Le lendemain, aux confections, Clara Prunaire essaya d'être désagréable à Denise. Elle avait remarqué l'amour transi de Colomban, elle eut l'idée de plaisanter les Baudu.

– Vous savez, mon amoureux d'en face… Il finit par me chagriner dans cette boutique noire, où il n'entre jamais personne.

– Il n'est pas si malheureux, répondit Marguerite, il doit épouser la fille du patron.

1. **Gratifications** : primes.

– Tiens ! reprit Clara, ce serait drôle de l'enlever alors !... Je vais en faire la blague, parole d'honneur !

Et elle continua, heureuse de sentir Denise révoltée.

– Mademoiselle Prunaire, vous feriez mieux de vous occuper de cette dame que de causer.

– Je ne causais pas.

– Veuillez vous taire, je vous prie. Et occupez-vous de madame tout de suite.

Clara se résigna, domptée. Lorsque Denise faisait acte de force, sans élever le ton, pas une ne résistait. Elle avait conquis une autorité absolue, par sa douceur même.

– Vous vous fâchez ? dit une voix derrière Denise.

C'était Pauline qui traversait le rayon. Elle avait vu la scène, elle parlait bas, en souriant.

– Mais il le faut bien, répondit de même Denise. Je ne puis venir à bout de mon petit monde.

La lingère haussa les épaules.

– Laissez donc, vous serez notre reine à toutes, quand vous voudrez... Dites donc, s'il m'arrivait malheur, vous parleriez pour moi ? Oui, oui, ne prenez pas votre air étonné, on sait qu'un mot de vous révolutionnerait la maison.

Et elle se hâta de rentrer à son comptoir. Denise avait rougi, troublée de ces allusions amicales. C'était vrai, du reste. Elle avait la sensation vague de sa puissance, aux flatteries qui l'entouraient. Le règne de Denise commençait.

Pourtant, des histoires circulaient, il y avait un courant de commérages abominables, sous les flatteries et le respect que Denise sentait monter autour d'elle. La maison entière, à cette heure, racontait qu'elle avait eu jadis Hutin pour amant ; on n'osait jurer que la liaison continuât, seulement on les soupçonnait de se revoir, de loin en loin. Et Deloche aussi couchait avec elle : ils se retrouvaient sans cesse dans les coins noirs, ils causaient pendant des heures. Un véritable scandale !

Mouret, cependant, vivait dans l'angoisse. Était-ce possible ? cette enfant le torturait à ce point ! Toujours il la revoyait arrivant au *Bonheur*, avec ses gros souliers, sa mince robe noire, son air sauvage. Elle bégayait, tous se moquaient d'elle, lui-même l'avait trouvée laide d'abord. Laide ! et, maintenant, elle l'aurait fait mettre à genoux d'un regard !

Désormais, ses journées s'écoulaient dans la même obsession douloureuse. L'image de Denise se levait avec lui. Il avait rêvé d'elle la nuit, elle le suivait devant le grand bureau de son cabinet, où il signait les traites et les mandats[1], de neuf à dix heures : besogne qu'il accomplissait machinalement, sans cesser de la sentir présente, disant toujours non de son air tranquille. Puis, à dix heures, c'était le conseil, un véritable conseil des ministres, une réunion des douze intéressés ● de la maison, qu'il lui fallait présider : on discutait les questions d'ordre intérieur, on examinait les achats, on arrêtait les étalages ; et elle était encore là, il entendait sa voix douce au milieu des chiffres, il voyait son clair sourire dans les situations financières les plus compliquées. Après le conseil, elle l'accompagnait, faisait avec lui l'inspection quotidienne des comptoirs, revenait l'après-midi dans le cabinet de la direction, restait près de son fauteuil de deux à quatre, pendant qu'il recevait toute une foule, les fabricants de la France entière, de hauts industriels, des banquiers, des inventeurs : va-et-vient continu de la richesse et de

1. **Les traites et les mandats :** les factures et les chèques.

● **Par rapport au début du roman, le nombre des intéressés a doublé.**

l'intelligence, danse affolée des millions, entretiens rapides où l'on brassait les plus grosses affaires du marché de Paris. S'il l'oubliait une minute en décidant de la ruine ou de la prospérité d'une industrie, il la retrouvait debout, à un élancement de son cœur ; sa voix expirait, il se demandait à quoi bon cette fortune remuée, puisqu'elle ne voulait pas. Enfin, lorsque sonnaient cinq heures, il devait signer le courrier, le travail machinal de sa main recommençait, pendant qu'elle se dressait plus dominatrice, le reprenant tout entier, pour le posséder à elle seule, durant les heures solitaires et ardentes[1] de la nuit. Et, le lendemain, la même journée recommençait, ces journées si actives, si pleines d'un colossal labeur, que l'ombre fluette d'une enfant suffisait à ravager d'angoisse.

Mais les souffrances de Mouret devaient grandir. Il devint jaloux. Un matin, dans le cabinet, avant le conseil, Bourdoncle osa lui faire entendre que cette petite fille des confections se moquait de lui.

– Comment ça ? demanda-t-il très pâle.

– Eh oui ! elle a des amants ici même.

Mouret eut la force de sourire.

– Je ne songe plus à elle, mon cher. Vous pouvez parler... Qui donc, des amants ?

– Hutin, assure-t-on, et encore un vendeur des dentelles, Deloche, ce grand garçon bête... Je n'affirme rien, je ne les ai pas vus. Seulement, il paraît que ça crève les yeux.

Il y eut un silence. Mouret affectait de ranger des papiers sur son bureau, pour cacher le tremblement de ses mains. Enfin, il dit sans lever la tête :

1. **Ardentes** : chaudes.

– Il faudrait des preuves, tâchez de m'apporter des preuves… Oh ! pour moi, je vous le répète, je m'en moque, car elle a fini par m'agacer. Mais nous ne pourrions tolérer des choses pareilles chez nous.

Bourdoncle répondit simplement :

– Soyez tranquille, vous aurez des preuves un de ces jours. Je veille.

Alors, Mouret acheva de perdre toute tranquillité. Il n'eut plus le courage de revenir sur cette conversation, il vécut dans la continuelle attente d'une catastrophe, où son cœur resterait broyé.

Un matin, comme Mouret traversait la soie, il s'arrêta, surpris de voir Favier en train de modifier les étiquettes de tout un solde de velours noir.

– Pourquoi baissez-vous les prix ? demanda-t-il. Qui vous en a donné l'ordre ?

– Mais c'est monsieur Hutin, monsieur.

– Monsieur Hutin !… Où est donc monsieur Hutin ?

Et, lorsque celui-ci fut remonté de la réception, où un vendeur était descendu le chercher, une explication vive s'engagea. Comment ! il baissait maintenant les prix de lui-même !

– Entendez-vous ! monsieur Hutin, cria Mouret, je n'ai jamais toléré ces tentatives d'indépendance… Nous seuls décidons de la marque[1].

– Monsieur, répétait Hutin, je comptais vous soumettre cette baisse… Elle est nécessaire, vous le savez, car ces velours n'ont pas réussi.

Mouret voulut couper court, par une dernière dureté.

1. **Marque** : prix indiqué.

– C'est bien, monsieur, nous examinerons l'affaire... Et ne recommencez pas, si vous tenez à la maison.

Il tourna le dos. Hutin, étourdi, furieux, ne trouvant que Favier pour vider son cœur, lui jura qu'il allait flanquer sa démission à la tête de cette brute-là.

Deux jours plus tard, comme Hutin était monté à l'atelier des confections, en haut, sous les toits, pour recommander lui-même une ouvrière, il eut un léger sursaut, en apercevant, au bout d'un couloir, Denise et Deloche accoudés devant une fenêtre ouverte, si enfoncés dans une conversation intime, qu'ils ne tournèrent pas la tête. L'idée de les faire surprendre lui vint brusquement, lorsqu'il s'aperçut que Deloche pleurait. Alors, il se retira sans bruit ; et, dans l'escalier, ayant rencontré Bourdoncle et Jouve, il leur conta une histoire, un des extincteurs dont la porte semblait arrachée ; de cette façon, ils monteraient, ils tomberaient sur les deux autres. Bourdoncle les découvrit le premier. Il s'arrêta net, dit à Jouve d'aller chercher le directeur, pendant que lui resterait là.

Plusieurs fois déjà, Denise avait trouvé Deloche qui l'attendait. Comme seconde, elle était chargée des rapports du rayon avec l'atelier, où l'on ne faisait d'ailleurs que les modèles et les retouches ; et, à toute heure, elle montait, pour donner des ordres. Il la guettait, inventait un prétexte, filait derrière elle ; puis, il affectait la surprise, quand il la rencontrait, à la porte des confectionneuses. Elle avait fini par en rire, c'étaient comme des rendez-vous acceptés.

Justement, ce jour-là, Deloche parlait de Valognes.

– J'avais six ans, ma mère m'emmenait dans une carriole au marché de la ville. Vous savez qu'il y a treize bons kilomètres, il fallait partir de Briquebec à cinq heures... C'est très beau, par chez nous. Est-ce que vous connaissez ?

– Oui, oui, répondait lentement Denise, les regards au loin. J'y suis allée une fois, mais j'étais bien petite...

Et leurs voix défaillaient, ils demeuraient les yeux fixés et perdus sur le lac ensoleillé des vitres.

– Mon Dieu ! mademoiselle Denise, balbutia Deloche, pourquoi n'êtes-vous pas plus gentille ?... Moi qui vous aime tant !

Des larmes lui étaient montées aux yeux et comme elle voulait l'interrompre d'un geste, il continua vivement :

– Non, laissez-moi vous dire ces choses une fois encore... Nous nous entendrions si bien ensemble ! On a toujours à causer, quand on est du même pays.

Il suffoqua, elle put enfin dire doucement :

– Vous n'êtes pas raisonnable, vous m'aviez promis de ne plus parler de cela... C'est impossible. J'ai beaucoup d'amitié pour vous, parce que vous êtes un brave garçon ; mais je veux rester libre.

– Pardonnez-moi, murmurait-il. C'est fini maintenant, je serais trop malheureux, si vous me punissiez en reprenant votre amitié... Je vous jure que je voulais vous dire autre chose. Oui, je m'étais promis de comprendre la situation, d'être bien sage...

Ses larmes coulaient, il tâchait d'affermir sa voix.

– Car, enfin, je connais mon lot[1] dans l'existence. Ce n'est pas maintenant que la chance peut tourner. Battu là-bas, battu à Paris, battu partout. Voici quatre ans que je suis ici, et je reste le dernier du rayon... Alors, je voulais vous dire de ne pas avoir de la peine à cause de moi. Je ne vous ennuierai plus. Tâchez d'être heureuse, aimez-en un autre ; oui, ça me fera plaisir. Si vous êtes heureuse, je serai heureux... Ce sera mon bonheur.

1. **Lot** : sort.

Il ne put continuer. Comme pour sceller sa promesse, il avait posé les lèvres sur la main de la jeune fille, qu'il baisait d'un humble baiser d'esclave. Elle était très touchée, elle dit simplement, avec une fraternité attendrie, qui atténuait la pitié des mots :

– Mon pauvre garçon !

Mais ils tressaillirent, ils se tournèrent. Mouret était devant eux.

– Mademoiselle, veuillez me suivre, dit-il d'une voix dure.

Elle le suivit, ils descendirent deux étages, traversèrent les rayons des meubles et des tapis, sans dire un mot. Quand il fut devant son cabinet, il ouvrit la porte toute grande.

– Entrez, mademoiselle.

Et il referma la porte, il marcha jusqu'à son bureau.

– Mademoiselle, dit-il enfin, en tâchant de garder une sévérité froide, il y a des choses que nous ne pouvons tolérer... La bonne conduite est ici de rigueur...

Il s'arrêtait, cherchait les mots, pour ne pas céder à la colère qui lui montait des entrailles.

– J'ai été très bon pour vous, mademoiselle, continua-t-il, en faisant un nouvel effort. Je ne m'attendais guère à être récompensé de cette façon.

– En effet, monsieur, répondit-elle doucement, j'ai eu tort de m'arrêter à causer, et je vous demande pardon de cette faute... Ce jeune homme est de mon pays...

– Je le chasse ! cria Mouret, qui mit toute sa souffrance dans ce cri furieux.

Et, bouleversé, sortant de son rôle de directeur sermonnant[1] une vendeuse coupable d'une infraction au règlement, il se

1. **Sermonnant** : grondant.

répandit en paroles violentes. N'avait-elle pas de honte ? une jeune fille comme elle s'abandonner à un être pareil ! et il en vint à des accusations atroces, il lui reprocha Hutin, d'autres encore, dans un tel flot de paroles, qu'elle ne pouvait même se défendre.

– Oui, vos amants !... On me le disait bien, et j'étais assez bête pour en douter...

Denise, suffoquée, étourdie, écoutait ces affreux reproches. À un mot plus dur, elle se dirigea vers la porte, silencieusement. Et, sur un geste qu'il fit pour l'arrêter :

– Laissez, monsieur, je m'en vais... Si vous croyez ce que vous dites, je ne veux pas rester une seconde de plus dans la maison.

Mais il se précipita devant la porte.

– Défendez-vous, au moins !... Dites quelque chose !

Elle restait toute droite, dans un silence glacé. Il eut une explosion suprême de douleur.

– Mon Dieu ! je vous aime, je vous aime... Pourquoi prenez-vous plaisir à me martyriser ainsi ? Vous voyez bien que plus rien n'existe, que les gens dont je vous parle ne me touchent que par vous, que c'est vous seule maintenant qui importez dans le monde... Je vous ai crue jalouse et j'ai sacrifié mes plaisirs. On vous a dit que j'avais des maîtresses ; eh bien ! je n'en ai plus, c'est à peine si je sors. Ne vous ai-je pas préférée, chez cette dame ? n'ai-je pas rompu pour être à vous seule ? J'attends encore un remerciement, un peu de gratitude... Et, si vous craignez que je retourne chez elle, vous pouvez être tranquille : elle se venge, en aidant un de nos anciens commis à fonder une maison rivale... Dites, faut-il que je me mette à genoux, pour toucher votre cœur ?

Il en était là. Lui qui ne tolérait pas une peccadille[1] à ses vendeuses, qui les jetait sur le pavé[2] au moindre caprice, se trouvait

1. **Pécadille** : faute très légère.
2. **Sur le pavé** : à la rue.

réduit à supplier une d'elles de ne pas partir, de ne pas l'abandonner dans sa misère.

– Dites, dois-je me mettre à genoux, répéta-t-il, la gorge étranglée de larmes contenues.

Elle l'arrêta de la main, ne pouvant plus elle-même cacher son trouble, profondément remuée par cette passion souffrante.

– Vous avez tort de vous faire de la peine, monsieur, répondit-elle enfin. Je vous jure que ces vilaines histoires sont des mensonges… Ce pauvre garçon de tout à l'heure est aussi peu coupable que moi.

– C'est bien, je vous crois, murmura-t-il, je ne renverrai aucun de vos camarades, puisque vous prenez tout ce monde sous votre protection… Mais alors pourquoi me repoussez-vous, si vous n'aimez personne ?

Une gêne soudaine, une pudeur inquiète s'empara de la jeune fille.

– Vous aimez quelqu'un, n'est-ce pas ? reprit-il d'une voix tremblante. Oh ! vous pouvez le dire, je n'ai aucun droit sur vos tendresses… Vous aimez quelqu'un ?

– Oui, finit-elle par avouer faiblement. Je vous en prie, monsieur, laissez-moi, vous me faites du chagrin.

À son tour, elle souffrait. Quand il lui parlait ainsi, quand elle le voyait si ému, si bouleversé, elle ne savait plus pourquoi elle se refusait. Elle serait tombée aux bras de cet homme, la chair prise, le cœur séduit, si elle n'avait éprouvé une révolte, presque une répulsion devant le don définitif de son être, jeté à l'inconnu du lendemain●.

● Denise est amoureuse de Mouret, mais refuse de lui céder, de peur de perdre son indépendance.

Cependant, Mouret avait eu un geste de mêrne découragement. Il ne comprenait pas.

– Je ne vous retiens plus, mademoiselle, je ne puis vous garder malgré vous.

– Mais je ne demande pas à m'en aller, répondit-elle en souriant. Si vous me croyez honnête, je reste... On doit toujours croire les femmes honnêtes, monsieur. Il y en a beaucoup qui le sont, je vous assure.

– Vous savez que je vous appartiens, murmura-t-il pour conclure. Faites de moi ce qu'il vous plaira.

Alors, elle reprit avec gaieté :

– C'est cela, monsieur. L'avis d'une femme, si humble qu'elle soit, est toujours utile à écouter, quand elle a un peu d'intelligence... Je ne ferai de vous qu'un brave homme, allez ! si vous vous remettez entre mes mains.

Elle plaisantait, de son air simple qui avait tant de charme. Il eut à son tour un faible sourire, il la reconduisit jusqu'à la porte, comme une dame.

Le lendemain, Denise était nommée première. La direction avait dédoublé le rayon des robes et costumes, en créant spécialement en sa faveur un rayon de costumes pour enfants, qui fut installé près du comptoir des confections.

Si l'on clabaudait[1] toujours, par cette démangeaison de langue qui ravage toute réunion d'hommes et de femmes, on s'inclinait très bas, jusqu'à terre. Cependant, Denise avait le triomphe paisible et charmant. Elle était touchée de ces marques de considération, elle voulait y voir une sympathie pour la misère de ses débuts et le succès final de son long courage.

1. **Clabaudait** : critiquait.

Elle ne montra une invincible répulsion que pour Clara, car elle avait appris que cette fille s'était amusée, comme elle en annonçait en plaisantant le projet, à mener un soir Colomban chez elle ; et le commis, emporté par sa passion enfin satisfaite, découchait maintenant, tandis que la triste Geneviève agonisait. On en causait au *Bonheur*, on trouvait l'aventure drôle. Mais ce chagrin, le seul qu'elle eût au dehors, n'altérait pas l'humeur égale de Denise.

Maintenant, il lui arrivait d'avoir de longues conversations amicales avec Mouret. Quand elle devait se rendre à la direction pour prendre des ordres ou pour donner un renseignement, il la retenait à causer, il aimait l'entendre. C'était ce qu'elle appelait en riant « faire de lui un brave homme ». Dans sa tête raisonneuse et avisée de Normande, poussaient toutes sortes de projets. Elle ne pouvait s'occuper d'une chose, voir fonctionner

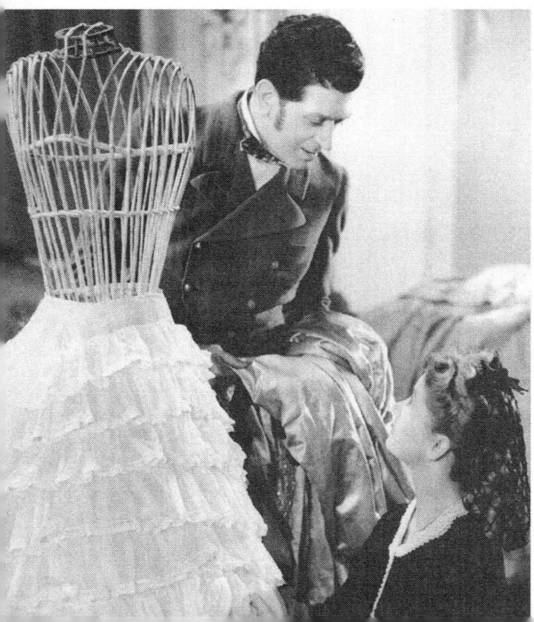

Albert Préjean et Blanchette Brunoy dans Au Bonheur des Dames, *film d'André Cayatte, 1943.*

une besogne, sans être travaillée du besoin de mettre de l'ordre, d'améliorer le mécanisme. Ainsi, depuis son entrée au *Bonheur des Dames*, elle était surtout blessée par le sort précaire des commis ; les renvois brusques la soulevaient, elle les trouvait maladroits et iniques[1], nuisibles à tous, autant à la maison qu'au personnel. Et elle plaidait la cause des rouages de la machine, non par des raisons sentimentales, mais par des arguments tirés de l'intérêt même des patrons. Quand on veut une machine solide, on emploie du bon fer ; si le fer casse ou si on le casse, il y a un arrêt de travail, des frais répétés de mise en train, toute une déperdition de force●. Mouret alors était ébranlé, séduit, par cette voix jeune, encore frémissante des maux endurés, si convaincue, lorsqu'elle indiquait des réformes qui devaient consolider la maison ; et le sort des vendeurs était amélioré peu à peu, on remplaçait les renvois en masse par un système de congés accordés aux mortes saisons, enfin on allait créer une caisse de secours mutuel[2], qui mettrait les employés à l'abri des chômages forcés, et leur assurerait une retraite.

Alors, un nouveau mouvement d'opinion se fit en faveur de Denise. On n'ignorait pas les douceurs qu'on lui devait, on l'admirait pour la force de sa volonté. En voilà une, au moins, qui mettait le pied sur la gorge du patron, et qui les vengeait tous, et qui savait tirer de lui autre chose que des promesses !

Une des grandes joies de Denise, dans sa faveur, fut de pouvoir être utile à Pauline. Celle-ci était enceinte, et elle tremblait, car deux vendeuses, en quinze jours, avaient dû partir au

1. **Iniques** : injustes.
2. **Caisse de secours mutuel** : sorte d'assurance.

● **Denise encourage Mouret à améliorer les conditions de vie de ses employés, au nom de l'intérêt du magasin : s'ils sont plus heureux, ils travailleront mieux.**

septième mois de leur grossesse. La direction ne tolérait pas ces accidents-là, la maternité était supprimée comme encombrante et indécente ; à la rigueur, on permettait le mariage, mais on défendait les enfants. Pauline, afin de retarder un renvoi probable, se serrait à étouffer, résolue de cacher ça tant qu'elle pourrait. Une des deux vendeuses congédiées venait justement d'accoucher d'un enfant mort, pour s'être torturé ainsi la taille ; on désespérait de la sauver elle-même. Cependant, Bourdoncle regardait le teint de Pauline se plomber, tandis qu'il lui trouvait une raideur pénible dans la démarche. Un matin, il était près d'elle, quand un garçon de magasin, qui enlevait un paquet, la heurta d'un tel coup, qu'elle porta les deux mains à son ventre, en poussant un cri. Tout de suite, il l'emmena, la confessa, soumit au conseil la question de son renvoi, sous le prétexte qu'elle avait besoin du bon air de la campagne : l'histoire du coup allait se répandre, l'effet serait désastreux sur le public, si elle faisait une fausse couche, comme il y en avait eu déjà une aux layettes, l'année précédente. Mouret, qui n'assistait pas à ce conseil, ne put donner son avis que le soir. Mais Denise avait eu le temps d'intervenir, et il ferma la bouche de Bourdoncle au nom des intérêts mêmes de la maison. On voulait donc ameuter les mères, froisser[1] les jeunes accouchées de la clientèle ? Il fut décidé que toute vendeuse mariée qui deviendrait enceinte, serait mise chez une sage-femme spéciale, dès que sa présence au comptoir blesserait les bonnes mœurs.

Le lendemain, lorsque Denise monta voir à l'infirmerie Pauline, qui avait dû s'aliter à la suite du coup reçu, celle-ci l'embrassa violemment sur les deux joues.

1. **Froisser** : vexer.

– Que vous êtes gentille ! Sans vous, ils me jetaient dehors... Et ne vous inquiétez pas, le médecin affirme que ce ne sera rien.

Et les confidences, les paroles tendres et chuchotées vinrent tout de suite.

– Il fait donc quand même ce que vous voulez ?... Comme vous êtes dure, de lui causer tant de peine ! Voyons, expliquez-moi ça, puisque j'ose aborder ce sujet. Vous le détestez ?

Denise, gagnée par une soudaine émotion, les joues envahies de rougeur, eut une faiblesse, à cette question directe et inattendue. Son secret lui échappa :

– Je l'aime !

Pauline restait stupéfaite.

– Comment ! vous l'aimez ? Mais, c'est bien simple : dites oui.

Denise, le visage caché, répondait non, d'un branle[1] énergique de la tête.

– Alors, tout ça, c'est pour en arriver à ce qu'il vous épouse ?

– Lui m'épouser ! oh ! non, oh ! je vous jure que je n'ai jamais voulu une pareille chose !... Non, jamais un tel calcul n'est entré dans ma tête, et vous savez que j'ai horreur du mensonge !

– Dame ! ma chère, reprit doucement Pauline, vous auriez l'idée de vous faire épouser, que vous ne vous y prendriez pas autrement... Il faudra bien que ça finisse, et il n'y a encore que le mariage, puisque vous ne voulez point de l'autre affaire... Écoutez, je dois vous prévenir que tout le monde a la même pensée : oui, on est persuadé que vous lui tenez la dragée haute[2] pour le mener devant monsieur le maire... Mon Dieu ! quelle drôle de femme vous êtes !

1. **Branle** : mouvement.
2. **Vous lui tenez la dragée haute** : vous lui résistez.

Et elle dut consoler Denise, qui était retombée la tête sur le traversin, sanglotant, répétant qu'elle finirait par s'en aller, puisqu'on lui prêtait sans cesse toutes sortes d'histoires, qui ne pouvaient seulement lui entrer dans le crâne. Sans doute, quand un homme aimait une femme, il devait l'épouser. Mais elle ne demandait rien, elle ne calculait rien, elle suppliait seulement qu'on la laissât vivre tranquille, avec ses chagrins et ses joies, comme tout le monde. Elle s'en irait.

À la même minute, en bas, Mouret traversait les magasins. Il avait voulu s'étourdir[1], en visitant les travaux une fois encore. Des mois s'étaient écoulés, la façade dressait maintenant ses lignes monumentales, derrière la vaste chemise de planches qui la cachait au public. Du matin au soir, le long de la rue du Dix-Décembre, ouverte depuis peu, stationnaient une foule de badauds[2], le nez en l'air, ne voyant rien, mais préoccupés des merveilles qu'on se racontait de cette façade, dont l'inauguration allait révolutionner Paris. Et c'était sur ce chantier enfiévré de travail, au milieu des artistes achevant la réalisation de son rêve, commencée par les maçons, que Mouret venait de sentir plus amèrement que jamais la vanité de sa fortune. La pensée de Denise lui avait brusquement serré la poitrine, cette pensée qui, sans relâche, le traversait d'une flamme, comme l'élancement d'un mal inguérissable.

Lorsque Mouret rentra dans son cabinet, il étouffait de sanglots contenus. Que voulait-elle donc ? il n'osait plus lui offrir de l'argent, l'idée confuse d'un mariage se levait, au milieu de ses révoltes de jeune veuf. Et, dans l'énervement de son impuissance, ses larmes coulèrent. Il était malheureux.

1. **S'étourdir** : se changer les idées.
2. **Badauds** : curieux.

XIII

Un matin de novembre, Denise donnait les premiers ordres à son rayon, lorsque la bonne des Baudu vint lui dire que mademoiselle Geneviève avait passé une bien mauvaise nuit, et qu'elle voulait voir sa cousine tout de suite. Depuis quelque temps, la jeune fille s'affaiblissait de jour en jour, et elle avait dû s'aliter l'avant-veille.

– Dites que je descends à l'instant, répondit Denise, très inquiète.

Le coup qui achevait Geneviève, était la disparition brusque de Colomban. D'abord, plaisanté par Clara, il avait découché ; puis, cédant à la folie de désir des garçons sournois et chastes, devenu le chien obéissant de cette fille, il n'était pas rentré un lundi, il avait simplement écrit à son patron une lettre d'adieu, faite avec des phrases soignées d'homme qui se suicide. Peut-être, au fond de ce coup de passion, aurait-on trouvé aussi le calcul rusé d'un garçon ravi de renoncer à un mariage désastreux ; la maison de draperie se portait aussi mal que sa future, l'heure était bonne de rompre par une sottise. Et tout le monde le citait comme une victime fatale de l'amour.

Lorsque Denise arriva au *Vieil Elbeuf*, madame Baudu s'y trouvait seule.

– Qu'y a-t-il ? demanda vivement Denise. Est-ce que Geneviève est en danger ?

Madame Baudu ne répondit pas tout de suite. Ses yeux s'emplirent de larmes. Puis, elle balbutia :

– Je ne sais rien, on ne me dit rien... Ah ! c'est fini, c'est fini...

Et ses regards noyés faisaient le tour de la boutique sombre, comme si elle eût senti sa fille et la maison partir ensemble.

– Le père est là-haut, reprit madame Baudu de sa voix brisée. Nous y passons deux heures chacun ; il faut bien que quelqu'un garde ici, oh ! seulement par précaution, car en vérité...

– Alors, je monte, ma tante, dit Denise dont le cœur se serrait, dans ce désespoir résigné que les pièces de drap exhalaient elles-mêmes.

– Oui, monte, monte vite, ma fille... Elle t'attend, elle t'a demandée toute la nuit. C'est quelque chose qu'elle veut te dire.

Mais, juste à ce moment, Baudu descendit. La bile tournée verdissait son visage jaune, où ses yeux se tachaient de sang. Il gardait le pas étouffé dont il venait de quitter la chambre, il murmura, comme si on avait pu l'entendre d'en haut :

– Elle dort. Tu la verras tout à l'heure... Quand elle dort, il nous semble qu'elle est guérie.

Le silence régna.

– Allons, c'est la fin, reprit-il. Ils nous ont tué notre commerce, et voilà qu'une de leurs coquines nous tue notre fille.

Personne ne parla plus. Le roulement des voitures, qui ébranlait par instants les dalles, passait comme une batterie funèbre de tambours, dans l'air immobile, étouffé sous le plafond bas. Et, au milieu de cette morne tristesse des vieilles boutiques agonisantes, on entendit des coups sourds, frappés quelque part, dans la maison. C'était Geneviève qui venait de se réveiller et qui tapait avec un bâton, laissé près d'elle.

– Montons vite, dit Baudu, se levant en sursaut. Tâche de rire, il ne faut pas qu'elle sache.

Lui-même, dans l'escalier, se frottait rudement les yeux, pour effacer la trace de ses larmes. Dès qu'il eut ouvert la porte, au premier étage, on entendit une faible voix, une voix éperdue, criant :

– Oh ! je ne veux pas être seule... Oh ! ne me laissez pas seule... Oh ! j'ai peur d'être seule...

Puis, quand elle aperçut Denise, Geneviève se calma, eut un sourire de joie.

– Vous voilà donc !... Comme je vous ai attendue, depuis hier ! Je croyais déjà que vous m'abandonniez, vous aussi !

– Je suis venue tout de suite... Si je pouvais vous être utile ? Vous me demandiez... Voulez-vous que je reste ?

Les regards de Geneviève se tournaient obstinément vers son père, qui demeurait debout, l'air hébété, la gorge étranglée. Il finit par comprendre, il se retira, sans prononcer un mot, et l'on entendit son pas descendre pesamment les marches.

– Dites-moi, il est avec cette femme ? demanda la malade tout de suite, en saisissant la main de sa cousine, qu'elle fit asseoir au bord de la couchette. Oui, j'ai voulu vous voir, il n'y a que vous pour me dire... N'est-ce pas, ils vivent ensemble ?

Denise, dans la surprise de ces questions, balbutia, dut avouer la vérité, les bruits qui couraient au magasin.

– Si vous l'aimez tant, il peut vous revenir encore, continua la jeune fille, pour endormir la mourante dans ce dernier espoir. Guérissez vite, il reconnaîtra ses fautes, il vous épousera.

– Non, laissez, je sais bien que c'est fini... Je ne dis rien, parce que j'entends papa pleurer, et que je ne veux pas rendre maman plus malade. Seulement, je m'en vais, voyez-vous, et si je vous appelais cette nuit, c'était par crainte de m'en aller avant le jour... Mon Dieu ! quand on pense qu'il n'est pas même heureux !

Toutes deux se turent. Elles se regardaient de nouveau, ne trouvant plus une phrase. Ce fut Geneviève qui reprit :

– Allons, ne restez pas là, vous avez vos affaires. Et merci, j'étais tourmentée du besoin de savoir ; maintenant, je suis contente... Adieu, ma bonne Denise. Embrassez-moi bien, c'est la dernière fois.

La jeune fille l'embrassa, en protestant.

– Non, non, ne vous frappez donc pas, il vous faut des soins, rien de plus.

Mais la malade eut un hochement de tête obstiné. Elle souriait, elle était sûre. Et, comme sa cousine se dirigeait enfin vers la porte :

– Attendez, tapez avec ce bâton, pour que papa monte... J'ai trop peur toute seule.

Puis, quand Baudu fut là, dans cette petite chambre morne, où il passait les heures sur une chaise, elle prit un air de gaieté, elle cria à Denise :

– Ne venez pas demain, c'est inutile. Mais, dimanche, je vous attends, vous resterez l'après-midi avec moi.

Le lendemain, à six heures, au petit jour, Geneviève expirait, après quatre heures d'un râle[1] affreux. Ce fut un samedi que tomba l'enterrement, par un temps noir, un ciel de suie qui pesait sur la ville frissonnante.

Dès neuf heures, Denise était venue, pour rester auprès de sa tante. Mais, comme le convoi allait partir, celle-ci, qui ne pleurait plus, les yeux brûlés de larmes, la pria de suivre le corps et de veiller sur l'oncle, dont l'accablement muet, la douleur imbécile[2] inquiétait la famille. En bas, la jeune fille trouva la rue pleine de monde. Le petit commerce du quartier voulait donner

1. **Râle** : agonie.
2. **Imbécile** : qui prive de force.

aux Baudu un témoignage de sympathie ; et il y avait aussi, dans cet empressement, comme une manifestation contre le *Bonheur des Dames*, que l'on accusait de la lente agonie de Geneviève.

Denise cherchait des yeux son frère Jean. Elle finit par l'apercevoir devant la boutique de Bourras, où elle le rejoignit pour lui recommander de marcher près de l'oncle et de le soutenir, s'il avait de la peine à marcher. Depuis quelques semaines, Jean était grave, comme tourmenté d'une préoccupation.

Cependant, le corbillard[1] n'arrivait toujours pas, et Denise, très émue, regardait brûler les cierges, lorsqu'elle tressaillit, au son connu d'une voix qui parlait derrière elle. C'était Bourras.

– Ah ! les misérables, gronda Bourras, ils ne veulent même pas qu'on l'emporte !

Le corbillard, qui arrivait enfin, venait d'être accroché par une voiture du *Bonheur*, dont les panneaux vernis filaient, jetant dans la brume leur rayonnement d'astre, au trot rapide de deux chevaux superbes. Et le vieux marchand lançait vers Denise un coup d'œil oblique, allumé sous la broussaille de ses sourcils.

Lentement, le convoi s'ébranla, pataugeant au milieu des flaques, dans le silence des fiacres et des omnibus brusquement arrêtés.

Denise, cependant, était montée dans une voiture, agitée de doutes si cuisants, la poitrine serrée d'une telle tristesse, qu'elle n'avait plus la force de marcher. Il y eut justement un arrêt, rue du Dix-Décembre, devant les échafaudages de la nouvelle façade, qui gênait toujours la circulation. Et la jeune fille remarqua le vieux Bourras, resté en arrière, traînant la jambe, dans

1. **Corbillard** : voiture dans laquelle on transporte les morts jusqu'au cimetière.

les roues mêmes de la voiture où elle se trouvait seule. Jamais il n'arriverait au cimetière. Il avait levé la tête, il la regardait. Puis, il monta.

– Ce sont mes sacrés genoux, murmurait-il. Ne vous reculez donc pas !... Est-ce que c'est vous qu'on déteste !

Elle le sentit amical et furieux, comme autrefois. Il grondait, déclarait ce diable de Baudu joliment solide, pour aller quand même, après de tels coups sur le crâne. Le convoi avait repris sa marche lente ; et, en se penchant, elle voyait en effet l'oncle s'entêter derrière le corbillard, de son pas alourdi, qui semblait régler le train sourd et pénible du cortège. Alors, elle s'abandonna dans son coin, elle écouta les paroles sans fin du vieux marchand de parapluies, au long bercement mélancolique de la voiture.

– Si la police ne devrait pas débarrasser la voie publique !... Il y a plus de dix-huit mois qu'ils nous encombrent, avec leur façade, où un homme s'est encore tué l'autre jour. N'importe ! lorsqu'ils voudront s'agrandir désormais, il leur faudra jeter des ponts par-dessus les rues... On dit que vous êtes deux mille sept cents employés et que le chiffre d'affaires atteindra cent millions cette année... Cent millions ! mon Dieu ! cent millions ! Ce pauvre Robineau est fichu, il a une figure d'homme qui se noie... Ah ! nous sommes tous jolis, un beau cortège de carcasses que nous faisons à la chère enfant ! Ça doit être drôle, pour les gens qui regardent défiler cette queue de faillites... Moi, j'ai mon compte... Mais je le tiens tout de même et je ne le lâche pas. Il a encore perdu en appel. Ah ! ça m'a coûté bon : près de deux ans de procès, et les avoués, et les avocats ! Ça ne fait rien, il dit oui, je dis non, et je dirai non toujours, tonnerre de Dieu ! même lorsque je serai cloué entre quatre planches, comme la petite qui s'en va, là-bas.

Ce que Bourras ne disait pas nettement, c'était la misère noire où il était tombé, la tête perdue dans les tracas du petit boutiquier qui sombre et qui s'entête pour durer, sous la grêle des protêts[1]. Denise, au courant de sa situation, murmura d'une voix de prière :

– Monsieur Bourras, ne faites pas le méchant davantage... Laissez-moi arranger les choses.

Il l'interrompit d'un geste violent.

– Taisez-vous, ça ne regarde personne... lorsque je dis non, ne mettez pas votre nez là-dedans.

Et, la voiture s'étant arrêtée à la route du cimetière, il descendit avec la jeune fille. Le caveau des Baudu se trouvait dans la première allée, à gauche. En quelques minutes, la cérémonie fut terminée.

– Nous devrions tous nous coller dans ce trou, dit Bourras à Denise, qui était restée près de lui. Cette petite, c'est le quartier qu'on enterre... Oh ! je me comprends, l'ancien commerce peut aller rejoindre ces roses blanches qu'on jette avec elle.

Denise ramena son oncle et son frère, dans une voiture de deuil. La journée fut pour elle d'une tristesse noire.

Le soir, justement, Mouret fit demander la jeune fille, pour causer d'un vêtement d'enfant qu'il voulait lancer. Et, toute frémissante de pitié, révoltée de tant de souffrances, elle ne put se contenir ; elle osa d'abord parler de Bourras, de ce pauvre homme à terre qu'on allait égorger. Mais, au nom du marchand de parapluies, Mouret s'emporta. Le vieux toqué, comme il l'appelait, désolait sa vie, gâtait son triomphe, par son entêtement idiot à ne pas céder sa maison, cette ignoble masure dont

1. **Protêts** : dettes impayées.

les plâtres salissaient le *Bonheur des Dames*, le seul petit coin du vaste pâté échappé à la conquête. Pouvait-il laisser ce tas de décombres au flanc du *Bonheur* ? Il fallait bien qu'il disparût, le magasin devait passer. Tant pis pour le vieux fou ! Et il rappelait ses offres, il lui avait proposé jusqu'à cent mille francs. N'était-ce pas raisonnable ? Elle l'écoutait, les yeux baissés, ne trouvant que des raisons de sentiment.

Après un silence pénible, ce fut Mouret lui-même qui parla des Baudu. Il commença par les plaindre beaucoup de la perte de leur fille. Puis, il reprit ses arguments : au fond, ils avaient voulu leur malheur, on ne s'obstinait pas de la sorte dans la baraque vermoulue de l'ancien commerce ; rien d'étonnant à ce que la maison leur tombât sur la tête. Non, non, il n'avait aucun remords, il faisait simplement la besogne de son âge[1], et elle le savait bien, elle qui aimait la vie, qui avait la passion des affaires larges, conclues au plein jour de la publicité. Réduite au silence, elle l'écouta longtemps, elle se retira, l'âme pleine de trouble.

Cette nuit-là, Denise ne dormit guère. Sa peur d'être une âme mauvaise, d'avoir travaillé au meurtre de ses proches, se fondait à présent dans une pitié navrée, en face de ces maux irrémédiables, qui sont l'enfantement douloureux de chaque génération. Elle finit par chercher les soulagements possibles, sa bonté rêva longtemps aux moyens à prendre, pour sauver au moins les siens de l'écrasement final.

Mouret, maintenant, se dressait devant elle, avec sa tête passionnée, aux yeux caressants. Certes, il ne lui refusait rien, elle était sûre qu'il accorderait tous les dédommagements raisonnables. Et sa pensée s'égarait, tâchait de le juger. Elle connais-

1. **De son âge** : de son époque.

sait sa vie, n'ignorait pas le calcul ancien de ses tendresses, sa continuelle exploitation de la femme, des maîtresses prises pour faire son chemin[1], et sa liaison avec madame Desforges dans l'unique but de tenir le baron Hartmann, et toutes les autres, les Clara de rencontre, le plaisir acheté, payé, rejeté au trottoir. Seulement, ces débuts d'un aventurier de l'amour, dont le magasin plaisantait, finissaient par se perdre dans le coup de génie de cet homme, dans sa grâce victorieuse. Il était la séduction.

Dès ce matin-là, Denise obtint de Mouret les compensations qu'elle jugerait légitimes, le jour où les Baudu et le vieux Bourras succomberaient. Les semaines se passèrent, elle allait voir son oncle presque tous les après-midi, s'échappant quelques minutes, apportant son rire, son courage de brave fille, pour égayer la sombre boutique.

Un jour, Denise sortait de chez les Baudu, lorsque, au détour de la place Gaillon, elle entendit un grand cri. La foule se précipitait, un coup de panique soufflait, ce vent de peur et de pitié qui ameute brusquement une rue. C'était un omnibus[2] à caisse brune, dont les roues passaient sur le corps d'un homme, au débouché de la rue Neuve-Saint-Augustin, devant la fontaine. Debout sur son siège, dans un mouvement furieux, le cocher retenait ses deux chevaux noirs, qui se cabraient ; et il jurait, il s'emportait en gros mots.

– Nom de dieu ! nom de dieu !... Faites donc attention, sacré maladroit !

Maintenant, l'omnibus était arrêté. La foule entourait le blessé, un sergent de ville se trouvait là par hasard. Toujours

1. **Faire son chemin** : faire carrière.
2. **Omnibus** : véhicule de transport en commun. À l'époque du roman, les omnibus sont tirés par des chevaux.

debout, appelant en témoignage les voyageurs de l'impériale[1], qui s'étaient levés, eux aussi, pour se pencher et voir le sang, le cocher s'expliquait avec des gestes exaspérés, la gorge étranglée d'une colère croissante.

– On n'a pas idée... Qui est-ce qui m'a fichu un particulier pareil ? Il était là comme chez lui. J'ai crié, et le voilà qui se fout sous les roues !

Alors, un ouvrier, un peintre en bâtiment, accourut avec son pinceau d'une devanture voisine, dit d'une voix aiguë, au milieu des clameurs :

– Ne te fais donc pas de bile ! Je l'ai vu, il s'est collé dessous, parbleu !... Tiens ! il a piqué une tête comme ça. Encore un qui s'embêtait, faut croire !

D'autres voix s'élevèrent, on tombait d'accord sur l'idée d'un suicide, pendant que le sergent de ville verbalisait[2]. Des dames, toutes pâles, descendaient vivement, emportaient, sans se retourner, l'horreur de la secousse molle dont l'omnibus leur avait remué les entrailles, en passant sur le corps. Cependant, Denise s'approcha, attirée par la pitié active, qui la faisait se mêler de tous les accidents, des chiens écrasés, des chevaux abattus, des couvreurs[3] tombés des toits. Et, sur le pavé, elle reconnut le malheureux, évanoui, la redingote[4] souillée de boue.

– C'est monsieur Robineau ! cria-t-elle, dans son douloureux étonnement.

Tout de suite, le sergent de ville interrogea cette jeune fille. Elle donna le nom, la profession, l'adresse. Grâce à l'énergie

1. **L'impériale** : étage supérieur de l'omnibus.
2. **Verbalisait** : dressait le procès-verbal, le constat officiel de l'accident.
3. **Couvreurs** : ouvriers chargés de la pose et de l'entretien des toitures.
4. **Redingote** : longue veste d'homme.

du cocher, l'omnibus avait fait un crochet, et les jambes seules de Robineau s'étaient trouvées engagées sous les roues. Seulement, il y avait à craindre qu'elles ne fussent rompues l'une et l'autre. Quatre hommes de bonne volonté transportèrent le blessé chez un pharmacien de la rue Gaillon, pendant que l'omnibus reprenait lentement sa marche.

– Nom de Dieu ! dit le cocher en enveloppant ses chevaux d'un coup de fouet, j'ai fait ma journée.

Denise avait suivi Robineau chez le pharmacien. Celui-ci, dans l'attente d'un médecin, qu'on ne pouvait trouver, déclarait qu'il n'y avait aucun danger immédiat et que le mieux était de porter le blessé à son domicile, puisqu'il habitait le voisinage. Un homme était allé au poste de police demander un brancard. Alors, la jeune fille conçut la bonne pensée de partir en avant, afin de préparer madame Robineau à ce coup affreux. Mais elle eut toutes les peines du monde à gagner la rue, au travers de la foule, qui s'écrasait devant la porte. Cette foule, avide de mort, augmentait de minute en minute ; des enfants, des femmes, se haussaient, tenaient bon dans les poussées brutales ; et chaque nouveau venu inventait son accident, c'était à cette heure un mari que l'amant de sa femme avait jeté par la fenêtre.

Rue Neuve-des-Petits-Champs, Denise aperçut de loin madame Robineau sur la porte de la spécialité de soies. Cela lui donna un prétexte pour s'arrêter, et elle causa un instant, en cherchant une façon d'amortir[1] la terrible nouvelle. Le magasin sentait le désordre et l'abandon des luttes dernières, dans un commerce qui se meurt. C'était le dénouement prévu de la grande bataille des deux soies rivales●, le Paris-Bonheur avait écrasé

1. **Amortir** : adoucir.

● **La « grande bataille des deux soies », c'est-à-dire la bataille engagée entre le *Bonheur des Dames* et la boutique de soie de Robineau, est racontée au chapitre VII.**

la concurrence, à la suite d'une nouvelle baisse de cinq centimes : il ne se vendait plus que quatre francs quatre-vingt-quinze, la soie de Gaujean avait trouvé son Waterloo[1]. Depuis deux mois, Robineau menait une vie d'enfer, pour empêcher une déclaration de faillite.

– J'ai vu passer votre mari sur la place Gaillon, murmura Denise, qui avait fini par entrer dans la boutique.

Madame Robineau, dont une sourde inquiétude semblait ramener continuellement les regards vers la rue, dit vivement :

– Ah ! tout à l'heure, n'est-ce pas ?... Je l'attends, il devrait être ici. Ce matin, monsieur Gaujean est venu, et ils sont sortis ensemble.

Elle était toujours charmante, délicate et gaie ; mais une grossesse avancée déjà la fatiguait, elle restait plus effarée, plus dépaysée que jamais, dans ces affaires, auxquelles sa nature tendre ne mordait pas[2], et qui tournaient mal. Comme elle le répétait souvent, pourquoi donc tout ça ? ne serait-ce pas plus gentil de vivre tranquille, au fond d'un petit logement, où l'on ne mangerait que du pain ?

– Ma chère enfant, reprit-elle avec un sourire qui s'attristait, nous n'avons rien à vous cacher... Ça ne va pas bien, mon pauvre chéri n'en dort plus. Aujourd'hui encore, ce Gaujean l'a tourmenté, à propos de billets[3] en retard... Je me sentais mourir d'inquiétude, à être là toute seule...

Et elle retournait sur la porte, lorsque Denise l'arrêta. Au loin, celle-ci venait d'entendre une rumeur de foule. Elle devina

1. **Avait trouvé son Waterloo** : avait subi une défaite totale (par allusion à la défaite de Napoléon à Waterloo en 1815). Robineau est définitivemment ruiné.
2. **Ne mordait pas** : ne comprenait rien.
3. **Billets** : factures à payer.

le brancard qu'on apportait, le flot de curieux qui n'avaient pas lâché l'accident. Alors, la gorge sèche, ne trouvant pas les mots consolateurs qu'elle aurait voulu, elle dut parler.

– Ne vous inquiétez pas, il n'y a pas de danger immédiat... Oui, j'ai vu monsieur Robineau, il lui est arrivé un malheur... On l'apporte, ne vous inquiétez pas, je vous en prie.

La jeune femme l'écoutait, toute blanche, sans comprendre nettement encore. La rue s'était emplie de monde, les fiacres arrêtés juraient, des hommes avaient posé le brancard devant la porte du magasin, pour ouvrir les deux battants vitrés.

– C'est un accident, continuait Denise, résolue à cacher la tentative de suicide. Il était sur le trottoir, et il a glissé sous les roues d'un omnibus... Oh ! les pieds seulement. On cherche un médecin. Ne vous inquiétez pas.

Un grand frisson secouait madame Robineau. Elle eut deux ou trois cris inarticulés ; puis, elle ne parla plus, elle s'abattit près du brancard, dont elle écarta les toiles de ses mains tremblantes. Les hommes qui venaient de le porter, attendaient devant la maison, pour le remporter, lorsqu'on aurait enfin trouvé un médecin. On n'osait plus toucher à Robineau, qui avait repris connaissance, et dont les souffrances devenaient atroces, au moindre mouvement. Quand il vit sa femme, deux grosses larmes coulèrent sur ses joues. Elle l'avait embrassé, et elle pleurait, en le regardant de ses yeux fixes. Dans la rue, la cohue continuait, les visages s'entassaient comme au spectacle, avec des yeux luisants ; des ouvrières, échappées d'un atelier, menaçaient d'enfoncer les glaces des vitrines, pour mieux voir. Afin d'échapper à cette fièvre de curiosité, et jugeant d'ailleurs qu'il n'était pas convenable de laisser le magasin ouvert, Denise eut l'idée de baisser le rideau métallique. Elle-même alla tourner la manivelle, l'engrenage avait un cri plaintif, les feuilles de tôle descendaient avec lenteur, ainsi qu'une draperie lourde tombant sur le dénouement d'un cinquième acte. Et, lorsqu'elle rentra et qu'elle eut fermé derrière elle la petite porte ronde, elle retrouva madame Robineau serrant toujours son mari entre ses bras éperdus, sous le demi-jour louche[1] qui venait des deux étoiles découpées dans la tôle. La boutique ruinée semblait glisser au néant, seules les deux étoiles luisaient sur cette catastrophe rapide et brutale du pavé parisien. Enfin, madame Robineau recouvra la parole.

– Oh ! mon chéri... Oh ! mon chéri... Oh ! mon chéri...

Elle ne trouvait que ces mots, et lui suffoqua, se confessa dans une crise de remords, en la voyant ainsi agenouillée, renversée, avec son ventre de mère qui s'écrasait contre le brancard. Lorsqu'il ne bougeait pas, il ne sentait que le plomb brûlant de ses jambes.

– Pardonne-moi, j'ai dû être fou... Quand l'avoué m'a dit devant Gaujean que les affiches seraient posées demain[2], il m'a semblé que des flammes dansaient, comme si les murs avaient brûlé... Et puis, je ne me souviens plus : je descendais la rue de la Michodière, j'ai cru que les gens du *Bonheur* se fichaient de moi, cette grande gueuse de maison m'écrasait... Alors, quand l'omnibus a tourné, je me suis jeté dessous...

Lentement, madame Robineau tomba assise sur le parquet, dans l'horreur de ces aveux. Mon Dieu ! il avait voulu mourir. Elle saisit la main de Denise, qui s'était penchée vers elle, toute retournée par cette scène. Le blessé, que son émotion épui-

1. **Louche** : sombre.
2. C'est-à-dire que le commerce de Robineau va être déclaré définitivement en faillite.

sait, venait encore de perdre connaissance. Et ce médecin qui n'arrivait pas ! Deux hommes avaient déjà battu le quartier, le concierge de la maison s'était mis en campagne à son tour.

– Ne vous inquiétez pas, répétait Denise machinalement, sanglotant elle aussi.

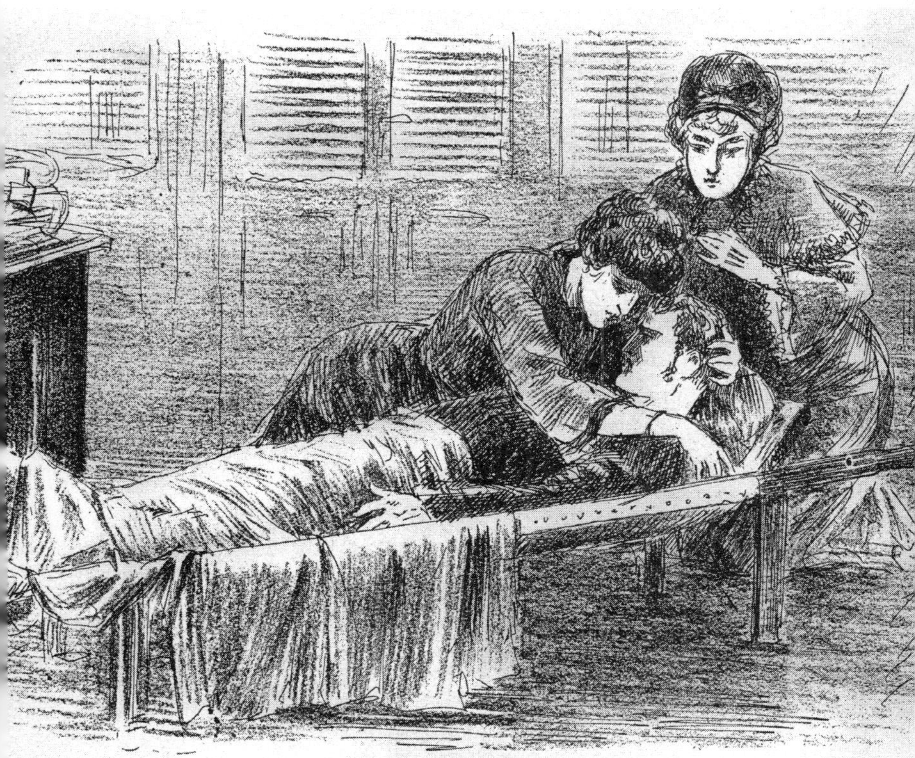

Illustration du roman Au Bonheur des Dames *d'Émile Zola.*
Éditions Fasquelle, 1906.

Alors, madame Robineau, assise par terre, la tête à la hauteur du brancard, la joue contre la sangle où gisait son mari, soulagea son cœur.

– Oh ! si je vous racontais… C'est pour moi qu'il a voulu mourir. Il me disait sans cesse : Je t'ai volée, l'argent venait de toi. Et, la nuit, il rêvait de ces soixante mille francs, il se réveillait en sueur, se traitait d'incapable. Quand on n'avait pas plus de tête, on ne risquait pas la fortune des autres… Vous savez qu'il a toujours été nerveux, l'esprit tourmenté. Il finissait par voir des choses qui me faisaient peur, il m'apercevait dans la rue, en guenilles, mendiant, moi qu'il aimait si fort, qu'il désirait riche, heureuse…

Mais, en tournant la tête, elle le retrouva les yeux ouverts ; et elle continua, de sa voix bégayante :

– Oh ! mon chéri, pourquoi as-tu fait cela ?… Tu me crois donc bien vilaine ? Va, ça m'est égal, que nous soyons ruinés. Pourvu qu'on soit ensemble, on n'est pas malheureux… Laisse-les donc tout prendre. Allons-nous-en quelque part, où tu n'entendras plus parler d'eux. Tu travailleras quand même, tu verras comme ce sera bon encore.

Son front était tombé près du visage pâle de son mari, tous deux se taisaient maintenant, dans l'attendrissement de leur angoisse. Il y eut un silence, la boutique semblait dormir, engourdie par le crépuscule blafard qui la noyait ; tandis qu'on entendait, derrière la tôle mince de la fermeture, le fracas de la rue, la vie du plein jour passant avec le grondement des voitures et la bousculade des trottoirs. Enfin, Denise, qui allait, à chaque minute, jeter un coup d'œil par la petite porte ouvrant sur le vestibule de la maison, revint en criant :

– Le médecin !

C'était un jeune homme, aux yeux vifs, que le concierge ramenait. Il préféra visiter le blessé avant qu'on le couchât. Une seule des jambes, la gauche, se trouvait cassée, au-dessus de la cheville. La rupture était simple, aucune complication ne semblait à craindre. Et l'on se disposait à porter le brancard au fond, dans la chambre, lorsque Gaujean se présenta. Il venait rendre compte d'une dernière démarche, dans laquelle du reste il avait échoué : la déclaration de faillite était définitive.

– Quoi donc ? murmura-t-il, qu'est-il arrivé ?

D'un mot, Denise le renseigna. Alors, il resta gêné. Robineau lui dit faiblement :

– Je ne vous en veux pas, mais tout cela est un peu de votre faute.

– Dame ! mon cher, répondit Gaujean, il fallait avoir des reins plus solides que les nôtres... Vous savez que je ne suis guère mieux portant que vous.

On soulevait le brancard. Le blessé trouva encore la force de dire :

– Non, non, des reins plus solides auraient plié tout de même... Je comprends que les vieux entêtés, comme Bourras et Baudu, y restent ; mais nous autres, qui étions jeunes, qui acceptions le nouveau train des choses !... Non, voyez-vous, Gaujean, c'est la fin d'un monde.

On l'emporta. Madame Robineau embrassa Denise, dans un élan où il y avait presque de la joie, à être enfin débarrassée du tracas des affaires. Et, comme Gaujean se retirait avec la jeune fille, il lui confessa que ce pauvre diable de Robineau avait raison. C'était imbécile de vouloir lutter contre le *Bonheur des Dames*. Lui, personnellement, se sentait perdu, s'il ne rentrait pas en grâce. Déjà, la veille, il avait fait une démarche secrète auprès de Hutin, qui justement allait partir pour Lyon. Mais il désespérait, et il tâcha d'intéresser Denise, au courant sans doute de sa puissance.

– Ma foi ! répétait-il, tant pis pour la fabrication ! On se moquerait de moi, si je me ruinais en bataillant davantage dans l'intérêt des autres, lorsque les gaillards se disputent à qui fabriquera le moins cher... Mon Dieu ! comme vous le disiez autrefois, la fabrication n'a qu'à suivre le progrès, par une meilleure organisation et des procédés nouveaux. Tout s'arrangera, il suffit que le public soit content.

Denise souriait. Elle répondit :

– Allez donc dire cela à monsieur Mouret lui-même... Votre visite lui fera plaisir, et il n'est pas homme à vous tenir rancune, si vous lui offrez seulement un bénéfice d'un centime par mètre.

Ce fut en janvier que madame Baudu expira, par une claire après-midi de soleil. Depuis quinze jours, elle ne pouvait plus descendre à la boutique, qu'une femme de journée gardait. Elle était assise au milieu de son lit, les reins soutenus par des oreillers. Seuls, dans son visage blanc, les yeux vivaient encore ; et, la tête droite, elle les tournait obstinément vers le *Bonheur des Dames*, en face, à travers les petits rideaux des fenêtres. Baudu, souffrant lui-même de cette obsession, de la fixité désespérée de ces regards, voulait parfois tirer les grands rideaux. Mais, d'un geste suppliant, elle l'arrêtait, elle s'entêtait à voir, jusqu'à son dernier souffle. Maintenant, le monstre lui avait tout pris, sa maison, sa fille ; elle-même s'en était allée peu à peu avec le *Vieil Elbeuf*, perdant de sa vie à mesure qu'il perdait de sa clientèle ; le jour où il râlait, elle n'avait plus d'haleine. Quand elle se sentit mourir, elle eut encore la force d'exiger de son mari qu'il ouvrît les deux fenêtres. Il faisait doux, une nappe de gai soleil dorait le *Bonheur*, tandis que la chambre de l'antique logis frissonnait dans l'ombre. Madame Baudu demeurait les regards fixes, emplis de cette vision de monument triomphal, de ces glaces limpides, derrière lesquelles passait un galop de millions. Lentement, ses yeux pâlissaient, envahis de ténèbres, et lorsqu'ils s'éteignirent dans la mort, ils restèrent grands ouverts, regardant toujours, noyés de grosses larmes.

Une fois encore, tout le petit commerce ruiné du quartier défila au convoi.

Denise eut un grand chagrin. Depuis quinze jours, elle était brisée de soucis et de fatigues. Il lui avait fallu mettre Pépé au collège, et Jean la faisait courir, tellement amoureux de la nièce du pâtissier, qu'il avait supplié sa sœur de la demander en mariage. Ensuite, la mort de la tante, ces catastrophes répétées, venaient d'accabler la jeune fille. Mouret s'était de nouveau mis à sa disposition : ce qu'elle ferait pour son oncle et les autres, serait bien fait. Un matin encore, elle eut un entretien avec lui, à la nouvelle que Bourras était jeté sur le pavé, et que Baudu allait fermer boutique. Puis, elle sortit après le déjeuner, avec l'espoir de soulager au moins ceux-là.

Dans la rue de la Michodière, Bourras était debout, planté sur le trottoir en face de sa maison, dont on l'avait expulsé la veille.

– Monsieur Bourras, dit doucement Denise.

Il ne l'entendait pas, ses yeux de flamme dévoraient les démolisseurs, dont la pioche entamait la façade de la masure.

– Ah ! c'est vous, répondit-il enfin, quand il l'eut reconnue. Hein ? ils en font une besogne, ces voleurs !

– Monsieur Bourras, répéta Denise, en tâchant de l'emmener à l'écart, vous savez qu'on ne vous abandonnera pas. Il sera pourvu à tous vos besoins...

Il se redressa.

– Je n'ai pas de besoins... Ce sont eux qui vous envoient, n'est-ce pas ? Eh bien ! dites-leur que le père Bourras sait encore travailler, et qu'il trouvera de l'ouvrage où il voudra... Vrai ! ce serait trop commode, de faire la charité aux gens qu'on assassine !

Alors, elle le supplia.

– Je vous en prie, acceptez, ne me laissez pas ce chagrin.

Mais il secouait sa tête chevelue.

– Non, non, c'est fini, bonsoir... Vivez donc heureuse, vous qui êtes jeune, et n'empêchez pas les vieux de partir avec leurs idées.

Il jeta un dernier coup d'œil sur le tas des décombres, puis s'en alla, péniblement. Elle suivit son dos, au milieu des bousculades du trottoir. Le dos tourna l'angle de la place Gaillon, et ce fut tout.

Un instant, Denise resta immobile, les yeux perdus. Enfin, elle entra chez son oncle. Le drapier était seul, dans la boutique sombre du *Vieil Elbeuf.*

– Allez-vous mieux, mon oncle ? demanda Denise.

Il ne s'arrêta qu'une seconde, il repartit, allant de la caisse à un angle obscur.

– Oui, oui, très bien... Merci.

– Mon oncle, vous ne pouvez rester ainsi. Il faudrait prendre une détermination.

Il répondit sans s'arrêter :

– Sans doute, mais que veux-tu que je fasse ? J'ai tâché de vendre, personne n'est venu... Mon Dieu ! un matin, je fermerai la boutique, et je m'en irai.

– Mais que ferez-vous ensuite ? murmura-t-elle, cherchant une transition pour arriver à l'offre qu'elle n'osait formuler.

– Je ne sais pas, répondit-il. On me ramassera bien.

– Écoutez, mon oncle, finit par dire Denise embarrassée, il y aurait peut-être une place pour vous...

Elle se reprit, elle bégaya :

– Oui, je suis chargée de vous offrir une place d'inspecteur.

– Où donc ? demanda Baudu.

– Mon Dieu ! là, en face... Chez nous... Six mille francs, un travail sans fatigue.

– En face, en face, balbutia-t-il à plusieurs reprises. Tu veux que j'entre en face ? Voyons, Denise, ma fille, est-ce possible ? dit-il simplement, tandis qu'il croisait ses pauvres mains tremblantes.

– Non, non, mon oncle ! cria-t-elle dans un élan de tout son être juste et bon. Ce serait mal... Pardonnez-moi, je vous en supplie.

Il avait repris sa marche, son pas ébranlait de nouveau le vide sépulcral[1] de la maison. Et, quand elle le quitta, il allait, il allait toujours, dans cette locomotion entêtée des grands désespoirs, qui tournent sur eux-mêmes, sans pouvoir en sortir jamais.

Denise, cette nuit-là, eut encore une insomnie. Elle venait de toucher le fond de son impuissance. Depuis des années, elle-même était prise entre les rouages de la machine. Mouret avait inventé cette mécanique à écraser le monde, dont le fonctionnement brutal l'indignait ; il avait semé le quartier de ruines, dépouillé les uns, tué les autres ; et elle l'aimait quand même pour la grandeur de son œuvre, elle l'aimait davantage à chacun des excès de son pouvoir, malgré le flot de larmes qui la soulevait, devant la misère sacrée des vaincus.

1. **Sépulcral** : qui évoque le *sépulcre* (le tombeau), c'est-à-dire la mort.

XIV

La rue du Dix-Décembre, toute neuve, avec ses maisons d'une blancheur de craie et les derniers échafaudages des quelques bâtisses attardées, s'allongeait sous un limpide soleil de février ; il y avait une émeute, l'écrasement d'une foule chauffée par un mois de réclame, les yeux en l'air, bayant[1] devant la façade monumentale du *Bonheur des Dames*, dont l'inauguration avait lieu ce lundi-là, à l'occasion de la grande exposition de blanc.

C'était, dans sa fraîcheur gaie, un vaste développement d'architecture polychrome[2], rehaussée d'or, annonçant le vacarme et l'éclat du commerce intérieur, accrochant les yeux comme un gigantesque étalage qui aurait flambé des couleurs les plus vives. Au rez-de-chaussée, pour ne pas tuer les étoffes des vitrines, la décoration restait sobre. Mais, à mesure que les étages montaient, s'allumaient les tons éclatants. Et les curieux s'émerveillaient surtout devant la porte centrale, d'une hauteur d'arc de triomphe, décorée elle aussi d'une profusion de mosaïques, de faïences, de terres cuites, surmontée d'un groupe allégorique[3] dont l'or neuf rayonnait, la Femme habillée et baisée par une volée rieuse de petits Amours[4].

Vers deux heures, un piquet d'ordre[5] dut faire circuler la foule et veiller au stationnement des voitures. Le palais était construit, le temple élevé à la folie dépensière de la mode. Il dominait, il couvrait un quartier de son ombre. Déjà, la plaie laissée à son

1. **Bayant** : bouche bée.
2. **Polychrome** : de plusieurs couleurs.
3. **Allégorique** : qui symbolise le magasin.
4. **Amours** : anges.
5. **Piquet d'ordre** : agents du service de sécurité.

Cette dernière scène d'exposition a lieu en 1869.

flanc par la démolition de la masure de Bourras, se trouvait si bien cicatrisée, qu'on aurait vainement cherché la place de cette verrue ancienne ; les quatre façades filaient le long des quatre rues, sans une lacune, dans leur isolement superbe. Sur l'autre trottoir, depuis l'entrée de Baudu dans une maison de retraite, le *Vieil Elbeuf* était fermé, muré ainsi qu'une tombe, derrière les volets qu'on n'enlevait plus.

Depuis le matin, la cohue augmentait. Aucun magasin n'avait encore remué la ville d'un tel fracas de publicité. Maintenant, le *Bonheur* dépensait chaque année près de six cent mille francs en affiches, en annonces, en appels de toutes sortes ; le nombre des catalogues envoyés allait à quatre cent mille, on déchiquetait plus de cent mille francs d'étoffes pour les échantillons. C'était l'envahissement définitif des journaux, des murs, des oreilles du public, comme une monstrueuse trompette d'airain[1], qui, sans relâche, soufflait aux quatre coins de la terre le vacarme des grandes mises en vente. Et, désormais, cette façade, devant laquelle on s'écrasait, devenait la réclame[2] vivante, avec son luxe bariolé[3] et doré de bazar, ses vitrines larges à y exposer le poème entier des vêtements de la femme, ses enseignes peintes, gravées, taillées, depuis les plaques de marbre du rez-de-chaussée, jusqu'aux feuilles de tôle arrondies en arc au-dessus des toits, déroulant l'or de leurs banderoles, et où le nom de la maison se lisait en lettres couleur du temps, découpées sur le bleu de l'air. Pour fêter l'inauguration, on avait ajouté des trophées, des drapeaux ; chaque étage se trouvait pavoisé[4] de bannières et d'étendards[5] aux armes des principales villes de France ; tandis

1. **Airain** : cuivre.
2. **Réclame** : publicité.
3. **Bariolé** : coloré.
4. **Pavoisé** : décoré.
5. **Bannières et étendards** : drapeaux.

que, tout en haut, les pavillons des peuples étrangers, hissés à des mâts, battaient au vent du ciel●. En bas, enfin, l'exposition de blanc prenait, au fond des vitrines, une intensité de ton aveuglante. Un cercle de badauds se reformait sans cesse, un désir montait de l'ébahissement de la foule.

Ce qui ameutait encore la curiosité autour du *Bonheur des Dames*, c'était un sinistre[1] dont Paris entier causait, l'incendie des *Quatre Saisons*, le grand magasin que Bouthemont avait ouvert près de l'Opéra, depuis trois semaines à peine. Les journaux débordaient de détails : le feu mis par une explosion de gaz pendant la nuit, la fuite épouvantée des vendeuses en chemise, l'héroïsme de Bouthemont qui en avait sauvé cinq sur ses épaules. Du reste, les pertes énormes se trouvaient couvertes, et le public commençait à hausser les épaules, en disant que la réclame était superbe.

Cependant, trois heures sonnaient à l'horloge qui surmontait la porte. C'était l'écrasement de l'après-midi, près de cent mille clientes s'étouffant dans les galeries et dans les halls. Dehors, des voitures stationnaient, d'un bout à l'autre de la rue du Dix-Décembre ; et, du côté de l'Opéra, une autre masse profonde occupait le cul-de-sac, où devait s'amorcer la future avenue. De simples fiacres se mêlaient aux coupés[2] de maître, les cochers attendaient parmi les roues, les rangées de chevaux hennissaient, secouaient les étincelles de leurs gourmettes, allumées de soleil. Sans cesse, les queues se refaisaient, au milieu des appels des garçons, de la poussée des bêtes, qui, d'elles-mêmes,

1. **Sinistre** : accident.
2. **Coupés** : voitures à cheval, à quatre roues et à deux places.

● **Les drapeaux étrangers montrent que le magasin connaît maintenant une renommée internationale.**

serraient la file, tandis que des voitures nouvelles, continuellement, s'ajoutaient aux autres. Les piétons s'envolaient sur les refuges par bandes effarouchées, les trottoirs étaient noirs de monde, dans la perspective fuyante de la voie large et droite. Et une clameur montait entre les maisons blanches, ce fleuve humain roulait sous l'âme de Paris épandue, un souffle énorme et doux, dont on sentait la caresse géante.

Devant une vitrine, madame de Boves, accompagnée de sa fille Blanche, regardait avec madame Guibal un étalage de costumes mi-confectionnés[1].

– Oh ! voyez donc, dit-elle, ces costumes de toile, pour dix-neuf francs soixante-quinze !

– Mon Dieu ! ça ne vaut pas davantage, murmura madame Guibal. De vraies loques, dès qu'on a ça dans la main ! Eh bien ! entrons. Il faut voir leur exposition...

– Mais c'est madame Desforges, là-bas ! s'écria la comtesse, les yeux sur un coupé qui s'arrêtait.

– Oh ! croyez-vous ? murmura madame Guibal. Après toutes ces histoires... Elle doit encore pleurer l'incendie des *Quatre Saisons*.

C'était bien Henriette pourtant. Elle aperçut ces dames, elle s'avança d'un air gai, cachant sa défaite sous l'aisance mondaine de ses manières. Elles passèrent la porte comme soulevées, sans en avoir conscience, causant plus fort pour s'entendre.

Une surprise immobilisa ces dames. Devant elles, s'étendaient les magasins, les plus vastes magasins du monde, comme disaient les réclames. À cette heure, la grande galerie centrale allait de bout en bout, ouvrait sur la rue du Dix-Décembre et sur la rue Neuve-Saint-Augustin ; tandis que, à droite et à gauche,

1. **Mi-confectionnés** : vendus en kit.

pareilles aux bas-côtés d'une église, la galerie Monsigny et la galerie Michodière, plus étroites, filaient elles aussi le long des deux rues, sans une interruption. De place en place, les halls élargissaient des carrefours, au milieu de la charpente métallique des escaliers suspendus et des ponts volants.

Ce qui arrêtait ces dames, c'était le spectacle prodigieux de la grande exposition de blanc. Autour d'elles, d'abord, il y avait le vestibule, un hall aux glaces claires, pavé de mosaïques, où les étalages à bas prix retenaient la foule vorace. Ensuite, les galeries s'enfonçaient, dans une blancheur éclatante. On retrouvait le blanc des vitrines du dehors, mais avivé, colossal, brûlant d'un bout à l'autre de l'énorme vaisseau, avec la flambée blanche d'un incendie en plein feu. Rien que du blanc, tous les articles blancs de chaque rayon, une débauche de blanc, un astre blanc dont le rayonnement fixe aveuglait d'abord, sans qu'on pût distinguer les détails, au milieu de cette blancheur unique. Bientôt les yeux s'accoutumaient : à gauche, la galerie Monsigny allongeait les promontoires blancs des toiles et des calicots[1], les roches blanches des draps de lit, des serviettes, des mouchoirs ; tandis que la galerie Michodière, à droite, occupée par la mercerie, la bonneterie et les lainages, exposait des constructions blanches en boutons de nacre, un grand décor bâti avec des chaussettes blanches, toute une salle recouverte de molleton blanc, éclairée au loin d'un coup de lumière. Mais le foyer de clarté rayonnait surtout de la galerie centrale, aux rubans et aux fichus[2], à la ganterie et à la soie. Les comptoirs disparaissaient sous le blanc des soies et des rubans, des gants et des fichus. Les escaliers étaient garnis de draperies blanches, qui filaient le

1. **Calicots** : toiles de coton assez grossières.
2. **Fichus** : châles.

long des rampes, entouraient les halls, jusqu'au second étage ; et cette montée du blanc prenait des ailes, se pressait et se perdait, comme une envolée de cygnes. Puis, le blanc retombait des voûtes, une tombée de duvet, une nappe neigeuse en larges flocons : des couvertures blanches, des couvre-pieds blancs, battaient l'air, accrochés, pareils à des bannières d'église●. Et la merveille, l'autel de cette religion du blanc, était, au-dessus du comptoir des soieries, dans le grand hall, une tente faite de rideaux blancs, qui descendaient du vitrage. Les mousselines, les gazes, les guipures[1] d'art, coulaient à flots légers, pendant que des tulles brodés, très riches, et des pièces de soie orientale, lamées d'argent, servaient de fond à cette décoration géante, qui tenait du tabernacle et de l'alcôve●. On aurait dit un grand lit blanc, dont l'énormité virginale attendait, comme dans les légendes, la princesse blanche, celle qui devait venir un jour, toute-puissante, avec le voile blanc des épousées.

– Oh ! extraordinaire ! répétaient ces dames. Inouï !

Cependant, les magasins vivaient, du monde assiégeait les ascenseurs, on s'écrasait au buffet et au salon de lecture, tout un peuple voyageait au milieu de ces espaces couverts de neige. Et la foule paraissait noire. Au rez-de-chaussée, il y avait une houle[2] assombrie, agitée d'un reflux, où l'on ne distinguait que les visages délicats et ravis des femmes.

1. **Guipures** : dentelles.
2. **Houle** : vague.

● **Zola file à nouveau la métaphore du magasin comme « cathédrale du commerce moderne », en utilisant les termes de « bannières d'église », « autel » (table sacrée, l. 140), et « tabernacle » (petite armoire au centre de l'autel, l. 146).**

● **Avec le terme d'« alcôve » (renfoncement d'une pièce dans laquelle se trouve le lit), il ajoute une seconde métaphore : celle du magasin comme lieu de plaisir charnel.**

– Tiens ! dit madame Guibal, en s'arrêtant devant la première caisse, au milieu des poussées, c'est une idée gentille, ces violettes !

Elle parlait de la nouvelle prime[1] du *Bonheur*, une idée de Mouret dont il menait tapage dans les journaux, de petits bouquets de violettes blanches, achetés par milliers à Nice et distribués à toute cliente qui faisait le moindre achat.

– Oui, murmura madame Desforges d'une voix jalouse, l'idée est bonne.

Mais, au moment où ces dames allaient s'éloigner, elles entendirent deux vendeurs qui plaisantaient sur les violettes. Un grand maigre s'étonnait : ça se faisait donc, ce mariage du patron avec la première des costumes ? tandis qu'un petit gras répondait qu'on n'avait jamais su, mais que les fleurs tout de même étaient achetées.

– Comment ! dit madame de Boves, monsieur Mouret se marie ?

– C'est la première nouvelle, répondit Henriette qui jouait l'indifférence. Du reste, il faut bien finir par là.

Tous les comptoirs, au milieu des bousculades de la vente, ne causaient une fois encore que des amours du patron. L'aventure, qui, depuis des mois, occupait les commis enchantés de la longue résistance de Denise, venait tout d'un coup d'aboutir à une crise : on avait appris la veille que la jeune fille quittait le *Bonheur*, malgré les supplications de Mouret, en prétextant un grand besoin de repos. Et les avis étaient ouverts : partirait-elle ? ne partirait-elle pas ?

Lorsque Mouret reçut sa démission, il resta muet et comme froid, dans l'effort qu'il faisait pour se contenir. Puis, il déclara sèchement qu'il lui accordait huit jours de réflexion, avant de lui

1. **Prime** : cadeau offert aux clientes.

laisser commettre une pareille sottise. Au bout des huit jours, quand elle revint sur ce sujet, en exprimant la volonté formelle de s'en aller après la grande mise en vente, il ne s'emporta pas davantage, il affecta de parler raison : elle manquait sa fortune, elle ne retrouverait nulle part la position qu'elle occupait chez lui. Avait-elle donc une autre place en vue ? il était tout prêt à lui donner les avantages qu'elle espérait obtenir ailleurs. Et la jeune fille ayant répondu qu'elle n'avait pas cherché de place, qu'elle comptait se reposer d'abord un mois à Valognes, grâce aux économies déjà faites par elle, il demanda ce qui l'empêcherait de rentrer ensuite au *Bonheur*, si le soin de sa santé l'obligeait seul à en sortir. Elle se taisait, torturée par cet interrogatoire. Alors, il s'imagina qu'elle allait retrouver un amant, un mari peut-être. Ne lui avait-elle pas avoué, un soir, qu'elle aimait quelqu'un ?

Pendant la semaine que Denise dut passer encore au magasin, Mouret garda sa pâleur rigide. Quand il traversait les rayons, il affectait de ne pas la voir. Une idée, cependant, grandissait au milieu de projets fous, s'imposait peu à peu, malgré ses révoltes. Il avait juré de ne pas se remarier, tenant d'une femme sa première chance, résolu désormais à tirer sa fortune de toutes les femmes. C'était, chez lui, comme chez Bourdoncle, une superstition, que le directeur d'une grande maison de nouveautés devait être célibataire, s'il voulait garder sa royauté de mâle sur les désirs épandus de son peuple de clientes.

Justement, lorsque Bourdoncle, ce jour-là, entra dans le cabinet de Mouret, vers trois heures, selon son habitude, il le surprit les coudes sur le bureau, les poings sur les yeux, tellement absorbé, qu'il dut le toucher à l'épaule. Mouret leva sa face mouillée de larmes, tous deux se regardèrent, leurs mains se tendirent, et il y eut une étreinte brusque, entre ces hommes qui avaient livré ensemble tant de batailles commerciales. Depuis un mois, l'attitude de Bourdoncle s'était du reste complètement modifiée : il pliait devant Denise, il poussait même sourdement le patron au mariage.

– Voyons, du courage, que diable !... Épousez-la, et que cela finisse.

Déjà Mouret avait honte de sa minute d'abandon. Il se leva, il protesta.

– Non, non, c'est trop bête... Venez, nous allons faire notre tour dans les magasins. Ça marche, n'est-ce pas ? Je crois que la journée sera magnifique.

La vente, en effet, jetait son feu, dans un train d'enfer, dont la maison tremblait, d'une secousse de grand navire filant à pleine machine. Au comptoir de Denise, s'étouffait une cohue de mères, traînant des bandes de fillettes et de petits garçons, noyées sous les vêtements qu'on leur essayait. Madame Bourdelais, devant ses trois enfants, assis par rang de taille, Madeleine, Edmond, Lucien, se fâchait contre ce dernier, le plus petit, parce qu'il se débattait, tandis que Denise s'efforçait de lui passer une jaquette de mousseline de laine.

– Tiens-toi donc tranquille !... C'est toute une affaire, quand il faut habiller ce petit monde... Maintenant, il me faudrait un manteau pour cette grande fille.

Denise avait dû se mettre à la vente, dans la prise d'assaut du rayon. Elle cherchait le manteau demandé, lorsqu'elle eut un léger cri de surprise.

– Comment ! c'est toi ! qu'y a-t-il donc ?

Son frère Jean, les mains embarrassées d'un paquet, se trouvait devant elle. Il était marié depuis huit jours, et le samedi, sa femme, une petite brune d'un visage tourmenté et charmant, avait fait une longue visite au *Bonheur des Dames*, pour des achats.

– Imagine-toi, répondit-il, que Thérèse a oublié une foule d'affaires. Il y a des choses à changer, d'autres à prendre... Alors, comme elle est pressée, elle m'a envoyé avec ce paquet... Je vais t'expliquer...

Mais elle l'interrompit, en apercevant Pépé.

– Tiens ! Pépé aussi ! et le collège ?

– Ma foi, dit Jean, après le dîner, hier dimanche, je n'ai pas eu le courage de le reconduire. Il rentrera ce soir...

Denise leur souriait, malgré son tourment. Elle confia madame Bourdelais à une de ses vendeuses, elle revint vers eux, dans un coin du rayon, qui heureusement se dégarnissait[1].

– Enfin, voici, reprit Jean. Il y a d'abord, dans ce paquet, le paletot que Thérèse...

Mais il s'arrêta, et Denise en se tournant pour voir ce qui l'intimidait, aperçut Mouret debout derrière eux. Depuis un instant, il la regardait faire son ménage de petite mère, entre les deux gaillards, les grondant et les embrassant, les retournant comme des bébés qu'on change de linge. Bourdoncle était resté à l'écart, l'air intéressé par la vente ; et il ne perdait pas la scène des yeux.

– Ce sont vos frères, n'est-ce pas ? demanda Mouret, après un silence.

Il avait sa voix glacée, cette attitude rigide dont il lui parlait à présent. Denise elle-même faisait un effort, afin de rester froide. Son sourire s'effaça, elle répondit :

– Oui, monsieur... J'ai marié l'aîné, et sa femme me l'envoie, pour des emplettes.

Mouret continuait à les regarder tous les trois. Il finit par reprendre :

– Le plus jeune a beaucoup grandi. Je le reconnais, je me souviens de l'avoir vu aux Tuileries, un soir, avec vous.

1. **Se dégarnissait** : se vidait.

Et sa voix, qui se ralentissait, eut un léger tremblement. Elle, suffoquée, se baissa, sous le prétexte d'arranger le ceinturon de Pépé. Les deux frères, devenus roses, souriaient au patron de leur sœur.

– Ils vous ressemblent, dit encore celui-ci.

– Oh ! cria-t-elle, ils sont plus beaux que moi !

Un moment, il sembla comparer les visages. Mais il était à bout de forces. Comme elle les aimait ! Et il fit quelques pas ; puis, il revint lui dire à l'oreille :

– Montez à mon cabinet, après la vente. Je veux vous parler, avant votre départ.

Cette fois, Mouret s'éloigna et reprit son inspection. La bataille recommençait en lui, car ce rendez-vous donné l'irritait maintenant. À quelle poussée avait-il donc cédé, en la voyant avec ses frères ? C'était fou, puisqu'il ne trouvait plus la force d'avoir une volonté. Enfin, il en serait quitte pour lui dire un mot d'adieu. Bourdoncle, qui l'avait rejoint, semblait moins inquiet, tout en l'étudiant encore de minces coups d'œil.

Cependant, Denise était revenue près de madame Bourdelais.

– Et ce manteau va-t-il ?

– Oui, oui, très bien... Pour aujourd'hui, en voilà assez. C'est une ruine que ces petits êtres !

Alors, pouvant s'esquiver, Denise écouta les explications de Jean, puis l'accompagna dans les comptoirs, où il aurait certainement perdu la tête. C'était d'abord le paletot, que Thérèse, après réflexion, voulait changer. Et la jeune fille, ayant pris le paquet, se rendit aux confections, suivie de ses deux frères.

Le rayon avait exposé ses vêtements de couleur tendre, des jaquettes[1] et des mantilles[2] d'été, en soie légère, en lainage de

1. **Jaquettes** : vestes ajustées.
2. **Mantilles** : écharpes de dentelle.

fantaisie. Mais la vente se portait ailleurs, les clientes y étaient relativement clairsemées. Presque toutes les vendeuses se trouvaient nouvelles. Clara avait disparu depuis un mois, enlevée selon les uns par le mari d'une acheteuse, tombée à la débauche de la rue[1], selon les autres. Quant à Marguerite, elle allait enfin retourner prendre la direction d'un petit magasin de Grenoble, où son cousin l'attendait. Et, seule, madame Aurélie restait là, immuable, dans la cuirasse ronde de sa robe de soie, avec son masque impérial, qui gardait l'empâtement jaunâtre d'un marbre antique.

– Tiens ! c'est vous, dit-elle à Denise, avec une amabilité exagérée. Hein ? vous voulez qu'on change ce paletot ? Mais tout de suite... Ah ! voilà vos frères. De vrais hommes, à présent !

Malgré son orgueil, elle se serait mise à genoux pour faire sa cour. On ne causait, aux confections, comme dans les autres comptoirs, que du départ de Denise ; et la première en était toute malade, car elle comptait sur la protection de son ancienne vendeuse. Elle baissa la voix.

– On dit que vous nous quittez... Voyons, ce n'est pas possible ?

– Mais si, répondit la jeune fille.

Marguerite écoutait. Depuis qu'on avait fixé son mariage, elle promenait sa face de lait tourné, avec des mines plus dégoûtées encore. Elle s'approcha, en disant :

– Vous avez bien raison. L'estime de soi avant tout, n'est-ce pas ?... Je vous adresse mes adieux, ma chère.

Des clientes arrivaient. Madame Aurélie la pria durement de veiller à la vente. Puis, comme Denise prenait le paletot, pour faire elle-même le « rendu », elle se récria et appela une auxiliaire.

1. **Tombée à la débauche de la rue** : devenue prostituée.

Justement, c'était une innovation soufflée par la jeune fille à Mouret, des femmes de service chargées de porter les articles, ce qui soulageait la fatigue des vendeuses.

– Accompagnez mademoiselle, dit la première, en lui remettant le paletot.

Et, revenant à Denise :

– Je vous en prie, réfléchissez... Nous sommes tous désolés de votre départ.

Jean et Pépé, qui attendaient, souriants au milieu de ce flot débordé de femmes, se remirent à suivre leur sœur. Maintenant, il s'agissait d'aller aux trousseaux, pour reprendre six chemises, pareilles à la demi-douzaine, que Thérèse avait achetée le samedi. Mais, dans les comptoirs de lingerie, où l'exposition de blanc neigeait de toutes les cases, on étouffait, il devenait très difficile d'avancer.

Tout le linge de la femme, les dessous blancs qui se cachent, s'étalait dans une suite de salles, classé en divers rayons●. Les corsets et les tournures[1] occupaient un comptoir, les corsets cousus, les corsets à taille longue, les corsets cuirasses, surtout les corsets de soie blanche, éventaillés de couleur, dont on avait fait ce jour-là un étalage spécial, une armée de mannequins sans tête et sans jambes, n'alignant que des torses, des gorges de poupée aplaties sous la soie, d'une lubricité[2] troublante d'infirme ; et, près de là, sur d'autres bâtons, les tournures de crin et de brillanté prolongeaient ces manches à balai en croupes énormes et tendues, dont le profil prenait une inconvenance caricaturale. Mais, ensuite, le déshabillé galant commençait, un

1. **Tournures** : jupons.
2. **Lubricité** : sensualité brutale.

● **Cette longue description du rayon lingerie montre combien le magasin s'est agrandi. Mais, par sa sensualité, elle entre aussi en résonance avec l'histoire d'amour de Denise et Mouret.**

déshabillé qui jonchait les vastes pièces, comme si un groupe de jolies filles s'étaient dévêtues de rayon en rayon, jusqu'au satin nu de leur peau. Ici, les articles de lingerie fine, une variété infinie de fanfreluches[1] légères, une mousse blanche qui s'échappait des cartons et montait en neige. Là, les camisoles[2], les petits corsages, les robes du matin, les peignoirs, de la toile, des dentelles, de longs vêtements blancs, libres et minces, où l'on sentait l'étirement des matinées paresseuses, au lendemain des soirs de tendresse. Et les dessous apparaissaient, tombaient un à un : les jupons blancs de toutes les longueurs, une mer montante de jupons, dans laquelle les jambes se noyaient ; les pantalons[3] en percale, en toile, en piqué, les larges pantalons blancs où danseraient les reins d'un homme ; les chemises enfin, boutonnées au cou pour la nuit, découvrant la poitrine le jour, ne tenant plus que par d'étroites épaulettes le dernier voile blanc qui glissait de la gorge, le long des hanches. C'était, aux trousseaux, le déballage indiscret, la femme retournée et vue par le bas, depuis la petite bourgeoise aux toiles unies, jusqu'à la dame riche blottie dans les dentelles, une alcôve[4] publiquement ouverte, dont le luxe caché, les plissés, les broderies, les valenciennes[5], devenait comme une dépravation sensuelle, à mesure qu'il débordait davantage en fantaisies coûteuses. La femme se rhabillait, le flot blanc de cette tombée de linge rentrait dans le mystère frissonnant des jupes, la chemise raidie par les doigts de la couturière, le pantalon froid et gardant les plis du carton,

1. **Fanfreluches** : tout ce qui est destiné à embellir les toilettes des femmes.
2. **Camisoles** : chemises légères.
3. À l'époque, les pantalons sont des dessous féminins.
4. **Alcôve** : voir note p. 229.
5. **Valenciennes** : dentelles fabriquées à l'origine dans la ville de Valenciennes.

toute cette percale et toute cette batiste[1] mortes, éparses sur les comptoirs, jetées, empilées, allaient se faire vivantes de la vie de la chair, odorantes et chaudes de l'odeur de l'amour, une nuée blanche devenue sacrée, baignée de nuit, et dont le moindre envolement, l'éclair rose du genou aperçu au fond des blancheurs, ravageait le monde.

Aux trousseaux, Pauline accourut tout de suite, quand elle aperçut Denise. Et, avant même de savoir ce que celle-ci désirait, elle lui parla bas, très émue des bruits dont causait le magasin entier. À son rayon, deux vendeuses s'étaient même querellées, l'une affirmant, l'autre niant le départ.

– Vous nous restez, j'ai parié ma tête... Que deviendrais-je, moi ?

Et, comme Denise répondait qu'elle partait le lendemain :

– Non, non, vous croyez ça, mais je sais le contraire... Dame ! à présent que j'ai un bébé, il faut bien que vous me nommiez seconde. Baugé y compte, ma chère.

Pauline souriait d'un air convaincu. Ensuite, elle donna les six chemises ; et, Jean ayant dit qu'ils allaient maintenant aux mouchoirs, elle appela aussi une auxiliaire, pour porter ces chemises et le paletot laissé par l'auxiliaire des confections.

– Suivez mademoiselle, dit Pauline.

Puis, revenant et baissant la voix de nouveau :

– Hein ? je suis seconde, c'est entendu !

Denise promit en riant, pour plaisanter à son tour.

Six heures allaient sonner, le jour qui baissait au-dehors se retirait des galeries couvertes, noires déjà, pâlissait au fond des halls, envahis de lentes ténèbres. Et, dans ce jour mal éteint

1. **Percale et batiste** : tissus très fins utilisés pour fabriquer les dessous féminins.

encore, s'allumaient, une à une, des lampes électriques, dont les globes d'une blancheur opaque constellaient de lunes intenses les profondeurs lointaines des comptoirs.

Et Mouret regardait toujours son peuple de femmes, au milieu de ces flamboiements. Les ombres noires s'enlevaient avec vigueur sur les fonds pâles. C'était lui qui les possédait de la sorte, qui les tenait à sa merci, par son entassement continu de marchandises, par sa baisse des prix et ses rendus, sa galanterie et sa réclame. Il avait conquis les mères elles-mêmes, il régnait sur toutes avec la brutalité d'un despote[1], dont le caprice ruinait des ménages. Sa création apportait une religion nouvelle, les églises que désertait peu à peu la foi chancelante étaient remplacées par son bazar, dans les âmes inoccupées désormais. La femme venait passer chez lui les heures vides, les heures frissonnantes et inquiètes qu'elle vivait jadis au fond des chapelles : dépense nécessaire de passion nerveuse, lutte renaissante d'un dieu contre le mari, culte sans cesse renouvelé du corps, avec l'au-delà divin de la beauté. S'il avait fermé ses portes, il y aurait eu un soulèvement sur le pavé, le cri éperdu des dévotes auxquelles on supprimerait le confessionnal et l'autel.

Mouret, les regards perdus, venait de sentir passer en lui quelque chose de grand ; et, dans ce frisson du triomphe dont tremblait sa chair, en face de Paris dévoré et de la femme conquise, il éprouva une faiblesse soudaine, une défaillance de sa volonté, qui le renversait à son tour, sous une force supérieure. C'était un besoin irraisonnable d'être vaincu, dans

1. **Despote** : tyran.

On remarque que l'éclairage au gaz a été remplacé par l'électricité, qui n'en est qu'à ses tout débuts.

La métaphore du commerce comme nouvelle religion, dont les femmes sont les « dévotes » (fidèles) reprend celle du grand magasin comme cathédrale.

sa victoire, le non-sens d'un homme de guerre pliant sous le caprice d'un enfant, au lendemain de ses conquêtes. Lui qui se débattait depuis des mois, qui le matin encore jurait d'étouffer sa passion, cédait tout d'un coup, saisi du vertige des hauteurs, heureux de faire ce qu'il croyait être une sottise. Sa décision, si rapide, avait pris d'une minute à l'autre une telle énergie, qu'il ne voyait plus qu'elle d'utile et de nécessaire dans le monde.

Le soir, après la dernière table, il attendit dans son cabinet. Frémissant comme un jeune homme qui va jouer son bonheur, il ne pouvait rester en place, il retournait sans cesse à la porte, pour prêter l'oreille aux rumeurs des magasins, où les commis faisaient le déplié, enfoncés jusqu'aux épaules dans le saccage de la vente. À chaque bruit de pas, son cœur battait.

Bourdoncle arriva, en criant gaiement :

– Hein ! nous le tenons, cette fois !... Il est décroché, le million !

Mais il remarqua la préoccupation fébrile de Mouret, il comprit et se calma. Une joie avait allumé son regard. Après un court silence, il reprit :

– Vous vous êtes décidé, n'est-ce pas ? Mon Dieu ! je vous approuve.

Brusquement, Mouret s'était planté devant lui, et de sa voix terrible des jours de crise :

– Dites donc, mon brave, vous êtes trop gai... N'est-ce pas ? vous me croyez fini, et les dents vous poussent. Méfiez-vous, on ne me mange pas, moi !

– Quoi donc ? vous plaisantez ? moi qui ai tant d'admiration pour vous !

– Ne mentez pas ! reprit Mouret plus violemment. Écoutez, nous étions stupides, avec cette superstition que le mariage devait nous couler. Est-ce qu'il n'est pas la santé nécessaire, la force et l'ordre mêmes de la vie !... Eh bien ! oui, mon cher, je l'épouse, et je vous flanque tous à la porte, si vous bougez. Parfaitement ! vous passerez comme un autre à la caisse, Bourdoncle !

D'un geste, il le congédiait. Bourdoncle se sentit condamné, balayé dans cette victoire de la femme. Il s'en alla. Denise entrait justement, et il s'inclina dans un salut profond, la tête perdue.

– Enfin ! c'est vous ! dit Mouret, doucement.

Denise était pâle d'émotion. Elle venait d'éprouver un dernier chagrin, Deloche lui avait appris son renvoi ; et, comme elle essayait de le retenir, en offrant de parler en sa faveur, il s'était obstiné dans sa malchance, il voulait disparaître : à quoi bon rester ? pourquoi aurait-il gêné les gens heureux ? Denise lui avait dit un adieu fraternel, gagnée par les larmes. Elle-même n'aspirait-elle pas à l'oubli ? Tout allait finir, elle ne demandait plus à ses forces épuisées que le courage de la séparation. Dans quelques minutes, si elle était assez vaillante[1] pour s'écraser le cœur, elle pourrait s'en aller seule, pleurer au loin.

– Monsieur, vous avez désiré me voir, dit-elle de son air calme. Du reste, je serais venue vous remercier de toutes vos bontés.

En entrant, elle avait aperçu le million sur le bureau, et l'étalage de cet argent la blessait.

– Vous êtes toujours résolue à nous quitter ? demanda Mouret, dont la voix tremblait.

– Oui, monsieur, il le faut.

Alors, il lui prit les mains, il dit dans une explosion de tendresse, après la longue froideur qu'il s'était imposée :

– Et si je vous épousais, Denise, partiriez-vous ?

Mais elle avait retiré ses mains, elle se débattait comme sous le coup d'une grande douleur.

1. **Vaillante** : courageuse.

– Oh ! monsieur Mouret, je vous en prie, taisez-vous ! Oh ! ne me faites pas plus de peine encore !... Je ne peux pas ! je ne peux pas !... Dieu est témoin que je m'en allais pour éviter un malheur pareil !

Elle continuait de se défendre par des paroles entrecoupées. N'avait-elle pas trop souffert déjà des commérages de la maison ? Voulait-il donc qu'elle passât aux yeux des autres et à ses propres yeux pour une gueuse[1] ? Non, non, elle aurait de la force, elle l'empêcherait bien de faire une telle sottise. Lui, torturé, l'écoutait, répétait avec passion :

– Je veux... je veux...

– Non, c'est impossible... Et mes frères ? j'ai juré de ne point me marier, je ne puis vous apporter deux enfants, n'est-ce pas ?

– Ils seront aussi mes frères... Dites oui, Denise.

– Non, non, oh ! laissez-moi, vous me torturez !

Peu à peu, il défaillait[2], ce dernier obstacle le rendait fou. Eh quoi ! même à ce prix, elle se refusait encore ! Au loin, il entendait la clameur[3] de ses trois mille employés, remuant à pleins bras sa royale fortune. Et ce million imbécile qui était là ! Il en souffrait comme d'une ironie, il l'aurait poussé à la rue.

– Partez donc ! cria-t-il dans un flot de larmes. Allez retrouver celui que vous aimez... C'est la raison, n'est-ce pas ? Vous m'aviez prévenu, je devrais le savoir et ne pas vous tourmenter davantage.

Elle était restée saisie, devant la violence de ce désespoir. Son cœur éclatait. Alors, avec une impétuosité[4] d'enfant, elle se jeta à son cou, sanglota elle aussi, en bégayant :

1. **Gueuse** : pauvre fille, prostituée.
2. **Défaillait** : perdait ses forces.
3. **Clameur** : grand cri collectif.
4. **Impétuosité** : spontanéité.

– Oh ! monsieur Mouret, c'est vous que j'aime !

Une dernière rumeur monta du *Bonheur des Dames*, l'acclamation lointaine d'une foule. Mouret était tombé assis sur le bureau, dans le million, qu'il ne voyait plus. Il ne lâchait pas Denise, il la serrait éperdument sur sa poitrine, en lui disant qu'elle pouvait partir maintenant, qu'elle passerait un mois à Valognes, ce qui fermerait la bouche du monde, et qu'il irait ensuite l'y chercher lui-même, pour l'en ramener à son bras, toute-puissante.

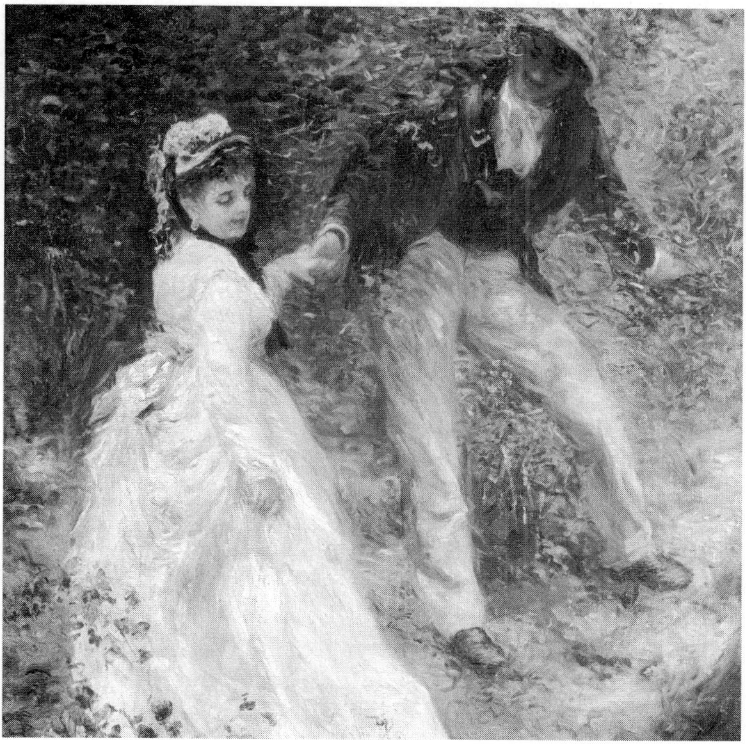

Pierre Auguste Renoir (1841-1919), La Promenade *(1870), peinture. Los Angeles, Getty Museum.*

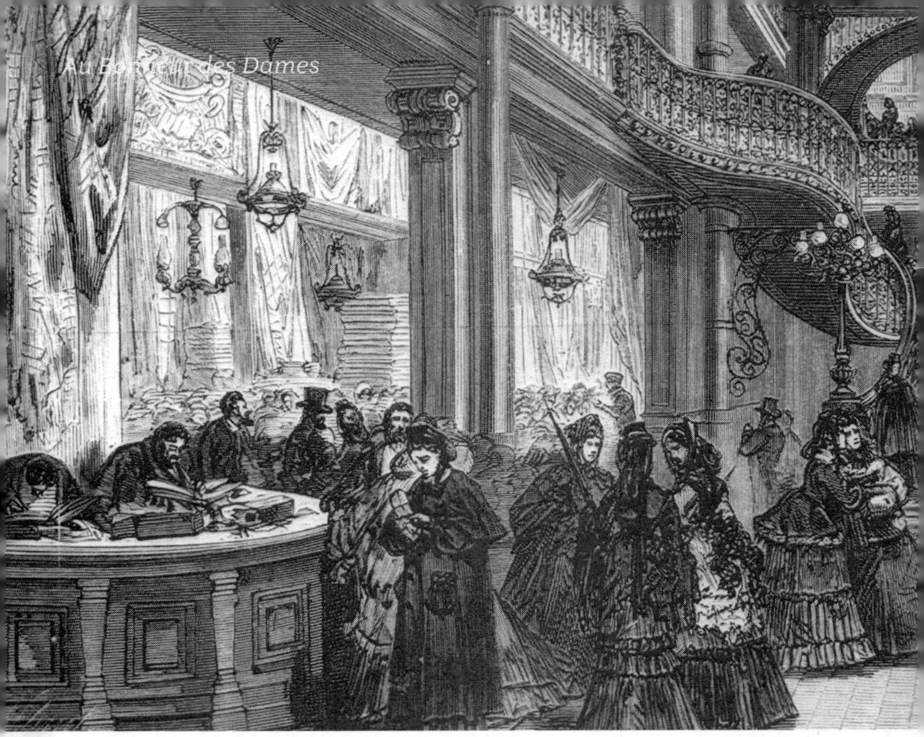

Paris. — Les magasins de nouveautés. — Le Bon Marché, *gravure*, *XIXe siècle*.

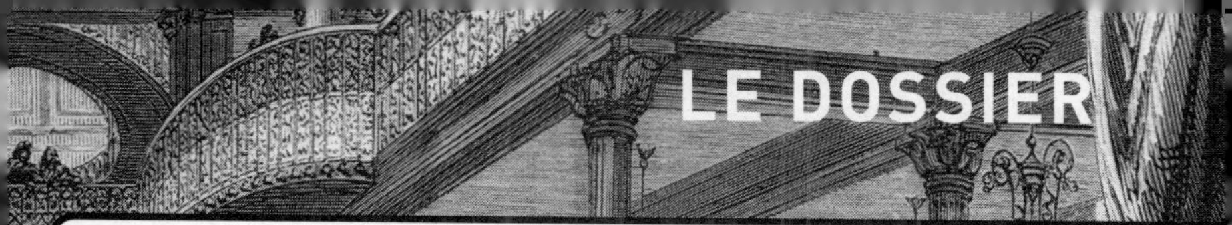

Au Bonheur des Dames

Un roman réaliste de la série des *Rougon-Macquart*

REPÈRES

Qu'est-ce qu'un roman réaliste ? 246
Qu'est-ce que la série des *Rougon-Macquart* ? 248

PARCOURS DE L'ŒUVRE

Étape 1 : Lire les premières pages d'un roman réaliste . . 250
Étape 2 : Caractériser le personnage d'Octave Mouret . . 252
Étape 3 : Étudier une scène de vente 254
Étape 4 : Étudier une description réaliste 256
Étape 5 : Faire le point sur l'intrigue 258
Étape 6 : Repérer les informations à valeur documentaire 260
Étape 7 : Analyser la description des conditions de travail des employés 262

TEXTES ET IMAGE

Les femmes dans les romans de Zola : groupement de documents 264

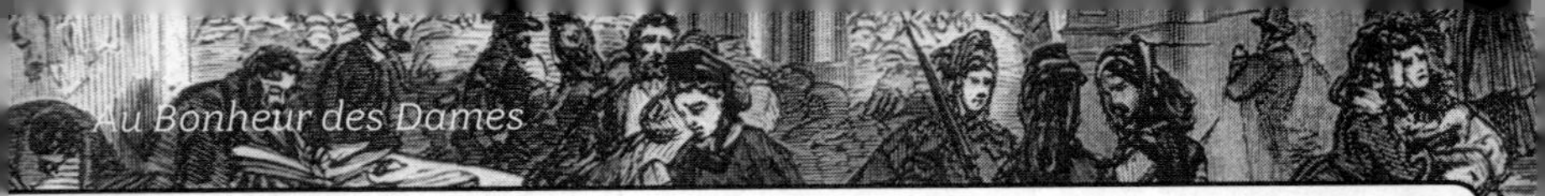

Qu'est-ce qu'un roman réaliste ?

Le roman réaliste, dont le roman naturaliste est le prolongement, se développe dans la seconde moitié du XIXe siècle. C'est un récit de fiction destiné à peindre la réalité de son époque, en la déformant le moins possible.

● LE ROMAN COMME GENRE LITTÉRAIRE

Un roman se définit suivant les critères suivants :
- c'est un récit long ;
- ce récit est en prose ;
- l'histoire racontée est une fiction.

*Une **fiction** est une histoire imaginaire, inventée par l'auteur, ce qui ne signifie pas qu'elle se situe dans un univers féerique ou fantastique.*

● AUX ORIGINES DU ROMAN

Au Moyen Âge, le mot « roman » désigne d'abord une langue, puis les longs récits en vers écrits dans cette langue, qui narrent les exploits de preux chevaliers, tels Roland ou Lancelot.

C'est au XVIe siècle qu'apparaissent les premiers romans en prose, comme ceux de Rabelais. Ils mettent en scène des héros extraordinaires mais imparfaits.

Aux XVIIe et XVIIIe siècles, le roman adopte de nouvelles formes, comme celle du roman psychologique.

*Les deux héros de **Rabelais**, Gargantua et Pantagruel, sont des géants qui aiment boire et manger plus que de raison.*

● LE XIXe SIÈCLE, ÂGE D'OR DU ROMAN

Au XIXe siècle, le roman devient le genre littéraire le plus apprécié.

De nombreux sous-genres apparaissent : roman d'aventures, roman historique, roman sentimental, roman fantastique...

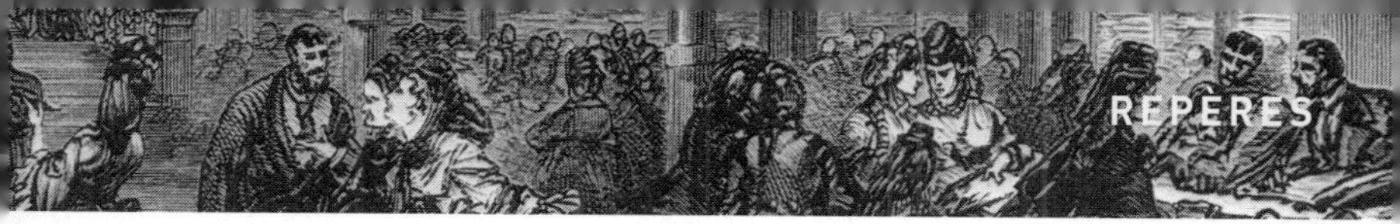

L'histoire du mot « naturaliste »

Au XVIe siècle, le terme désigne celui qui étudie l'histoire naturelle. Au XVIIe siècle, on l'emploie pour les artistes qui estiment nécessaire l'imitation de la nature. C'est au XIXe siècle que le terme « naturalisme » entre en littérature, lorsque Zola crée ce que l'on appelle le « roman naturaliste ».

LE RÉALISME ET LE NATURALISME

Avec des romanciers comme Honoré de Balzac (1799-1850), l'auteur de *La Comédie humaine*, le réalisme* s'impose comme un mouvement littéraire majeur. Les romans réalistes prennent soin d'inventer des personnages et des intrigues vraisemblables.

Attention ! Il ne faut pas confondre vrai *(qui a eu lieu) et* vraisemblable *(qui pourrait avoir lieu dans la réalité).*

Le naturalisme* est l'héritier du réalisme, dont il adopte les principes. Il regroupe des romanciers, comme Émile Zola ou Guy de Maupassant, mais aussi des peintres, comme Édouard Manet.

Maupassant *(1850-1883) a exposé les principes du naturalisme dans la préface de son roman* Pierre et Jean.
Manet *(1832-1883) est un peintre dont les tableaux, comme* Le Déjeuner sur l'herbe *ou* Olympia, *reprennent des thèmes traditionnels qu'ils traitent de manière naturaliste. C'était un ami de Zola, dont il a réalisé un portrait.*

Les œuvres réalistes ou naturalistes ont des caractéristiques communes :
– voulant dire « toute la vérité », elles représentent la réalité, sans chercher à l'embellir ;
– elles accordent une place importante aux gens du peuple ;
– elles prétendent observer la société à la manière des scientifiques.

Parce qu'elles peignent avec le même soin tous les aspects de la société, même les plus sordides, les œuvres naturalistes font souvent scandale.

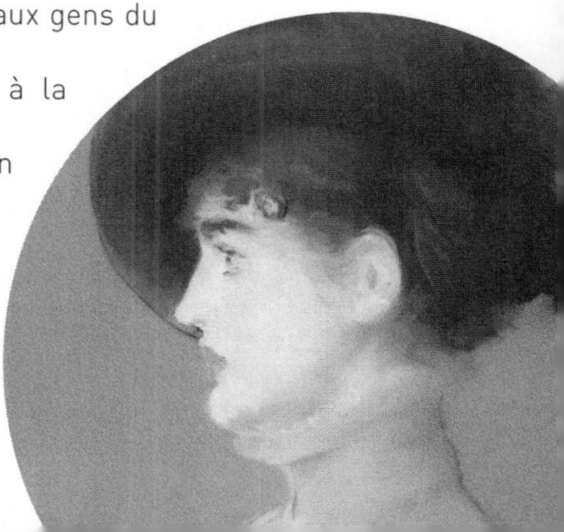

Édouard Manet (1832-1883), La Femme au chapeau noir *: portrait d'Irma Brunner la Viennoise (vers 1880), dessin. Paris, musée du Louvre.*

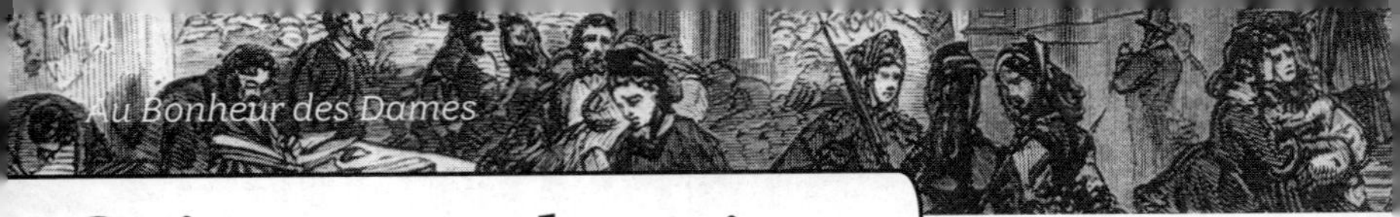

Qu'est-ce que la série des *Rougon-Macquart* ?

À travers la grande fresque romanesque des* Rougon-Macquart*, à laquelle appartient* Au Bonheur des Dames*, Zola entend dresser un tableau réaliste et complet de la société française du Second Empire.

● UN PROJET DE LONGUE HALEINE

C'est en 1868 que Zola s'engage dans le projet qui occupera vingt-cinq ans de sa vie : le cycle romanesque* consacré aux *Rougon-Macquart*. Il s'agit de dédier un roman à chaque membre de deux familles issues de la même aïeule, Adélaïde Fouque, qui conçut des enfants de son époux, Rougon, et de son amant, Macquart. Au fil des romans, le lecteur de Zola peut reconstituer des vies entières.

Dans Au Bonheur des Dames*, c'est Octave Mouret qui rattache le roman au cycle : il est l'arrière petit-fils d'Adélaïde Fouque et d'Antoine Macquart.*

● LA SOCIÉTÉ TOUT ENTIÈRE

À travers les aventures des *Rougon-Macquart*, Zola représente toutes les couches de la société. Selon lui, on peut globalement distinguer quatre milieux différents dans la société : le peuple, les commerçants, la bourgeoisie et le grand monde.

Pour que le tableau soit complet, il faut ajouter un « monde à part » : celui des prostituées, des criminels, des religieux et des artistes.

● UNE PRÉPARATION MINUTIEUSE

Avant de se lancer dans l'écriture, Zola rédige des notes sur « la marche générale de son projet » et sur la « nature de l'œuvre ». Pour chaque roman de la série, il établit une fiche détaillée sur chacun des personnages.

En 1878, il publie un arbre généalogique représentant l'ensemble de la famille.

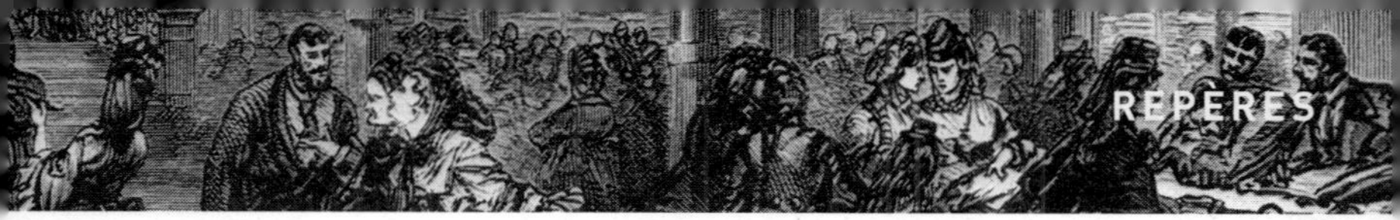

De *La Comédie humaine* aux *Rougon-Macquart*

L'ampleur de l'œuvre de Zola rappelle celle de La Comédie humaine *de Balzac, vaste fresque de 95 romans écrits entre 1829 et 1850, où les personnages reviennent de roman en roman et dans laquelle il entend dresser le portrait de tous les « types » humains de son temps.* La Comédie humaine *et* Les Rougon-Macquart *sont caractéristiques des ambitions des romanciers du XIXᵉ siècle.*

Pour composer ses ouvrages, Zola s'appuie sur un travail de recherche important qui s'étend souvent sur plusieurs mois, pendant lesquels il collecte des documents, fait des enquêtes de terrain et prend des notes. Il est particulièrement attentif à restituer la langue propre à chaque milieu social.

Pour en savoir plus, reporte-toi, dans l'enquête, à la partie consacrée au travail de l'écriture du Bonheur des Dames *(p. 278).*

● LA DÉMARCHE SCIENTIFIQUE APPLIQUÉE AU ROMAN

Zola, fin connaisseur des théories scientifiques de son époque, a pour ambition d'observer la société comme un biologiste scrute la nature. Il entend mettre en évidence, à travers le parcours de ses personnages, l'influence de deux grands principes sur le comportement et le destin des hommes :
- l'hérédité, c'est-à-dire la marque génétique léguée par nos ancêtres ;
- le milieu, c'est-à-dire la culture dans laquelle on est élevé et dans laquelle on évolue.

Ces deux principes sont nécessaires et suffisants, selon Zola, pour expliquer des phénomènes tels que l'alcoolisme.

Zola explique son projet

« Je veux expliquer comment une famille, un petit groupe d'êtres, se comporte dans une société, en s'épanouissant pour donner naissance à dix, à vingt individus, qui paraissent, au premier coup d'œil, profondément dissemblables, mais que l'analyse montre intimement liés les uns aux autres. » (Préface de La Fortune des Rougon, *1870.)*

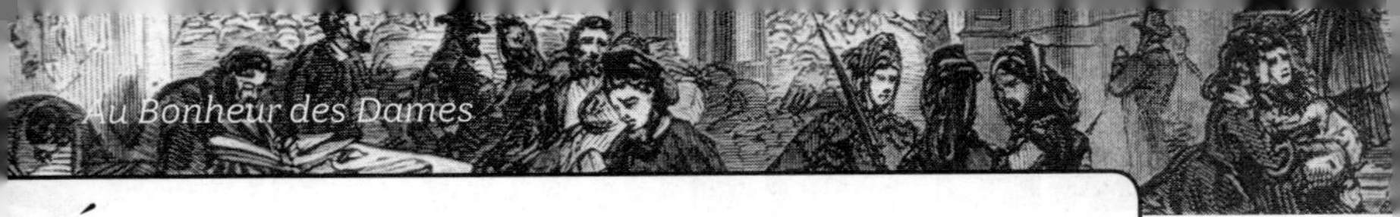

Étape 1 • Lire les premières pages d'un roman réaliste

SUPPORT • Chapitre I, du début à : « *Baudu, successeur de Hauchecorne* » (p. 16, l. 110).

OBJECTIF • Repérer les informations essentielles fournies par les premières pages du roman.

As-tu bien lu ?

1 Où la scène se passe-t-elle ?
☐ à Cherbourg ☒ à Paris ☐ à Valognes

2 Denise est-elle ?
☐ une enfant ☒ une jeune femme ☐ une vieille femme

3 Qui l'accompagne ? Jean et Pépé

4 Qu'est-ce qui provoque son admiration ?
☐ la gare saint-Lazare
☐ la boutique de Baudu
☒ un magasin de nouveautés

La présentation de l'héroïne, Denise

5 Quelles sont les caractéristiques physiques de Denise ?

6 Relève les détails qui témoignent de sa pauvreté.

Moyen de transport	train de dernière classe
Vêtements	vêtements pauvres, habits de deuils.
Bagages	

7 Quel métier exerce-t-elle ? Relève le passage qui nous renseigne sur ce point.

Citation : ....

....

8 Pourquoi peut-on dire que Denise se trouve dans une situation difficile ?

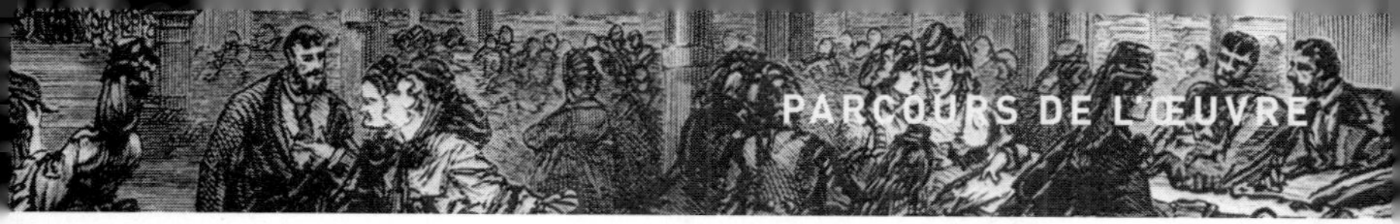

9 Quels traits de caractère de l'héroïne se dégagent du récit ? Choisis un ou deux adjectifs pour la caractériser et justifie ton choix.

La présentation du *Bonheur des Dames*

10 Où est situé le magasin *Au Bonheur des Dames* ?

11 Quelle impression fait-il à Denise ? Pourquoi ?

12 Dégage le début et la fin de la partie consacrée à la description des marchandises du grand magasin. Quelle impression générale se dégage de cette description ?

13 Relève la description de l'oncle Baudu observant le *Bonheur des Dames* : de quels sentiments témoigne-t-elle ? Comment peux-tu les expliquer ?

La langue et style

14 Quelle métaphore* est utilisée par Zola pour désigner le grand magasin (p. 13, l. 28-29) ? Quel est le sens de cette image ?

Faire le bilan

15 Relève les éléments qui montrent que l'histoire fictive* du roman se situe dans le monde réel.

16 Montre que ces premières pages remplissent leur fonction d'incipit* en nous présentant de manière réaliste les deux héros du roman : Denise et *le Bonheur des Dames*.

À toi de jouer

17 À partir de la première ligne de *Germinal*, un autre roman de Zola, imagine et rédige la première page : « Dans la plaine rase, sous la nuit sans étoiles, d'une obscurité et d'une épaisseur d'encre, un homme suivait seul la grande route de Marchiennes à Montsou, dix kilomètres de pavé coupant tout droit, à travers les champs de betteraves. »

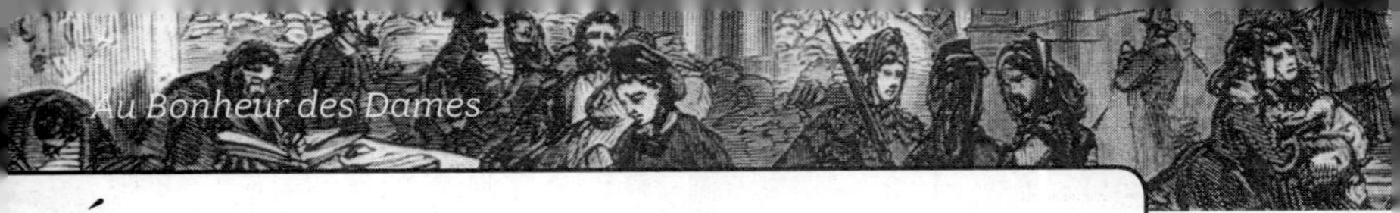

Étape 2 • Caractériser le personnage d'Octave Mouret

SUPPORT • Chapitres I, II et III (p. 12-54).

OBJECTIF • Repérer les informations essentielles que les trois premiers chapitres fournissent sur Octave Mouret.

As-tu bien lu ?

1 Quelle est la fonction d'Octave Mouret dans le magasin *Au Bonheur des Dames* ?

- [ ] vendeur
- [ ] chef de rayon
- [ ] associé chargé de la surveillance
- [x] propriétaire et patron

2 Quand débute le roman, Octave Mouret est :

- [x] divorcé
- [ ] marié
- [ ] veuf

3 Quels liens les personnages suivants ont-ils avec lui ?

– Baudu : ... employé ...

– Bourdoncle : ... Associé ...

– Henriette Desforges : ... Maîtresse ...

– Paul de Vallagnosc : ... Ami ...

Sa carrière

4 Dans le chapitre I, les Baudu dressent à Denise un récapitulatif de la carrière d'Octave Mouret (p. 24-25). Quelles modifications a-t-il fait subir au magasin ?

5 Dans le chapitre II, quels projets Mouret confie-t-il à Bourdoncle concernant le magasin (p. 30-31) ?

6 Quelle nouveauté a-t-il introduit dans la rémunération de ses vendeurs (p. 31) ? Quel est l'intérêt de ce procédé ?

7 Octave Mouret affirme que, pour réussir, il faut avoir « le sens de la femme » (p. 33, l. 166-167) : que signifie cette expression ?

8 Au chapitre III, quel projet expose-t-il au baron Hartmann (p. 51-52) ?

- [ ] il veut changer de métier
- [ ] il veut agrandir le magasin
- [ ] il veut ouvrir un second magasin en province

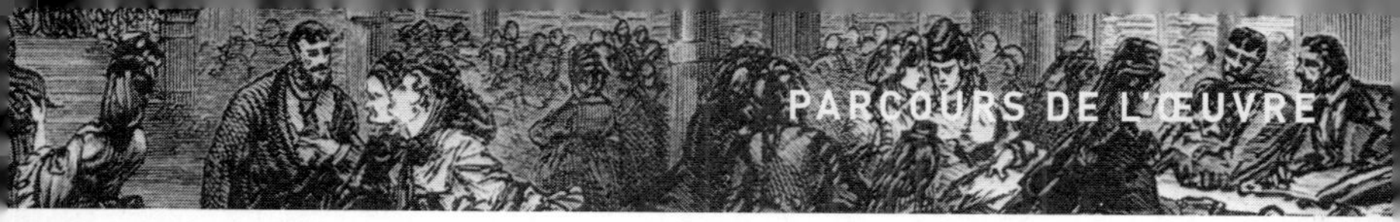

Sa vie privée

9 Selon les Baudu, quel scandale a marqué les débuts d'Octave Mouret (p. 24-25) ?
- ☐ Il a commis un meurtre
- ☐ Il a séduit une femme mariée
- ☐ Il a commis une escroquerie

10 Le deuxième chapitre (p. 29-30) confirme-t-il qu'il s'agit d'un séducteur ? Pourquoi ?

11 Au chapitre III, sa visite à Mme Desforges est-elle désintéressée (p. 45-46) ? Qu'en attend-il ?

12 Comment traite-t-il Mme Deforges ? Pourquoi ?

Faire le bilan

13 Dresse le portrait d'Octave Mouret, en utilisant les adjectifs adéquats de la liste suivante, dont tu justifieras le choix :
ambitieux – audacieux – économe – généreux – hypocrite – réservé – séduisant – travailleur.

À toi de jouer

14 Le personnage de Mouret s'inspire d'un homme d'affaires qui a réellement existé, Aristide Boucicaut. À ton tour, invente un personnage de roman inspiré d'un homme ou d'une femme d'affaires d'aujourd'hui, et, à la manière de Zola, dresse une fiche détaillée le (la) concernant (description physique, traits de caractère, parcours professionnel, vie privée).

À ton avis

15 Face à Paul de Vallagnosc, Octave Mouret affirme que les études coûtent cher et ne servent à rien : partages-tu cette analyse ? Pour répondre, appuie-toi sur les arguments qu'il emploie (p. 49-50), afin de les valider ou de les récuser.

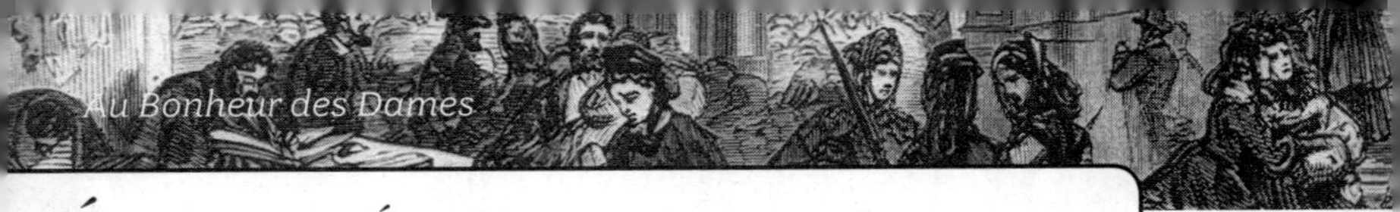

Étape 3 • Étudier une scène de vente

SUPPORT • Chapitre IV, de : « — Je désirerais un manteau » à : « qu'elle classait sur un comptoir » (p. 68-71, l. 346-421).

OBJECTIF • Repérer comment, dans cette scène, Zola représente les relations entre les clientes et les vendeuses.

As-tu bien lu ?

1 Depuis combien de temps Denise travaille-t-elle au *Bonheur des Dames* ?

2 Quelle profession y exerce-t-elle ?
☐ caissière ☐ mannequin ☐ vendeuse

3 Quel article Mme Marty veut-elle acheter ?
☐ un châle ☐ un manteau ☐ une robe

4 Quel rôle attribue-t-on à Denise ?

Des clientes exigeantes et choyées

5 Appuie-toi sur des citations du texte pour montrer que Mme Desforges et Mme Marty ne sont pas satisfaites de Denise. Que lui reprochent-elles ?

6 Comment Mme Aurélie traite-t-elle les deux clientes ? Pourquoi ?

7 Comment peux-tu qualifier la manière dont Mouret traite ses clientes ?

8 Quels traits de caractère de Mme Desforges se révèlent dans cette scène ?

Denise, une vendeuse humiliée

9 Denise subit plusieurs humiliations dans ce texte : identifie-les en remplissant le tableau suivant.

Ce que lui dit Mme Aurélie quand elle lui retire la vente	
Ce qui se passe quand Mouret entre dans la pièce	
Les remarques faites sur son physique	
La réaction des vendeuses à la remarque d'Octave Mouret sur sa coiffure	

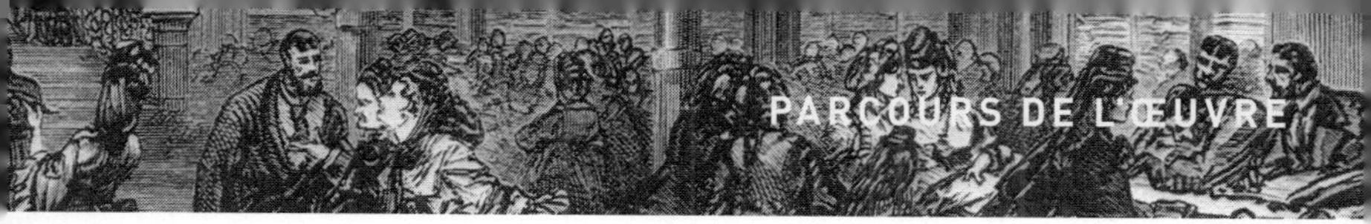

10 Relève les mots et expressions qui expriment ce que Denise ressent. De quels champs lexicaux relèvent-ils ?

11 « Elle s'abandonnait aux mains de Marguerite, qui la faisait tourner lentement » (p. 70, l. 87-88) : quelle image de Denise cette phrase donne-t-elle ?

12 Comment est-elle considérée, et par les clientes, et par les autres vendeuses ?

13 Quels indices montrent que, malgré les apparences, il en va autrement pour Mouret ?

La langue et style

14 « Lorsque [Marguerite] entendit madame Marty dire qu'elle ne voulait pas dépasser les deux cents francs, elle eut une moue de pitié. *Oh, madame mettrait davantage, il était impossible avec deux cents francs que madame trouvât quelque chose de convenable.* » (p. 69, l. 364-367)
Qui prononce les propos rapportés dans la phrase en italique ?
Comment appelle-t-on cette manière de rapporter les propos d'un personnage ?

Faire le bilan

15 Explique ce que Zola, dans cette scène, nous montre des relations entre les clientes et les vendeuses.

À ton avis

16 Que penses-tu de l'attitude de Denise envers ses clientes et ses collègues ? Aurait-elle dû se comporter autrement ? Développe ta réponse à l'aide d'au moins deux arguments.

À toi de jouer

17 Réécris la scène en imaginant une attitude différente de Denise, et la réaction des autres personnages.

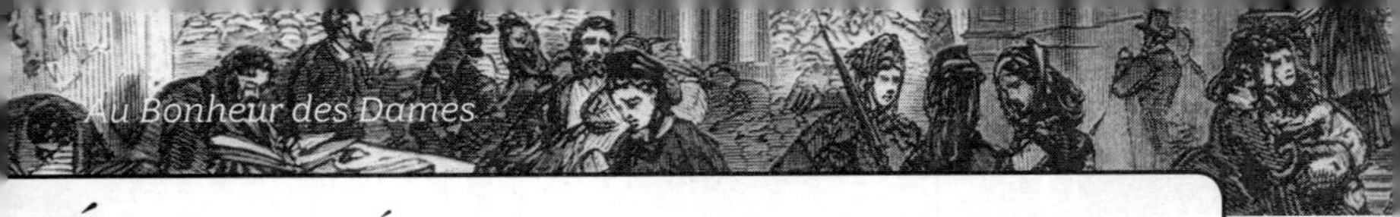

Étape 4 • Étudier une description réaliste

SUPPORT • Chapitre IX, du début à « hautes nefs métalliques » (p. 140-142, l. 34) et l'enquête.

OBJECTIF • Repérer les caractéristiques du magasin et analyser par quels moyens Zola en rend compte dans sa description.

As-tu bien lu ?

1 À quelle saison l'action de ce chapitre se situe-t-elle ?
☐ en été ☐ en hiver ☐ au printemps

2 Pourquoi le magasin inaugure-t-il des bâtiments neufs ?
☐ il a déménagé ☐ il s'est agrandi

3 Quels sont les principaux matériaux utilisés dans le magasin ?
☐ l'acier et le béton ☐ le bois et la pierre ☐ le fer et le verre

Les caractéristiques du magasin

4 Dans le premier paragraphe (p. 140), comment sont décrits les visages des commerçants du quartier ? Quels sentiments trahissent-ils ? Comment l'expliques-tu ?

5 Relève toutes les expressions témoignant de l'emploi du métal dans l'architecture du magasin.

6 À quoi le narrateur attribue-t-il le choix de ce matériau ? Y est-il favorable ou défavorable ? Appuie-toi sur une citation du texte pour répondre.

7 Quels bénéfices le public tire-t-il des aménagements apportés au magasin ?

8 Que signifie l'expression : « Un monde poussait là » (p. 142, l. 33-34) ?

L'organisation d'une description réaliste

9 Dans le premier paragraphe (p. 140, l. 1-9), relève les éléments qui font attendre au lecteur la description d'un magasin flambant neuf et majestueux.

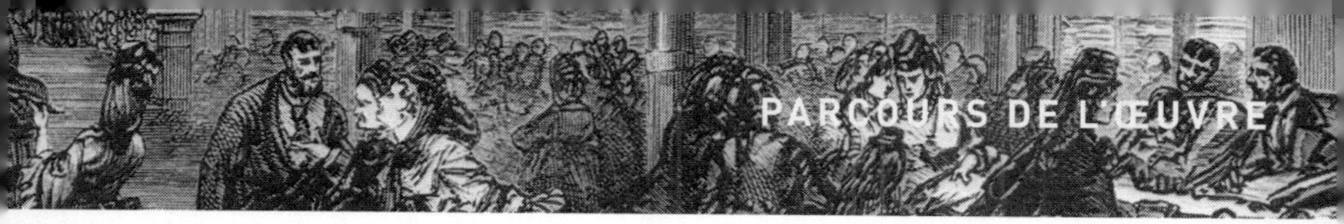

10 Dans le second paragraphe (p. 140, l. 10-34), relève la phrase qui permet d'introduire la description.

11 Complète le tableau suivant en relevant les expressions qui permettent de situer les différentes parties du magasin. Comment la description est-elle organisée ?

1.	« au centre »
2.	
3.	
4.	« en bas »
5.	
6.	

12 En t'appuyant sur l'enquête, montre qu'il s'agit d'une description conforme à la réalité des grands magasins de l'époque.

La langue et style

13 À l'aide de quelques exemples, montre que Zola emploie un vocabulaire technique* précis.

14 Quelle métaphore* désigne ici le grand magasin ? Quel est son sens ?

15 Relève les énumérations* du texte. Quelle impression donnent-elles ?

Faire le bilan

16 Dans un paragraphe synthétique, expose les principales caractéristiques du grand magasin et explique comment Zola en rend compte dans sa description.

À toi de jouer

17 Rends-toi dans un grand magasin ou un supermarché, et, à la manière de Zola, fais-en la description.

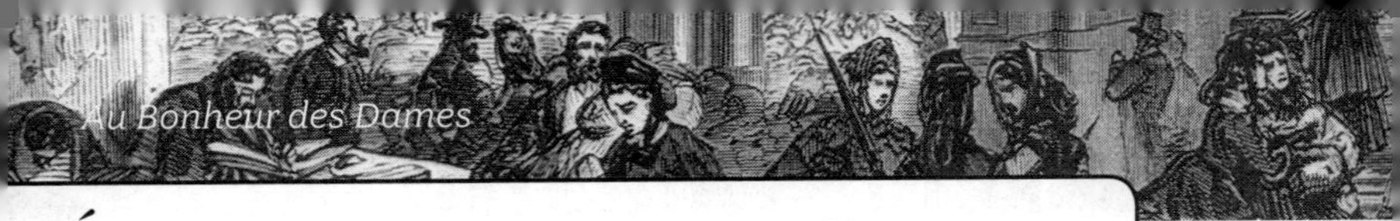

Étape 5 • Faire le point sur l'intrigue

SUPPORT • L'ensemble du roman.

OBJECTIF • Vérifier la compréhension de l'histoire.

As-tu bien lu ?

1 Remets dans l'ordre les épisodes suivants de la vie de Denise.

a. Elle travaille pour Bourras	
b. Elle devient le souffre-douleur du rayon	
c. Elle est renvoyée	
d. Elle est embauchée au *Bonheur des Dames*	1
e. Elle travaille chez Robineau	
f. Elle reçoit une lettre de Mouret	
g. Elle obtient une promotion au *Bonheur des Dames*	
h. Elle accepte d'épouser Mouret	12
i. Elle rencontre Mouret au jardin des Tuileries	
j. Elle s'installe chez le père Bourras	
k. Elle cumule son emploi au *Bonheur des Dames* et un travail que lui fournit Robineau	
l. Elle décide de quitter le grand magasin	

Denise au *Bonheur des Dames*

2 Pourquoi Denise devient-elle le souffre-douleur du magasin ?

3 Après son renvoi, de quels traits de caractère fait-elle preuve ?

4 Quand elle revient au *Bonheur des Dames*, pourquoi est-elle traitée avec plus d'égards ?

5 Quelles sont les différentes étapes de sa carrière ?

6 Quelles qualités acquiert-elle peu à peu ?

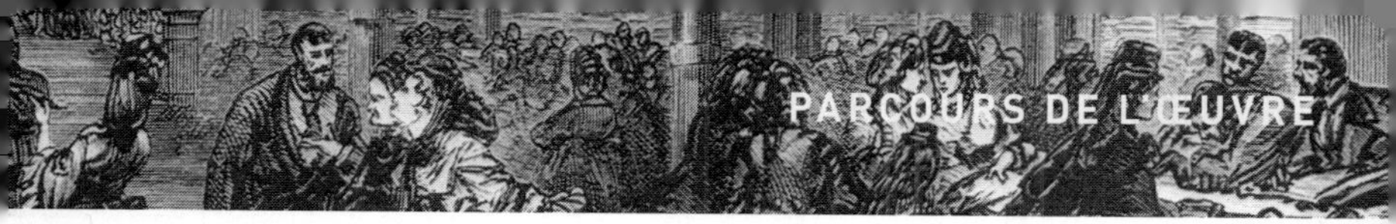

Les amours de Denise

7 Dans la vie amoureuse de Denise, trois hommes occupent une place importante : Deloche, Hutin, et Mouret. Attribue à chacun la description qui lui correspond.

Denise l'aime, mais il ne l'aime pas	
Il aime Denise, mais elle ne l'aime pas	
Il aime Denise, qui l'aime secrètement	

8 Caractérise chacun des trois hommes à l'aide de deux adjectifs.

9 Comment l'évolution de ses amours montre-t-elle l'évolution du caractère de Denise ?

10 Comment Denise modifie-t-elle le caractère et le comportement d'Octave Mouret ?

L'évolution du commerce

11 Quelles transformations connaît le magasin de nouveautés *Au Bonheur des Dames* au cours du roman ?

12 Dans les derniers chapitres, qu'arrive-t-il aux personnages suivants ?
Geneviève – Baudu – Robineau – le père Bourras.

13 Quelle est la valeur symbolique* des malheurs qui les frappent ?

Faire le bilan

14 Rédige en une page un résumé personnel du roman, dans lequel tu feras apparaître d'une part l'évolution de Denise et d'autre part celle du commerce parisien.

À toi de jouer

15 Choisis l'un des personnages suivants, et imagine, dans un récit d'une page environ, sa vie après le mariage de Denise et Octave : Jean, Pauline Cugnot, Bourdoncle.

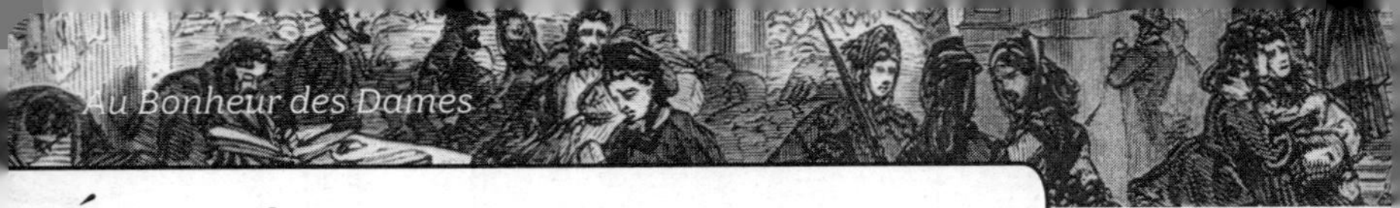

Étape 6 • Repérer les informations à valeur documentaire

SUPPORT • Chapitres IV, IX, XIV et l'enquête.

OBJECTIF • Repérer les éléments documentaires sur les techniques de vente dans ces trois chapitres, qui racontent chacun une journée de vente.

As-tu bien lu ?

1 Au XIXe siècle, qui les grands magasins essaient-ils de séduire avant tout ?
☐ les hommes
☐ les femmes

2 Qu'est-ce qu'un « rendu » ?

3 Qu'est-ce qu'une « proposition » ?
☐ une vente de produits soldés
☐ une vente annoncée sur un catalogue
☐ un stand dans lequel un démonstrateur fait l'article des produits qu'il vend

L'exposition des nouveautés d'hiver, octobre 1864 (chap. IV)

4 Quel produit permet d'attirer les clientes au *Bonheur des Dames* ? En quoi ce produit est-il exceptionnel ?

5 Quelle partie du magasin crée une grande surprise ? Quel est le but de l'opération ?

L'exposition des nouveautés d'été, mars 1867 (chap. IX)

6 Quelles nouveautés permettent d'accroître le bien-être des clientes ?

7 Comment la publicité du magasin est-elle organisée ?

8 Quel budget lui est alloué ?

9 Quels principes sont utilisés dans l'aménagement du magasin pour optimiser les ventes ?

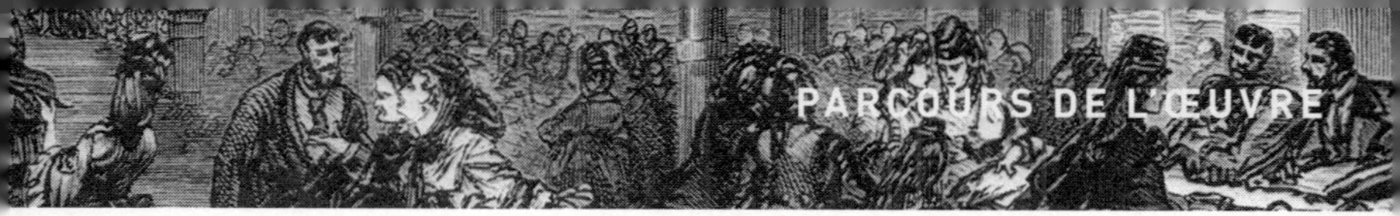

L'exposition du blanc, février 1869 (chap. XIV)

10 Combien de temps la campagne publicitaire annonçant la vente a-t-elle duré ?

11 Quel est le budget désormais alloué à la publicité ? Quelle forme celle-ci a-t-elle prise ?

12 Comment Mouret crée-t-il un effet d'émeute à l'entrée du *Bonheur des Dames* ? Quel est le but de cette opération ?

13 Comment fait-il de l'exposition des articles mis en vente un spectacle exceptionnel ?

14 Quel cadeau est offert aux futures clientes ?

15 Quels nouveaux employés ont été engagés ? Quel est leur rôle ?

Les éléments documentaires

16 Après avoir lu l'enquête, peux-tu dire que les techniques de vente imaginées par Zola sont réalistes ?

17 Comment le romancier a-t-il atteint ce degré de précision ?

Faire le bilan

18 Rédige une synthèse organisée, dans laquelle tu exposeras la révolution commerciale des grands magasins, illustrée par Zola dans *Au Bonheur des Dames*. Pour t'aider, tu pourras utiliser le plan suivant : 1. l'organisation du magasin ; 2. des techniques de vente novatrices ; 3. l'importance de la publicité.

À toi de jouer

19 Quelles sont les techniques utilisées aujourd'hui dans les grands magasins et les supermarchés pour vendre le plus de produits possible ?
Prépare un exposé sur ce thème, pour lequel tu t'appuieras sur une recherche documentaire (articles de journaux, reportages, interviews), mais aussi sur une observation personnelle.

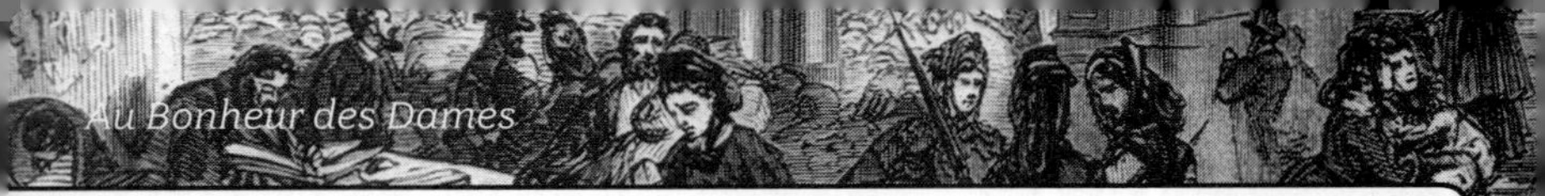

Étape 7 • Analyser la description des conditions de travail des employés

SUPPORT • L'ensemble du roman et l'enquête.

OBJECTIF • Percevoir comment le roman porte un regard critique sur les conditions de travail des employés des grands magasins.

Un univers hiérarchisé

1 La place des employés dans les grands magasins est strictement hiérarchisée. Replace les emplois suivants dans la hiérarchie, du poste le plus haut au poste le plus bas : commis, chef de rayon, intéressé, second.

2 Dans le roman, chacune de ces fonctions est représentée par un ou plusieurs personnages. Attribue à chacun des personnages suivants l'emploi qu'il occupe dans les premiers chapitres.

– Bourdoncle : ....

– Bouthemont : ....

– Hutin : ....

– Robineau : ....

L'organisation de la concurrence

3 Dans le chapitre II, Mouret explique à Bourdoncle comment il organise la concurrence entre les vendeurs. Quel système met-il en place ?

4 Zola parle à propos de ce système de « lutte pour l'existence » (p. 31, l. 119) ? Que penses-tu de cette expression ? Porte-t-elle un regard positif ou négatif sur ce système ?

5 À son entrée au *Bonheur des Dames*, comment Denise est-elle rémunérée ?

6 Pourquoi les vendeuses sont-elles alors en concurrence ? Comment cela se traduit-il pour Denise ?

7 Au cours du roman, Hutin obtient une promotion : comment s'y prend-il ? Que penses-tu de son ascension ?

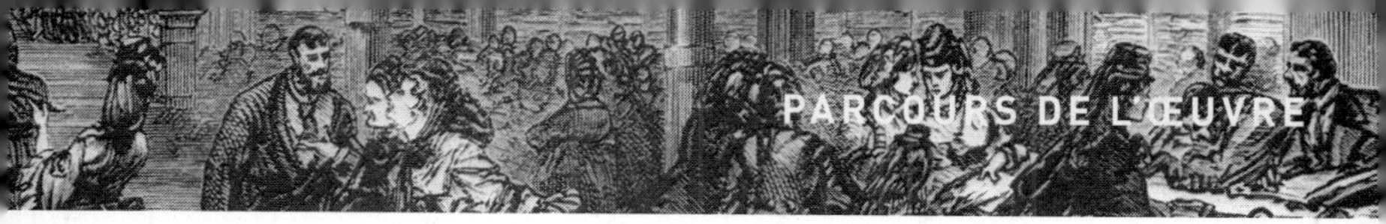

Un travail précaire

8 Quel épisode du roman montre que les employés risquent à tout moment d'être licenciés ?

9 Les revenus des vendeuses sont très bas. Quelles solutions celles du roman de Zola trouvent-elles pour les augmenter ? Quels risques encourent-elles ?

10 Que se passe-t-il quand Pauline Cugnot tombe enceinte ?

Des conditions de vie difficiles

11 Quelles difficultés du métier de vendeuse sont mises en valeur dans le chapitre IV ?

12 Au cours du roman, on voit que les vendeurs et vendeuses réalisent de nombreuses tâches : lesquelles ?

13 Comment les employés sont-ils nourris et logés ?

14 Quels arguments Denise utilise-t-elle pour convaincre Mouret d'améliorer le sort des employés (chapitre XII, p. 199) ?

15 Quelles améliorations s'installent progressivement ?

Faire le bilan

16 Montre comment, en exposant de manière réaliste les conditions de travail des employés, Zola dénonce la précarité dans laquelle ils se trouvent.

À ton avis

17 Est-il bon d'organiser un système de concurrence entre les vendeurs d'un même magasin ? Expose ton avis à l'aide d'au moins deux arguments.

À toi de jouer

18 Prépare un exposé sur les conditions de travail d'un vendeur ou d'une vendeuse aujourd'hui. Tu pourras choisir un(e) employé(e) de grand magasin, de l'enseigne d'une chaîne ou d'un petit commerce. Réalise une interview pour préparer ton exposé.

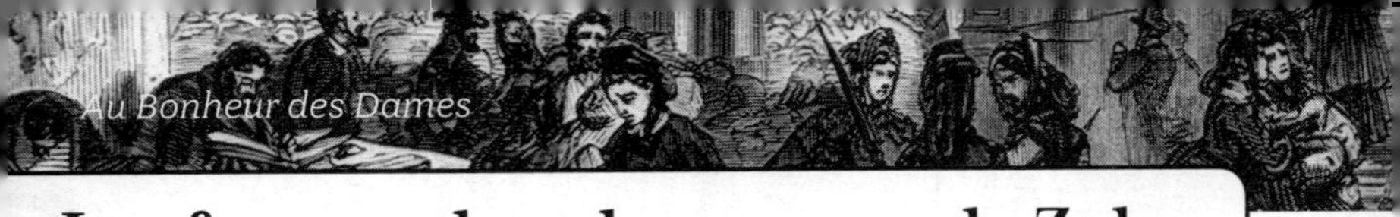

Les femmes dans les romans de Zola : groupement de documents

OBJECTIF : Comparer deux textes et une image présentant des personnages féminins des *Rougon-Macquart*.

DOCUMENT 1 ÉMILE ZOLA, *L'Assommoir,* 1877, chapitre 1.

La jeune Gervaise est mariée à Lantier. Celui-ci, après être rentré tard, lui reproche les cris des enfants et la saleté de leur petit appartement.

– C'est propre, ici ! murmura-t-il.

Puis, après avoir regardé un instant Gervaise, il ajouta méchamment :

– Tu ne te débarbouilles donc plus ?

Gervaise n'avait que vingt-deux ans. Elle était grande, un peu mince, avec des traits fins, déjà tirés par les rudesses de sa vie. Dépeignée, en savates, grelottant sous sa camisole[1] blanche où les meubles avaient laissé de leur poussière et de leur graisse, elle semblait vieillie de dix ans par les heures d'angoisse et de larmes qu'elle venait de passer. Le mot de Lantier la fit sortir de son attitude peureuse et résignée.

– Tu n'es pas juste, dit-elle en s'animant. Tu sais bien que je fais tout ce que je peux. Ce n'est pas ma faute, si nous sommes tombés ici... Je voudrais te voir, avec les deux enfants, dans une pièce où il n'y a pas même un fourneau pour avoir de l'eau chaude... Il fallait, en arrivant à Paris, au lieu de manger ton argent, nous établir tout de suite, comme tu l'avais promis.

1. **Camisole** : chemise de coton.

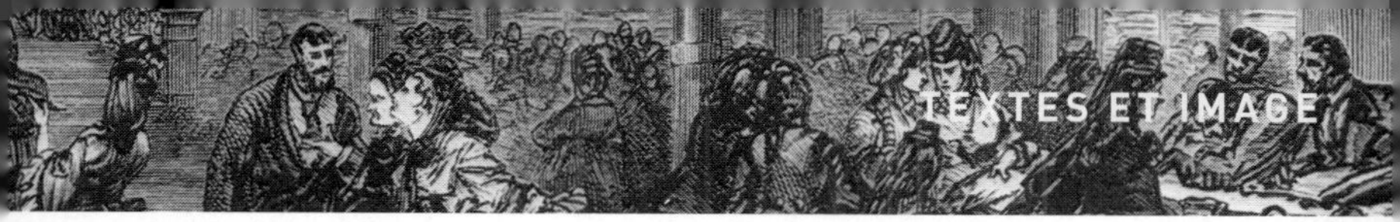

DOCUMENT 2 ÉMILE ZOLA, *Nana,* 1880, chapitre V.

Nana est la fille de Gervaise. C'est une jeune actrice, courtisée par de riches spectateurs qui la rejoignent en coulisses à l'issue du spectacle.

Tous se tournèrent. Elle ne s'était pas couverte du tout, elle venait simplement de boutonner un petit corsage de percale[1], qui lui cachait à demi la gorge. Lorsque ces messieurs l'avaient mise en fuite, elle se déshabillait à peine, ôtant vivement son costume de Poissarde[2]. Par-derrière, son pantalon laissait passer encore un bout de chemise. Et les bras nus, les épaules nues, la pointe des seins à l'air, dans son adorable jeunesse de blonde grasse, elle tenait toujours le rideau d'une main, comme pour le tirer de nouveau, au moindre effarouchement.

« Oui, j'ai été surprise, jamais je n'oserai..., balbutiait-elle, en jouant la confusion, avec des tons roses sur le cou et des sourires embarrassés.

– Allez donc, puisqu'on vous trouve très bien ! » cria Bordenave[3].

Elle risqua encore des mines hésitantes d'ingénue, se remuant comme chatouillée, répétant :

« Son Altesse me fait trop d'honneur... Je prie Son Altesse de m'excuser, si je la reçois ainsi...

– C'est moi qui suis importun, dit le prince ; mais je n'ai pu, madame, résister au désir de vous complimenter... »

Alors, tranquillement, pour aller à la toilette, elle passa en pantalon au milieu de ces messieurs, qui s'écartèrent. Elle avait les hanches très fortes, le pantalon ballonnait, pendant que, la poitrine en avant, elle saluait encore avec son fin sourire.

1. **Percale :** tissu de coton très fin. C'est une matière luxueuse.
2. **Poissarde :** femme du bas peuple, au langage grossier.
3. Bordenave est le directeur du théâtre dans lequel se produit Nana. Il joue l'intermédiaire entre l'actrice et ses admirateurs, parmi lesquels le prince d'Écosse.

DOCUMENT 3 *Affiche de* Gervaise, *un film français de René Clément,* adapté de *L'Assommoir* et réalisé en 1956.

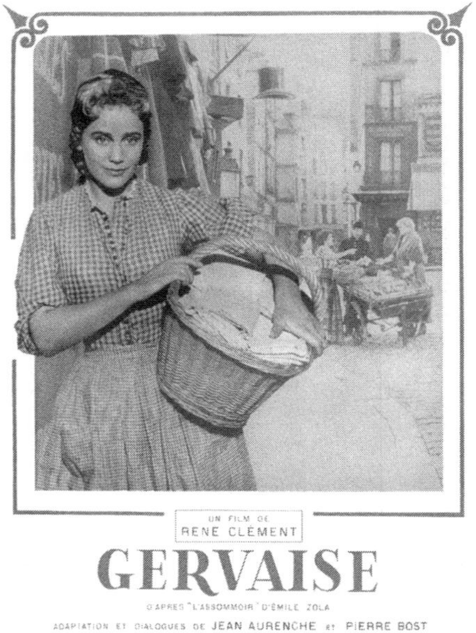

As-tu bien lu ?

1 **Document 1 :** pourquoi Gervaise se révolte-t-elle contre Lantier ?

2 **Document 2 :** quelle est l'attitude de Nana vis-à-vis de ses admirateurs ?

La peinture du milieu

3 Dans quel milieu évolue Gervaise (document 1) ? Quels détails en témoignent ?

4 Dans quel milieu évolue Nana (document 2) ? Quels détails en témoignent ?

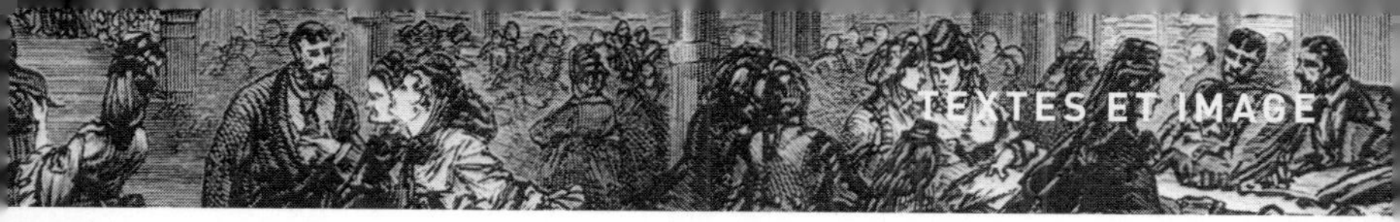

Des portraits réalistes

5 Relève les éléments qui permettent au lecteur de se représenter les deux jeunes femmes.

Gervaise	Nana

6 Choisis des adjectifs qui permettent de définir le caractère de chacune des deux femmes, en t'appuyant sur le texte.

7 Compare les deux jeunes femmes : quels sont les points communs et les différences entre la mère et la fille, au même âge.

Points communs	Différences

Lire l'image (document 3)

8 Quels éléments de l'image nous renseignent sur la profession de Gervaise ?

9 Quels éléments nous renseignent sur sa personnalité ?

10 L'image te semble-t-elle correspondre au portrait que Zola dresse de la jeune femme dans le document 1 ? Pourquoi ?

Faire le bilan

11 Pourquoi peut-on qualifier les portraits présentés dans les trois documents de « réalistes » ?

À toi de jouer

12 Tu es le réalisateur du film *Denise*, inspiré du roman de Zola *Au Bonheur des Dames*. Imagine l'affiche du film, qui met en scène son personnage principal.

De nos jours, les grands magasins les plus célèbres de Paris sont visités par des touristes venus du monde entier, au même titre que la tour Eiffel ou le musée du Louvre. Apparus au XIXe siècle, ils constituent une véritable révolution dans le monde du commerce. Comment les grands magasins sont-ils nés ? Par quels moyens ont-ils assuré leur succès ? Et comment Zola a-t-il travaillé pour faire de son roman, au cœur duquel est décrit un grand magasin fictif, un véritable document sur ces « cathédrales du commerce moderne » ?

La naissance des grands magasins

1 Comment les grands magasins sont-ils nés ? 270

2 Quelles techniques de vente y sont mises en œuvre ? . . 273

3 Quelles sont les conditions de travail des employés ? . . 276

4 Comment Zola s'est-il documenté pour écrire *Au Bonheur des Dames* ? 278

1 Comment les grands magasins sont-ils nés ?

Héritiers des magasins de nouveautés apparus dans les années 1830, les grands magasins ont profité des grands travaux de Paris pour étendre leur empire.

● LE COMMERCE À PARIS AVANT LES GRANDS MAGASINS

Au début du XIXe siècle, les activités commerciales parisiennes prennent la forme de petites boutiques spécialisées, souvent tenues par une famille. Quand une femme veut s'habiller, elle peut se rendre dans un magasin spécialisé dans la soie ou chez un drapier, afin de se faire confectionner une robe et un manteau sur mesure. Elle complète sa toilette en achetant une ombrelle ou un parapluie chez un artisan spécialisé, passe à la mercerie pour les accessoires utiles à la couture, et dans une bonneterie pour acheter sa lingerie et ses bas.

À partir des années 1820, ces petits commerces spécialisés se sont souvent réunis dans des galeries couvertes, plus agréables que les boutiques donnant directement sur la rue : à l'époque, en effet, il n'y a pas encore de trottoirs pour les passants.

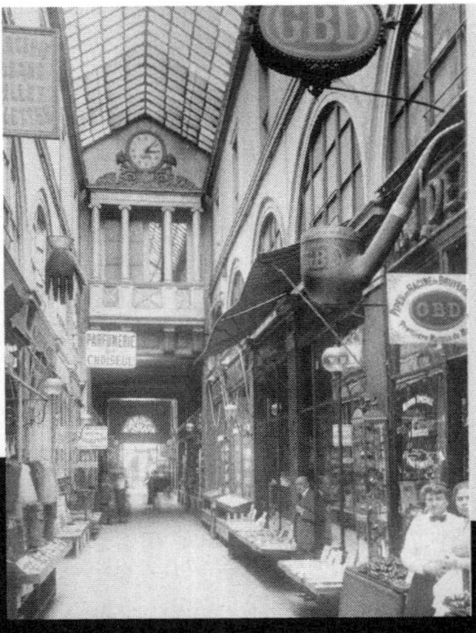

Le passage Choiseul

Situé dans le quartier où se déroule le roman de Zola, le passage Choiseul a gardé l'aspect d'une galerie couverte du XIXe siècle. Il se trouve dans le 2e arrondissement de Paris, près de l'Opéra, et date de 1825.

Le Passage Choiseul, *photographie anonyme, vers 1880. Paris, musée Carnavalet.*

● L'APPARITION DES MAGASINS DE NOUVEAUTÉS

Dans les années 1830 apparaissent les magasins de nouveautés. Contrairement aux boutiques traditionnelles, ils proposent différents produits, chacun d'eux bénéficiant d'un « comptoir » ou rayon. Dans un premier temps, ils sont consacrés uniquement à la vente de tissus – le terme « nouveautés » désigne les tissus qui se renouvellent à chaque saison. Rapidement, ils diversifient les produits mis en vente, créant des comptoirs de toiles, de bonneterie, ou de vêtements déjà confectionnés, comme les châles.

Plus grands que les petites boutiques traditionnelles, ils sont souvent installés dans un hôtel particulier[1], et accordent beaucoup

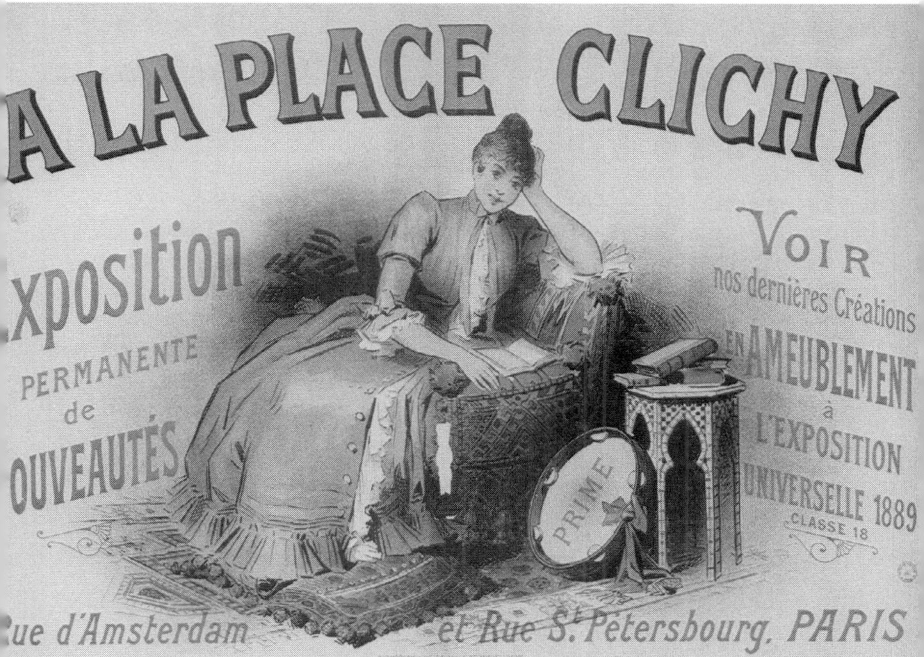

À la Place Clichy, *lithographie, vers 1890.*

1. Hôtel particulier : luxueuse maison de ville, comportant plusieurs étages.

de soin au décor : dotés de meubles en bois, ils proposent des chaises ou des canapés à leurs clientes, ainsi que de grands miroirs.

● DES MAGASINS DE NOUVEAUTÉS AUX GRANDS MAGASINS

Peu à peu, certains magasins de nouveautés s'étendent en annexant les maisons qui les jouxtent, voire en faisant construire un nouveau bâtiment. Ils continuent également de diversifier les articles : aux tissus, aux vêtements et au linge s'ajoutent les accessoires, la parfumerie, les objets de décoration, voire l'ameublement. Devenus de véritables grands magasins, ils connaissent un succès fulgurant à partir des années 1860.

Cet essor est favorisé par les bouleversements de la révolution industrielle que connaît la société française sous le Second Empire : les innovations techniques et les chemins de fer permettent de faire baisser le coût de fabrication des marchandises, tandis que les grands travaux qui métamorphosent le centre de Paris favorisent l'apparition de magasins de grande surface. Les petites ruelles entrelacées disparaissent, laissant la place à de grands boulevards aux larges trottoirs, qui facilitent la circulation. L'État favorise la construction de grands immeubles, dont les grands magasins occupent les étages inférieurs, puis qu'ils annexent complètement. Pour cela, d'importants travaux sont confiés au baron Haussmann, qui donnera son nom à l'un des plus célèbres Grands Boulevards parisiens.

Pourtant, les grands magasins ne font pas totalement disparaître le commerce traditionnel, et les petites boutiques spécialisées se modernisent à leur tour.

De drôles de noms !

Si certains magasins de nouveautés portent le nom du lieu où ils se trouvent (*À la Madeleine*), d'autres portent celui de vaudevilles[2] à la mode. On peut ainsi aller faire ses courses *Au Diable boiteux*, ou à *La Fille mal gardée*.

1. Vaudevilles : pièces de théâtre légères et divertissantes, au rythme rapide et aux nombreux rebondissements.

2 Quelles techniques de vente y sont mises en œuvre ?

Les grands magasins révolutionnent le commerce en adoptant des techniques de vente modernes et efficaces, dont la plupart sont encore utilisées aujourd'hui.

• LES GRANDS PRINCIPES

Les grands magasins adoptent trois grands principes de vente qui les distinguent des petites boutiques :
– l'entrée libre et sans obligation d'achat : le grand magasin est conçu comme un lieu de promenade, et les visiteurs peuvent regarder, toucher, essayer, sans rien acheter ;
– le prix fixe : dans les petites boutiques, la plupart du temps le prix n'était pas indiqué sur les articles, d'où le soupçon qui pesait sur les commerçants de pratiquer des prix « à la tête du client ». Dans les grands magasins, on garantit que le prix est le même pour tous, en l'affichant sur des étiquettes ;
– le rendu : les clients ont la possibilité de rendre un article qui ne leur conviendrait pas, sans frais.

• LE PRIX ET LE CHOIX DES PRODUITS

Les grands magasins fidélisent la clientèle en cherchant à garantir les prix les plus bas : il s'agit de vendre à bon marché, mais de vendre énormément. Pour cela, ils réduisent leur marge, c'est-à-dire la différence entre le prix auquel ils achètent un produit et celui auquel ils le revendent. Les soldes sur les produits invendus et les « occasions » (les promotions) apparaissent.
En outre, les grands magasins proposent le plus large choix possible de produits, dont certains sont des « exclusivités », c'est-à-dire des articles qu'ils sont les seuls à vendre.

La bataille de la soie

Dans le combat que se livrent les grands magasins, la soie est le nerf de la guerre. À partir de 1869, chaque magasin possède sa soierie exclusive, portant un nom qui lui est propre, comme la Marie-Blanche (au *Printemps*), ou le Paris-Louvre (au *Louvre*).

Un tramway au *Louvre* !

Quand les magasins se mettent à occuper plusieurs étages, on veille à ce que les clients ne se fatiguent pas dans les escaliers. Le Louvre *fait installer des ascenseurs et propose même un « tramway », une sorte d'ascenseur qui part du rez-de-chaussée, descend à la verticale jusqu'au sous-sol, traverse une galerie souterraine avant de remonter et de desservir les étages de l'autre partie du magasin.*

● LE BIEN-ÊTRE DES CLIENTS

Les grands magasins font tout pour fidéliser leurs clients... et attirer ceux des autres. Au *Bon Marché*, un service de livraison est créé, même s'il est nécessaire, pour cela, d'ouvrir des écuries.

Les grands magasins eux-mêmes sont construits comme des lieux de vie, toujours plus luxueux. Le *Bon Marché* crée un salon de lecture où l'on trouve des boissons et des biscuits gratuits, ainsi qu'une véritable galerie d'exposition. Le *Louvre* met à la disposition de ses clients un buffet gratuit, mais aussi des balances, des cabinets de toilette, et un « salon lumière », c'est-à-dire une pièce dont l'éclairage a été spécialement conçu pour permettre d'apprécier l'éclat des étoffes les plus précieuses.

● LE RÈGNE DE LA PUBLICITÉ

Pour augmenter leur clientèle, les grands magasins doivent se faire connaître, et pour cela être sûrs d'être vus. Ils font appel à de grands architectes, comme Gustave Eiffel. Leur architecture doit être moderne et spectaculaire. Le fer et le verre y sont privilégiés, ainsi que les vastes verrières qui font entrer la lumière et les grandes galeries qui facilitent la circulation.

Bientôt, l'image des magasins est utilisée comme un logo sur les papiers commerciaux, mais aussi sur les catalogues, sur des affiches ou dans la presse[1], envahie par les encarts publicitaires.

Parmi les techniques de publicité figurent aussi la distribution de petits calendriers ou d'almanachs, la présence du nom et du logo du magasin sur les voitures de livraison, voire sur des « hommes-sandwiches » dans les rues. Les enfants sont la cible privilégiée de la publicité : au *Bon Marché*, on leur distribue chaque jeudi des images en couleur à collectionner.

1. Ainsi, le 5 avril 1858, le journal *Le Siècle* consacre une page entière au *Bon Marché* pour annoncer « l'inauguration de la nouvelle galerie des cachemires de l'Inde et des nouveaux salons de confection pour dames ».

La vie du magasin est rythmée par les grands événements (Exposition de l'industrie[2], présentation des nouveautés d'hiver et d'été, Noël). Lors de journées spéciales, les marchandises sont exposées dans des mises en scènes spectaculaires.

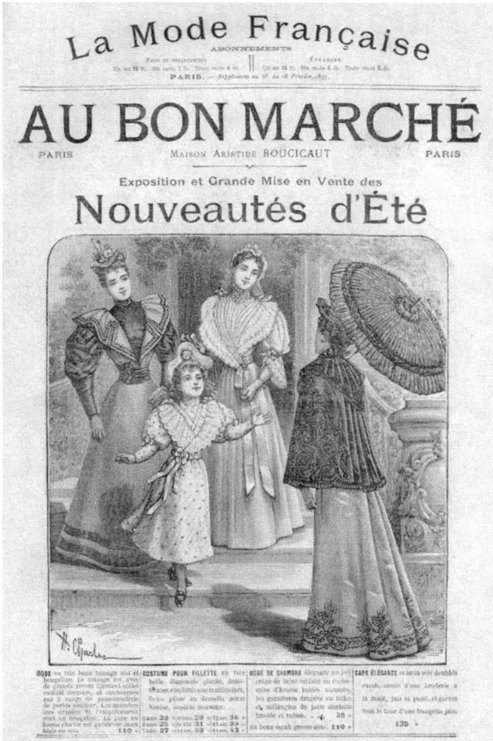

Couverture du catalogue d'articles d'habillement Au Bon Marché, nouveautés d'été de Paris, *18 février 1893.*

Un anachronisme ?

Dans *Au Bonheur des Dames*, Zola décrit trois grandes journées de vente : l'exposition des nouveautés d'hiver en 1864 (chap. IV), celle des nouveautés d'été en 1867 (chap. IX) et celle du « blanc » en 1869 (chap. XIV). Ces descriptions seraient parfaitement réalistes… si elles se déroulaient dans les années 1880. Dans les années 1860, en effet, les expositions étaient plus modestes.

2. Exposition de l'industrie : grande exposition des nouveaux produits de

3 Quelles sont les conditions de travail des employés ?

Les grands magasins font travailler un grand nombre d'employés, dont les effectifs ne cessent de croître au XIXe siècle. Leurs conditions de vie sont souvent difficiles.

● UNE VILLE DANS LA VILLE

Selon Zola, un grand magasin est l'équivalent d'« une ville entière ». En effet, en 1880, le *Louvre* et le *Bon Marché* emploient chacun plus de 2 500 personnes !

Surtout, les grands magasins font travailler un grand nombre de « commis » (vendeurs) et de « demoiselles » (vendeuses). Ce sont souvent des provinciaux d'origine populaire venus faire carrière à Paris.

● LA CARRIÈRE D'UN VENDEUR

Le premier obstacle à franchir est celui de l'embauche. Ainsi, le *Bon Marché* a trois critères drastiques : il recrute uniquement des jeunes gens de moins de trente ans, ayant de l'expérience, et munis d'une lettre de recommandation.

Dans un premier temps, l'employé est « au pair » : logé et nourri, il reçoit seulement un pourcentage sur les ventes qu'il réalise, la guelte. Puis il peut devenir « commis-marchand » et toucher un salaire fixe, ensuite passer second, c'est-à-dire assistant du chef de comptoir, et enfin premier, c'est-à-dire chef de rayon.

● DES CONDITIONS DE TRAVAIL DIFFICILES

Les conditions de travail des employés sont difficiles. Lorsqu'ils sont logés par le magasin, ils

Vendeur ou vendeuse ?

Au XIXe siècle, les vendeurs des grands magasins sont majoritairement des hommes. Aujourd'hui, plus de 80 % des employés sont des femmes. Toutefois, certains rayons restent l'apanage des vendeurs, comme l'informatique, la hi-fi ou le bricolage.

bénéficient d'une chambre vétuste, ou dorment dans leur rayon, sur un matelas qu'ils rangent le matin.

Ensuite il leur faut rester debout toute la journée, qui peut durer 13 voire 16 heures. Ce n'est qu'en 1900 que la loi, dite « loi des sièges », oblige les magasins à mettre un siège à disposition de chaque employé.

En outre, la discipline est très stricte. Tout un système de contrôle, assuré par les chefs de rayon et des inspecteurs, permet de pratiquer une surveillance pointilleuse des « demoiselles des magasins ».

Dès le XIXe siècle, les employés des grands magasins essaient de se mobiliser pour obtenir de meilleures conditions de travail. Mais, moins nombreux et moins efficaces que les ouvriers, ils n'obtiennent pas satisfaction. Pourtant, le philanthropisme revendiqué de certains patrons, comme les Boucicaut, propriétaires du *Bon Marché*, permet aux employés de bénéficier de certains avantages, comme les caisses d'assistance mutuelle.

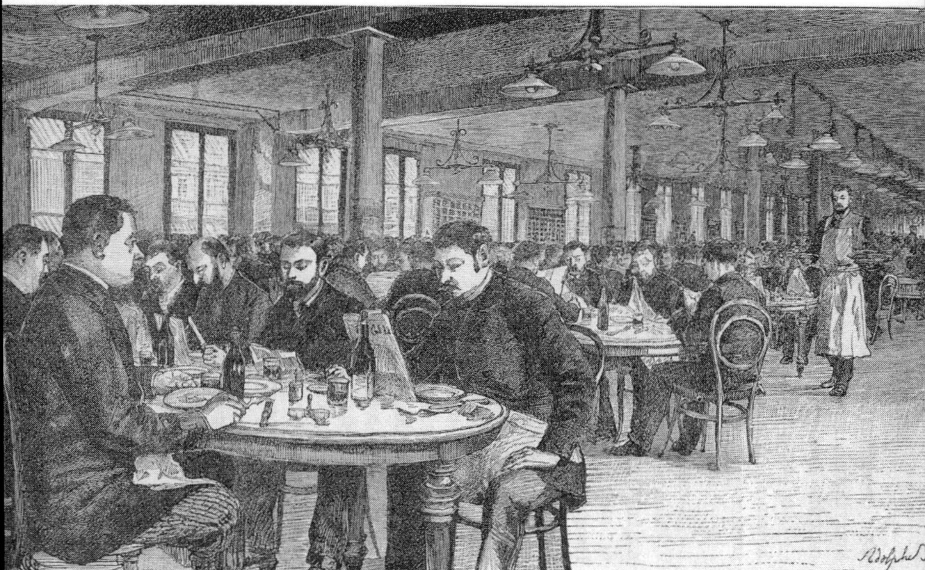

Le grand réfectoire du Bon Marché, *gravure, vers 1880.*

4 Comment Zola s'est-il documenté pour écrire *Au Bonheur des Dames* ?

Zola a l'ambition de faire du* Bonheur des Dames *un document sur les grands magasins. Il apporte pour ce faire un soin minutieux à la préparation de son roman.

● L'OBSERVATION ET LES CAHIERS

Comme tous les volumes des *Rougon-Macquart*, *Au Bonheur des Dames* a une valeur documentaire. Si le magasin du roman est fictif*, ce n'en est pas moins une synthèse d'observations menées dans le monde réel par l'écrivain.

Avant de se lancer dans l'écriture de son histoire, Zola collecte articles de presse et informations diverses, qu'il consigne dans de petits carnets. Il procède également à une longue enquête de terrain de deux mois, en février et mars 1882, dans trois grands magasins parisiens, le *Bon Marché*, les *Grands Magasins du Louvre* et *À la Place Clichy*. Il visite les bâtiments, relève les plans, observe les vendeurs et leurs clients, et réalise de nombreuses interviews. Une centaine de pages de notes témoignent de ce travail.

● ARISTIDE BOUCICAUT, MODÈLE D'OCTAVE MOURET

Pour créer ses personnages, Zola commence par faire une fiche détaillée où sont notées les principales caractéristiques de chacun d'eux.

Le poids des mots dans les cahiers de notes de Zola

L'écrivain note avec soin les mots qui lui seront utiles : ceux du vocabulaire technique*, mais aussi les termes d'argot employés par les employés ainsi que les expressions typiques des grands magasins, comme le terme « poignard », qui désigne une retouche (voir p. 98, l. 150).

Certains s'inspirent d'une personne réelle. C'est le cas d'Octave Mouret, qui rappelle Aristide Boucicaut.
Né dans une petite ville de province, Aristide Boucicaut est le fils d'un chapelier. Il commence sa carrière comme vendeur de tissus et de casquettes auprès des paysans de sa région. Monté à Paris, il est engagé dans un magasin de nouveautés où il devient assez rapidement chef de rayon. Il rejoint alors le *Bon Marché*, devient associé, et rachète les parts des

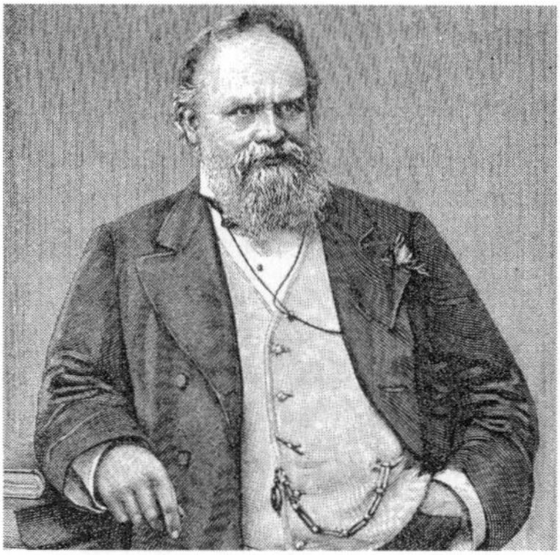

Aristide Boucicaut, *gravure, vers 1890.*

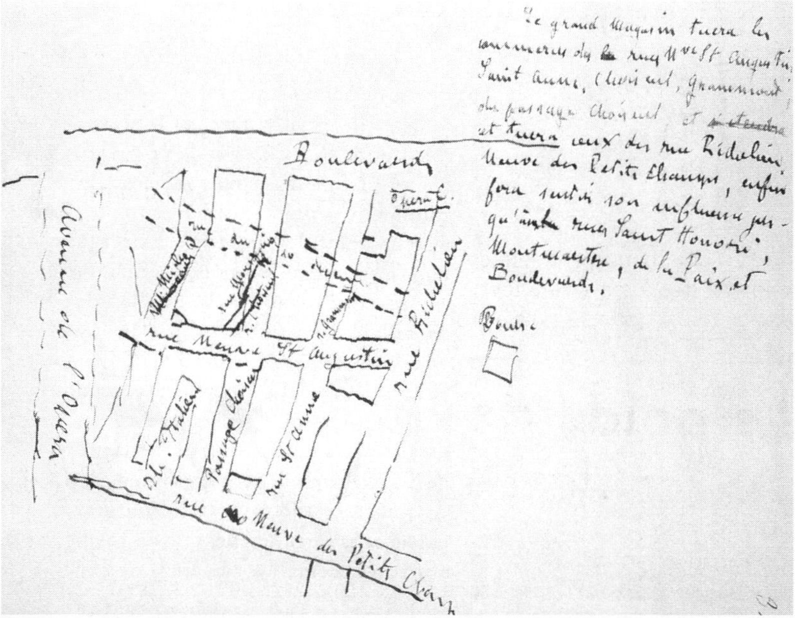

Carnet d'étude d'Émile Zola, plan du quartier pour Au Bonheur des Dames. *Paris, BNF, Département des manuscrits.*

propriétaires en 1863. Le magasin s'étend grâce au rachat des bâtiments de l'Assistance publique qui l'entourent, et finit par occuper tout un pâté de maisons, à l'exception d'un seul petit bâtiment qui appartient à la Ville de Paris.

Pour faire face à la concurrence, Boucicaut ne cesse de proposer de nouvelles attractions, comme les expositions de blanc en janvier 1873 : on raconte qu'il en aurait eu l'idée un matin d'hiver en observant, seul dans le magasin encore vide, la neige recouvrant peu à peu les rues de la capitale.

Le *Bon Marché* rencontre alors un succès phénoménal : en 1890, plus de 70 000 clients y font des achats... chaque jour. Aristide Boucicaut devient alors une sorte de star, que la presse de l'époque surnomme « l'homme que nous envie l'Amérique ».

Et Marguerite Boucicaut ?

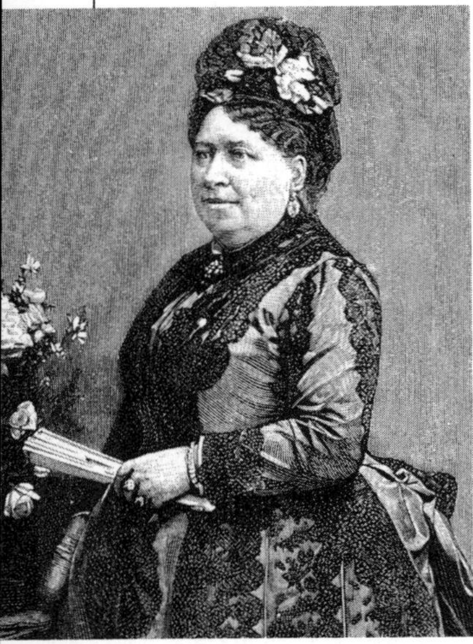

Si Octave Mouret est veuf, Aristide Boucicaut est assisté dans son ascension par sa femme, Marguerite, surnommée par la presse « la Bonne Dame du *Bon Marché* ». D'origine encore plus modeste que son mari, elle connaît une enfance difficile après la perte de ses parents. La petite fille, alors âgée de 12 ans, est obligée de monter à Paris où elle est recueillie par un oncle, qu'elle aide en travaillant dans une blanchisserie. C'est là qu'elle rencontre Aristide Boucicaut. Au *Bon Marché*, elle cherche à améliorer les conditions de vie des employés. Après la mort de son mari, en 1877, elle prend la tête de la société qui détient le grand magasin. À sa mort, en 1887, elle laisse une grande partie de sa fortune à des œuvres caritatives[1], ainsi qu'aux employés du *Bon Marché*.

Marguerite Boucicaut, *gravure, vers 1887.*

1. Œuvres caritatives : œuvres de charité.

Lexique

Caractériser	Définir l'ensemble des caractéristiques, des particularités d'un personnage.
Champ lexical	Ensemble des termes relevant d'une même thématique (par exemple : les émotions, la religion, le commerce).
Cycle romanesque	Série de romans qui présente une unité, notamment parce que ces romans reprennent les mêmes personnages.
Description	Dans un récit, présentation précise d'un personnage ou d'un lieu, destinée à aider le lecteur à se le représenter.
Énumération	Figure de style consistant à dresser une liste.
Fictif (fictive)	Qui relève de la fiction, de l'imagination.
Incipit	Début d'un roman, ses premières pages.
Métaphore	Comparaison dans laquelle l'outil de comparaison est implicite.
Naturalisme	Mouvement littéraire et culturel de la fin du XIXe siècle, dont Émile Zola est le chef de file. Héritier du réalisme, le naturalisme accorde une place importante aux gens du peuple et prétend observer et analyser la société d'un point de vue scientifique.
Réalisme	Mouvement littéraire et culturel né au milieu du XIXe siècle, illustré en particulier par l'œuvre de Balzac et celle de Flaubert. Les romanciers réalistes cherchent à représenter la réalité telle qu'elle est, sans l'embellir. Le réalisme sera prolongé et approfondi par le naturalisme.
Valeur symbolique	Signification générale donnée à un élément (ou à un personnage) particulier.
Vocabulaire technique	Lexique propre à un domaine d'activité (par exemple : l'architecture, le commerce).
Vraisemblable	Qui pourrait avoir lieu dans la réalité.

À lire et à voir

● LES ROMANS DE ZOLA OÙ APPARAÎT OCTAVE MOURET

La Fortune des Rougon, 1871

Premier roman du cycle des *Rougon-Macquart*, il retrace l'histoire des deux premières générations de la famille.

La Conquête de Plassans, 1874

La suite de l'histoire des parents d'Octave, Marthe Rougon et François Mouret. Leur vie tranquille, dans la petite ville de Plassans, est soudain bouleversée par l'arrivée d'un mystérieux abbé.

La Faute de l'abbé Mouret, 1875

L'histoire du frère d'Octave, Serge, qui choisit de se consacrer à la religion et entre dans un monastère, où il mène une vie centrée sur sa foi jusqu'au jour où il tombe amoureux.

Pot-Bouille, 1882

Ce roman raconte les premières années d'Octave Mouret à Paris, ainsi que celle des locataires de l'immeuble de la rue Choiseul dans lequel il loue un appartement.

La Joie de vivre, 1884

L'histoire d'une jeune fille dont l'amour de la vie est si fort qu'elle affronte avec optimisme tous les malheurs que le destin lui impose.

L'Œuvre, 1886

Le récit de la vie de Claude Lantier, un peintre obsédé par l'idée de produire un chef-d'œuvre.

Le Docteur Pascal, 1893

L'histoire de Pascal Rougon, un médecin spécialisé dans l'étude de l'hérédité. Sa vie bascule le jour où sa nièce Clotilde lui avoue qu'elle est amoureuse de lui.

● DEUX ROMANS CONTEMPORAINS SUR LES GRANDS MAGASINS

Daniel Pennac

Au bonheur des ogres, Folio, 1987

Le premier roman d'un cycle consacré à la famille de Benjamin Malaussène. Dans ce roman dont le titre est un clin d'œil à l'œuvre de Zola, le héros est engagé dans un grand magasin pour exercer un métier peu ordinaire : celui de bouc émissaire.

Sylvain Pattieu

Des impatientes, Éditions du Rouergue, 2012

Ce premier roman met en scène deux élèves d'un lycée de banlieue, la turbulente Bintou et la studieuse Alima-Nadine. À la suite d'un concours de circonstances, elles sont toutes les deux renvoyées et trouvent un travail de vendeuse dans une grande enseigne de meubles à Paris.

● UN SITE SUR L'ŒUVRE DE ZOLA

http://expositions.bnf.fr/zola/

Une exposition virtuelle consacrée à l'œuvre d'Émile Zola, sur le site de la Bibliothèque nationale de France. On y trouve de nombreux documents sur *Au Bonheur des Dames*.

● FILMS

Au Bonheur des Dames, film muet de Julien Duvivier, 1930

Avec l'actrice allemande Dita Parlo dans le rôle de Denise.

Dans cette première adaptation du roman de Zola, toutes les scènes se déroulant dans le grand magasin ont été tournées en décor réel, aux Galeries Lafayette.

Au Bonheur des Dames, film d'André Cayatte, 1943

Avec Michel Simon (Baudu), Albert Préjean (Mouret), Blanchette Brunoy (Denise), Suzy Prim (Mme Desforges), Jean Tissier (Bourdoncle).

Au Bonheur des Dames, l'invention du grand magasin, coproduit par Arte France, 2011

S'appuyant sur des interviews d'historiens, de psychologues, des archives exceptionnelles et des reconstitutions, ce docu-fiction retrace le destin d'Aristide Boucicaut, créateur en 1852 du *Bon Marché*, premier grand magasin du monde.

Table des illustrations

2, 7	ph © Archives Hatier/Musée de la publicité, Paris
8	ph © Archives Hatier
40	Coll. Kharbine-Tapabor
46	ph © Gusman/Leemage
62	Coll. Kharbine-Tapabor
131	Coll. Jonas/Kharbine-Tapabor
141	ph © Archives Hatier/BNF, Paris
198	ph © Photo 12/DR
217	ph © Gusman/Leemage
243	ph © Josse/Leemage
247	ph © Jean-Gilles Berizzi/RMN
266	Coll. jCinémathèque française
270	ph © Musée Carnavalet/Roger-Viollet
271	ph © Archives Hatier/Musée de la publicité, Paris
275	ph © Gusman/Leemage
277	Coll. Kharbine-Tapabor
279	Coll. Kharbine-Tapabor
279	ph © BNF, Paris
280	Coll. Kharbine-Tapabor

Pages 244 à 267 : ph © Archives Hatier

Plat 2 : ph © Museo Thyssen-Bornemisza/Scala, Florence

Plat 3 : ph © Bertrand Rieger/Hémis.fr

Suivi éditorial : Luce Camus
Principe de maquette : Marie-Astrid Bailly-Maître & Sterenn Heudiard
Mise en page : CGI
Iconographie : Hatier Illustration
Illustrations intérieures : Alice Dechelette

PAPIER À BASE DE
FIBRES CERTIFIÉES

Hatier s'engage pour
l'environnement en réduisant
l'empreinte carbone de ses livres.
Celle de cet exemplaire est de :
550 g éq. CO_2
Rendez-vous sur
www.hatier-durable.fr

Achevé d'imprimer en Espagne par Black Print
Dépôt légal 96660-6/11 - Juin 2022